불교아리랑
1

向上一路 7

불교아리랑
1

바른 생각을 찾아서

글 지원至元

DOPIANSA

출가한 스님의 환갑

__수불(修弗)스님 | 범어사 주지

평소 알고 지내는 안성 도피안사 송암당松菴堂 지원至元스님이 올해 환갑을 맞이한다고 한다. 출가한 스님이 그런 세속적인 기념일을 염두에 두고 챙기나 하고 의아했는데, 내용을 듣고 보니 환갑을 위한 잔치라기보다는 인생에서 하나의 전환점으로 삼고 싶어 하는 것 같다.

그러니까 다시 한 갑자의 시작을 맞이한 것은 새로 태어난 것이나 다름없기에, 이제 한 살이나 마찬가지라는 거다. 이에 스님은 자신의 삶을 더욱 부처님 법답게 살고자 하는 응결한 뜻에서, 새로운 한 갑자의 시작을 신생新生의 전기로 삼고자 하는 것이다.

지원스님은 지난 2008년 11월 『광덕스님시봉일기』시리즈 11권을 완간하여, 스승 광덕큰스님께서 이 땅에 다시 오셔서 '불광운동'을 계속하시도록 준비하였다. 그 이후부터 틈틈이 써온 글들을 한데 모아 이번에 책으로 엮어내면서, 자신의 새로운 결심을 대중과 함께 나누고자 하는 것이다.

　지원스님은 1971년 약관의 나이에 이곳 부산 범어사로 출가하여, 벌써 사십년 이상을 한결같이 정진하고 있는 동도同道의 벗道伴이다. 특히 소납이 당금 금정총림의 주지 소임을 맡고 있는 때라, 스님의 뜻을 기쁜 마음으로 찬탄하고 몇 자 적어 추천사에 가름한다.

2557(2013)년 6월
범어사 일우에서 수불

지원至元스님, 또 하나의 상쾌한 거사擧事

__김재영|교수, 동방대(불교학 박사)

1983년 12월 어느 날, 서울 영동의 반도유스호스텔. 150여 명의 젊은 스님들이 전국에서 모여 들었다. 석주큰스님을 모시고 젊은 대학생 스님들의 모임인 동국대학교 석림회釋林會에서 〈전국 청소년지도자 연수회〉를 열고 있었다. 이 자리에 동덕여고 불교학생회 소녀불자들 100여 명이 노래와 춤과 연극으로 한마당 연꽃들의 행진을 펼쳤다. 소녀불자들이 순수열정으로 엮어내는 순백의 공연 앞에서 젊은 스님들은 체면불고, 환희하며 어깨 춤을 추고, 혹은 몰래 감동의 눈물을 흘리고 있었다.

수백 명 젊은 스님들
푸르른 눈들이 뿜어내는 그 청운의 열정

소박한 믿음으로 노래하는 동덕 아이들
흰 목면처럼 따뜻하고 순결한 그 불심
'찬양합니다. 찬양합니다. 찬양합니다—'
서울 하늘 진동하며 울려 퍼지는 간절한 합창 기도—

이것은 실로 한판 상쾌한 거사였다.

이 거사의 한 가운데 지원스님이 서 있었다.

그때 스님은 석림회 임원으로서 어느 날 느닷없이 동덕 교무실을 찾아와 특유의 두둑한 배짱으로 출연을 요청하였고, 나는 한국불교를 단박 일으켜 세우고도 남을 스님의 늠름한 위력에 이끌려 학교의 허락도 받지 않고 동참을 결정했었다.

돌이켜보면, 스님의 그 늠름한 위력은 크고 작은 거사들을 가능하게 하는 동력으로 작용하였다. 잠실 불광사佛光寺에 있으면서 스님은 광덕큰스님의 가르침을 받들어 불교 역사상 초유의 국악칸타타 '보현행원송(광덕 작시, 박범훈 작곡)'을 세종문화회관 무대에 올렸고(1992.4.2), 1987년 초파일부터는 안숙선 명창과 의기투합하여 필자가 대본을 쓴 '판소리 불타전'을 공연하기 시작했다.

지원스님은 스승이신 광덕큰스님 생전인 1998년 11월부터 『내일이면 늦으리』를 쓰기 시작하여 입적 후, 2008년 11월까지 만 10년에 걸쳐 스승의 업적과 그리움을 담아『광덕스님시봉일기』11권을 완간하며 큰스님의 속환사바速還裟婆를 발원하였다. 우리 불교 역사상 희유稀有한 '시봉일기 문학'이고 '제자의 효성'이라고 할 것이다.

『불교 아리랑 1』—

제목부터 뜻밖이다.

불교와 아리랑이 대체 무슨 관계가 있다는 걸까?

스님은 여기서 또 무슨 거사를 획책하고 있는 것일까?

수행으로는 성이 안 차서 정계로라도 진출하겠다는 것일까?

그러나 우리는 이미 알고 있다. 이 『불교 아리랑1』에서 스님은 대통령의 막강한 권위로써도 어쩌지 못하는 드높은 '절의 위신력威神力' '불교의 위신력'을 열어 보임으로써, 우리들을 다시 한 번 놀라게 하고 정신 차리게 할 것이다. 아니, 대통령도 힘들고 괴로울 때 마지막으로 찾을 곳은 우리 절뿐이라는 이야기, 거기서 시골 아낙네들 틈에 섞여 합장기도하고 평화와 희망을 회복할 것이라는 가슴 훈훈한 얘기들을 들려줄 것이다.

절, 우리 절

고즈넉한 풍경소리

산문 밖으로 달려 나와 맞이하는 스님들의 미소

공양주 보살님이 손수 끓여주는 구수한 누룽지 향기

목마른 사람들 기다리며 졸졸졸 흘러내리는 석간수의 속삭임—

절에 가면 지금도 평화와 희망이 기다리고 있다.

이 책에서, 우리는 오랫동안 잊고 살아왔던 이 아름다운 것들, '평화와 희망' '불교의 본래 면목' 소식을 다시 듣는다.

『불교 아리랑1』—

지원스님은 여기서 또 한 번 상쾌한 거사를 꾸미고 있다.

허어, 벌써 목탁소리가 울리네. 저녁공양 하러 오라는 추상같은 전갈,
대중들 눈총 받지 않으려면 서둘러 달려가야지—

2557(2013)년 5월 30일

안성 죽산 도솔산 도피안사 옥천산방玉川山房에서

김재영

나는 날마다 비춰보고 경계한다

__일경일경日鏡日警

1. 결정적인 명상.

새벽에 일어나서

· 오늘 하루, 나는 어떻게 살까!

저녁 잠자리에 들기 전에

· 오늘 하루, 나는 어떻게 살았나!

2. 하루는 인간 일생의 완벽한 축소판이다.

따라서 사람의 일생은 하루를 더해가는 것이고, 100년을 살아도 겨우 36500일이다. 하루하루 그 연속의 과정이 인간 일생일 뿐이다. 결국, 인간 일생은 하루의 삶에 달렸다. 하루의 24시간도 이일 저일로 나누면 정작 쓸 수 있는 시간은 얼마되지 않는다. 그러므로 하루가 시작되는 시점부터 하루가 끝나는 시점까지 온갖 것을 자기정신으로 분명하게 대할 줄 알아야 한다. 한 가지, 한순간에도 혼미한 정신으로 어정거려서는 안 된다. 심지어 잠자는 시간에도 맑고 선명해서 평화와 안락을 누려야 하고, 별처럼 초롱초롱 빛나 어둡지 않아서 송장신세를 면해야 한다.

수행자로서 '정신없이'라는 말을 입에 올리지 않으리라. 그래서 고인이 "삶의 가장 귀중한 날은 어제나 내일이 아니다. 바로 오늘, 이 순간이다. 삶의 가장 중요한 곳은 그곳이나 저곳이 아니다. 바로 오늘, 이곳이다"라고 말씀한 것을 잊지 않으리라. 이처럼 분명해야 설령, 악행을 저질렀다 해도 거기서 벗어날 수 있고, 어디서나 자기 구제가 가능하리라.

3. 하루를 성공적으로 경영한다.
그러기 위해서 나는 나의 하루를 조감하고 확인하리라. 언제나 보현행원을 다짐하고, 해야 할 일과 새로운 일을 설계하고 점검하여 오로지 여래의 뜻대로 살리라. 정직하고 성실한 삶이 되게 힘껏 노력하리라.

새벽, 정좌正坐를 하고 그날 하루의 일들을 모두 모아서 일의 핵심을 파악하고, 내 본분에 맞는 것인가, 어떻게 실현할 것인가? 확인하고 정한 뒤, 완급의 순서를 정하여 아무리 많은 일을 해도 허둥대지 않고 질서있게 차분히 하리라. 그리하여 유유자적하며 마치 일없는 사람처럼 일하여, 수행자로서 '바쁘다'는 말을 매우 부끄럽게 여겨 입에 담지 않으리라.

저녁, 다시 정좌를 하고 내가 오늘 하루에 일으킨 신구의身口意 삼업三業을 면밀히 돌아보고 점수를 매기리라. 본분에 충실한 삶이었나를 추호의 아량도 없이 날 서게 점검하리라. 그리고 티끌같이 작은 일에서도 마음이 불편하면 지체없이 참회하여 먼저 내 마음을 편히 두리라.

4. 하루라도 더 살아야 하는 이유를 언제나 잊지 않는다.

또한 나이가 들수록 노욕老慾을 엄히 경계하여 소분지족少分知足의 안빈낙도安貧樂道를 행하리라. 나의 삶은 언제나 어디서나 겸손하고 진지하여 간절할 것을 기대하고, 하루를 더 살면 더 사는 만큼 더욱 진실한가를 살피리라. 옛 어른들은 하루 온종일 공부하고도, "오늘도 도를 얻지 못한 채 하루해가 저물었구나!" 하고, 다리 뻗고 울었다는데……, 나는 어이 이리도 게으른가? 책망하고 분발하리라. 흐르는 세월이나 육체의 병고와 노쇠를 탓하거나 핑계로 삼아 나약한 나의 의지나 잘못된 나의 습성을 변명하거나 호도糊塗하지 않으리라.

5. 모든 건 내 안에서 비롯된다.

이 사실에서 물러서지 않으리라. 이미 내 안에 다 갖추고 있기에.

성공도 실패도, 사랑도 이별도, 성인도 범부도, 진실도 거짓도, 부자도 가난도, 젊음도 늙음도, 태어남도 죽음도, 저 삼라만상 우주만물마저도……, 내 안에 다 있는 것들.

이 분명한 사실을 알면 따로 가르침 받지 않아도, 어디 가서 배우지 않아도 저절로 세상만사를 이해하게 되고 알게 되리라. 도무지 남 탓할 것

없다는 사실을 다시 깊이 새기리라. 창의적이고 자유롭고 통달한 인간으로 새롭게 시작될 것임을 믿으리라.

6. 나의 서원이 끝이 없기에 나의 삶도 끝이 없다.

나는 비록 도道는 얻지 못했다 해도 그동안 내가 닦아 온 보현의 행원 거울에 하루하루 펼쳐지는 나의 삶을 진솔하게 비추어 보리라.

"아, 법계法界 끝까지 다함없는 마음으로 사무쳐 가리"라고 언제나 내가 나를 이렇게 구제해 가리라.

이것이 내가 추구하는 삶〔道〕이고, 그 분이 애써 가르쳐 주신 망극한 은혜를 보답하는 길이라 믿는다.

2556(2012)년 7월 7일 새벽에

보현행자 송암지원

『불교아리랑1』로 펴내며

나와 아리랑, 자연에서 온 가락

아리랑은 인간 삶에 대한 우리말의 의태어擬態語이다. 흔히, 사람의 기쁨이나 슬픔 등 희노애락喜怒哀樂의 온갖 감정을 통틀어 정서라고 말한다. 그렇다면 너와 나인 우리와 조상과 후손인 민족의 정서는? 답은 우리의 들숨날숨인 '기상과 기백, 신명'의 3박자로 구성된 아리랑이다.

요즘 말로 우리민족의 '정서 DNA'는 들숨날숨의 숨결인 3박자 아리랑이다. 누가 우리를 알려면 우리의 숨결인 정서를 알아야 하고, 우리의 정서를 알려면 3박자 아리랑을 불러봐야 안다. 우리의 혼[정서]은 단조롭지만 그렇게 힘찬 생명의 3박자다.

아리랑은 자연에 대한 우리말의 의태어擬態語이다. 우리 민족은 우랄 알타이산맥 기슭을 출발하여 바이칼호수를 지나고 대흥안령산맥을 타고

넘으며 중국 북쪽의 광막한 초원을 말을 타고 지나왔다. 산과 강, 벌판을 몸으로 지나온 사람들은 저절로 그 산하의 모양새를 몸에 담았기에 어느새 입에 맴돌았다.

무심코 입에 맴돈 그것이 아리랑이다. 해서, 아리랑이라는 말과 가락에는 산이 들어 있고 강과 초원이 들어 있다. 자연이 들어 있다. 인생의 희노애락이 들어 있고 생노병사가 들어 있기에 슬픔도 있고 기쁨도 있는 인생살이가 들어 있다. 물론 그걸 뛰어넘는 초월도 들어 있다. 아리랑은 융합이고 복합이다.

급기야 험준한 산과 앞을 가로막는 강물과 광막하게 드넓은 초원은 기상과 기백, 신명의 3박자로 바뀌었다. 그 3박자를 가슴에 담고 입으로 흥얼거리며 말을 달려 어언 우리의 고토故土인 동북아 강역疆域에 이르렀던 것이다.

오랜 이동에서 숨결을 같이한 동료를 자신처럼 여기는 기상과 산 넘고 물 건너며 벌판을 지나는 일을 마다않는 기백, 사람의 숨결과 자연의 변화에서 얻는 흥취와 신명의 이 3박자, 곧 아리랑이다.

거침없이 말달릴 때는 호쾌한 3박자였지만 장애를 만나 말에서 내려 걸어야 할 때는 원怨과 한恨이 담긴 애달픈 3박자가 되었다. 이 두 가지의 정서를 하나의 그릇에 오롯이 담아낸 게 아리랑이다. 해서, 곡조가 빠른 아리랑이 있고 곡조가 느리고 구성진 아리랑이 있다. 그러나 분명한 건 우린 아리랑 민족이고 아리랑 생명들이라는 사실이다. 아리랑으로 살았고, 아리랑으로 죽었고, 아리랑으로 다시 태어났다. 우리 겨레는 이렇게 아리랑으로 윤회를 마다하지 않았다. 대대로, 그리고 앞으로도—.

그런 우린 선조에서부터 자자손손의 오늘까지 언제나 이 아리랑을 부르며 이 땅에서 살아왔다. 이 땅의 백성, 그 누구나 슬플 때나 기쁠 때나 아리랑을 줄곧 불렀다. 슬플 때는 슬퍼서 아리랑을 불렀고, 기쁠 때는 기뻐서 아리랑을 불렀다. 때로는 흥겨운 축가였고, 또 때로는 한과 원이 서린 비가悲歌였다. 축가일 때는 곡이 빨랐고 비가일 때는 느리고 구성졌지만 분명한 건 둘 다 우리의 인생노래였다는 사실이다. 몸속에 도도히 흐르는 기마민족의 '피돌이 노래'가 아리랑이다.

이 아리랑이 우리를 하나로 만들어 줄 것이고, 흩어진 걸 모아 줄 것이고, 잊었던 걸 다시 찾아주고, 모르던 걸 깨우쳐 줄 것이다.

나아가 이제 아리랑은 우리만의 노래가 아니다. 한류의 노래가 됐다. 세계인의 노래다. 그건 곧 평화와 자유의 노래, 인류행복·세계평화의 찬가가 될 것이다.

불교아리랑

2천년 역사의 한국불교에도 아리랑이 있어왔다. 삼국과 가야 제국諸國 때는 파종과 뿌리내림의 불교아리랑, 통일기에는 잎이 무성, 줄기 씩씩하여 꽃피고 열매 맺는 불교아리랑, 고려조에는 아뿔싸 본래의 색깔을 뒤바꾼 안타까운 불교아리랑, 조선조에는 5백년 고난어린 불교아리랑, 일제강점기부터 지금까지는 혼돈과 태동의 불교아리랑이다.

허긴, 불교는 어느 지역에 들어가더라도 그 지역 사람들을 모두 철학자로 만들었다. 그릇 비우듯이 기존의 것을 싹 비우고 새것으로 철학자가 되는 게 아니었다. 이미 거기에 있던 묵은 자기들 것으로 철학자를 만들어줬다. 말하자면 자신들의 정서에 불교의 철학적인 사유체계를 넣어줘 자신이 자기를 설명하도록 만들어줬던 것이다.

따라서 우리의 선조가 불교의 가르침인 '관계와 협력'의 인간존재를 만나서 아리랑은 한층 더 심오해졌고 훤출해졌다.

저, 혼자 배불리 먹지 않겠다는 드높은 기상과 기어이 이웃과 동고동락하겠다는 불굴의 기백, 삶은 빛이라는 무아無我의 신명이 안겨주는 '관계와 협력'의 존재성 때문이었다. 비로소 우린 명실상부한 아리랑의 주인공이 되었고, 이름마저 따로 두지 않는 너와 나— 한 덩어리, 친한 이와 원수 맺은 이가 갈라서지 않는 둘이 아닌, 불교아리랑이 됐다.

고구려 광개토태왕의 기상, 백제 근초고왕의 기백, 신라 진흥왕의 신명. 그들에게 하늘이 점지한 전륜성왕 사상을 갖도록, 웅대한 포부를 갖도록 불교는 사람의 눈을 열어줬던 것이다. 비단 왕들뿐 아니다. 민초들에게도 눈을 띄워줬다. 두렷한 선각자는 원효성사다. 천촌만락을 돌아다니며 조롱박을 두드려 백성들의 삶에 장단을 실어줬고, 춤으로 흥을 돋워 백성들의 고단한 어깨를 주물렀고, 무애가無碍歌 한곡조로 백성들을 어른 되게 했다. 한마디로 아리랑이다.

덩달아 너도나도 아리랑 무애가를 따라 불렀고, 덩달아 이집저집 아리랑 무애무無碍舞를 췄다. 동국의 백성들은 너도 나도 무애가를 입에 달고 살았고, 무애무를 발에 신고 다녔다. 뜻을 몰라도 곡조가 틀려도 흥얼흥얼 아리랑염불을 외며 아리랑해탈무解脫舞를 추며 살아왔던 것이다. 그것이 통일의 새로운 영고가 됐고, 무천이 됐으며 동맹이 됐고, 향가가 됐고, 싸우면 이기는 군가가 됐고, 경당의 합창이 됐고, 화랑들의 행진곡이 됐고, 작두를 타는 무가巫歌가 됐고, 이승을 떠나는 상두가[喪輿歌], 등으로 수없이 탈바꿈해 갔던 것이다.

왜, 굳이 불교는 아리랑인가? 포교의 수단인가, 술 마시고 춤추는 퇴폐인가, 아니면 민초가 알지 못하는 원리주의의 근본교시인가? 아니다. 오로지 '관계와 협력'이기 때문이고, 그것이 너와 나인 우리들의 인간존재여서다. 아리랑은 너와 나이고 우리 모두이고 삶이고 숨결이고 생과 사[生死]가 구족한 오롯 삶이다. 그렇게 우리 민족은 지금껏 내리 살아왔고 앞으로도 줄창 살아갈 것이다.

불교아리랑은 '관계와 협력'의 원형을 드러내는 충성과 헌신, 봉사와 희생이다. 아니, 그런 이름마저 달지 않는 무위의 다함 없는 보살행이다. 불교교리는 이걸 실천하기 위한 자기거울이고 설득, 내지 물을 건너는 뗏목일 뿐이다. (그런대도 교리를 배워 머리에만 머물면 철학은 될지언정 팔다리까지 뻗치는 사상은 못된다. 불교는 사상의 가르침이지 철학의 가르침은 아니다. 단연코―.)

아리랑을 부르며 살아온 사람들

님 웨일즈가 쓴 금강산 스님의 일대기인 김산의 아리랑이 있고, 영화감독 나운규가 찍은 아리랑 영화도 있고, 소설가 조정래가 쓴 아리랑 전집도 있고, 사진작가 안승일의 아리랑 사진집도 있고, 심지어 북쪽에도 아리랑 집단체조가 있다. 무수한 아리랑이 있었고, 앞으로도 있을 것이다.

하다못해 평범하기 그지없는 나에게도 아리랑이 있다. 나의 어머니가 치매를 앓으면서도 목청껏 부를 수 있는 유일한 노래가 아리랑이기 때문다. 병마病魔로 배 아파 낳은 자식의 얼굴과 이름은 잊었어도 아리랑은 잊지 않았던 내 어머니가 부르는 아리랑이다. 해서, 나의 아리랑은 불효자의 몸부림인지도 모른다.

불교신앙도 사람의 일이라 의리와 신의도 있어야 하고 감정도 있어야 하고 부모도 있어야 하고 조국도 있어야 한다. 그러기에 내 조국이 여기 이 땅이라면 기상과 기백, 신명의 3박자인 아리랑도 마땅히 부를 줄 알아야 한다. 그 속에서 생로병사를 넘어 설 수 있고 인간이 스스로 해탈의 주인공임을 노래할 수 있어서다.

이처럼 우리는 숙명적으로 아리랑 속에서 살아왔고 살아가야하기에 필자는 〈여성성아리랑〉〈부부아리랑〉〈교육아리랑〉〈노년아리랑〉에 대한 초를 잡아놓았고, 이 책에 이어서 〈불교아리랑2〉도 준비 중에 있다.

삶과 수행과 아리랑

인간이 삶을 참고 살고 극복하며 사는 건 성공하기 위해서다. 성공은, 스스로 생각의 힘을 키워 자기를 조절하고 극복하여 자신의 인품을 향상시키는 일을 말한다. 바로, 헌신과 봉사의 '관계와 협력'의 인간존재를 실현하기 위해서다. 그걸 위해 태어나고 또 태어난다.

이에, 인간 스스로가 극복해야 하는 가장 우선적인 일은, 욕망과 공포이고, 거기 따르는 분노와 열등감이다. 자신의 이기심인 욕망과 자신의 두려움인 죽음의 공포, 욕망의 좌절에서 오는 분노와 공포의 끝에서 오는 열등감이다. 그것으로부터 벗어나야 한다. 그냥 두면 이런 어둔 심리는 '관계와 협력'을 해치고 가로막는 장애물이 된다. 순간순간 이걸 제거해야 한다.

어느 때나 어디서나 아리랑을 부르면 된다. 드높은 기상, 불굴의 기백과 무아의 신명 앞에는 장애물이 저절로 자취를 감춰서고, ㄱ 이름마저도 본래 없어서다. 오로지 '관계와 협력'의 인간존재, 그것만이 태양처럼 혁혁할 뿐이다.

책 제호를 바꾸느라 디자이너 안지미 선생에게 뇌로움을 끼쳤다. 못내 미안한 마음이고, 조인숙 선생에게도 같은 마음이다. 그분들의 도움을 입어 이렇게 다시 이 책을 대하고 보니 비로소 방향을 잡은 듯 마음이 놓인다.

불기 2558(2014)년 12월 27일

『절과 대통령』의 제호를 『불교아리랑1』로 바꾸며

松菴至元 謹識

차례

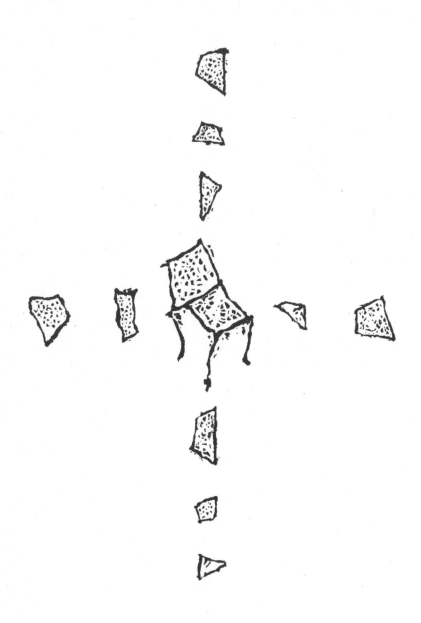

제1장

'바른 생각'을 찾아서

'바른 생각'이 기도다

사람의 바른 생각이 불교사상이고, 불교사상의 바탕이 '계戒·정定·혜慧' 삼학三學이다. 불교의 바탕인 삼학은 몸에 익힘이기에 곧 실천이다. 실천은 부처가 되기 위해 걸어가는 도정道程이 아니고, 부처의 행을 그대로 써서 불행佛行으로 사는〔顯現〕삶이다.

삼학의 계는 삼천위의 팔만세행三千威儀·八萬細行의 총괄이며 성상性相이다. 삼학의 정은 광대무변한 본체本體에 귀착안주歸着安住의 성상이다. 삼학의 혜는 삼라만상 묘유묘용妙有妙用의 성상이다. 그러므로 사람의 본적지와 거주지와 활동상은 모두 이것을 벗어나 있지 않다. 따라서 어떤 사람이 알고 했든 모르고 했든 바른 말을 한 마디라도 했다면 엉뚱한 말이 아니고 근거가 없는 것이 아니고, 남의 말을 옮겨 한 것이 아니다. 다만 그 출처를 모를 뿐이다. 출처와 근거를 모른다고 하여 달라지는 건 없다. 그러므로 불법을 깨닫는데 많은 구절이 필요치 않다. 때로는 한구절이면 되고, 되레 한구절조차도 감당이 되지 않을 수도 있다. 한구절로도 안 되는 일이 없고, 못하는 일이 없기 때문이다. 이 한구절을 얻자.

그런데 세상살이는 한구절로 성이 차지 않는다. 수행도 그렇고 먹고 사는 일도 그렇고, 남과 이야기를 해도 그렇다. 그래서 '넉넉하다'는 말을 만들었을 것이다. 경전 한구절로는 부족하니까, 이걸로 하다가 안 되면 저걸로 하기 위해서 넉넉하게 미리 장만해 놓는 것이다. 이 야박하기 그지 없는 세상에 한구절로 누가 손해 보는 삶을 살려 하겠는가. 실지로는 부족함이 없는데도.

바르게 생각하고 바르게 살면 손해를 본다고 생각하는 사람들이 나타나기 시작했다. 그리고 혼자 바르게 살면 누가 알아줄 것인가에 대한 회의와 불신도 가지게 되었다. 그러나 거두절미한 답은 '도무지 의심할 필요 없다'다. 세상은 보지 않는 것처럼 보고, 듣지 않은 것처럼 듣기 때문이다. 나 혼자 바르다고 언제 이 넓은 세상이 다 바르게 될 것인가. 의심할 필요 없다. 더욱 내가 발라야 세상도 바르다는 신념이 필요하다. 내가 바르지 못하면 세상이 아무리 발라도 모르기 때문이다. 더 중요한 것은 자신이 바르지 않고는 일이 이루어지지 않아서다. 바르지 않고도 잠깐 이루어진 듯 보이는 건 극히 일시적인 신기루 현상이다. 해서, 바르게 생각하고 바르게 살면 반드시 자신의 일도 성공한다. 특히 지금처럼 모든 사실이 즉시에 알려지는 거짓이 발붙일 수 없는 세상에서는 더욱 그렇다. 한결같이 바르

게 생각하고 바르게 살면 끝내 그 가치를 드날릴 것이다. 만사는 사필귀정
事必歸正이니까.

그렇다면 먼저 바른 생각은 어디 있는가? 간절하게 물어보면 자신 안
에 있다는 답이 되돌아올 것이다. 자신 안에 있다지만 보이지도 않는 것을
어떻게 찾아내는가? 성인의 가르침을 거울로 자신의 생각과 말과 행동을
비춰보면 저절로 찾게 되고 알게 된다. 회광반조廻光返照다. 성인의 거울
에 자신의 빛을 돌려서 비춘다. 곧 자신의 본래 바름의 근원을 알게 되고
거기서 바른 생각을 일으키며 바른 삶이 일상에서 우러난다.

이 바른 생각이 자기를 구하고 역사를 구하며 인류와 지구를 구한다.
그건 바르기 그지없는 자연의 이법으로 돌아가는 것이기도 하다. 국민들
의 바른 생각은 최상의 국력이고, 선진국 가운데 선진국이다. 바름 그 자
체인 우리 부처님이 신 가운데 신, 성인 가운데 성인이듯.

인류행복, 세계평화의 진정한 비결은 바른 생각, 바른 삶이다. 따라서
인류는 바른 생각으로 바른 말로 바르게 살아야 하고, 그렇게 하기 위해서
는 무엇보다 자기를 알아야 한다. 진실자기는 바름, 그 자체이기 때문이
다. 그 진실자기의 실현을 위해서 우리는 하루라도 더 오래 살아야 하고
건강해야 하는 이유이다.

누구나 바른 생각을 갖자. 일생을 의지하며 살 자신의 진정한 귀의처
인 바른 생각을 반듯하게 세우자. 자기의 인생과 세계는 바른 생각의 표현
이고 바른 생활의 장場이다.

노루와 노스님

강원도 깊은 산속 조그만 절에서 젊은 구도자들 몇이 노스님을 모시고 참선공부를 하고 있었다. 일상의 노스님은 자비롭기 그지없어 마치 불보살의 화현 같았다. 의당 젊은 수행자들에게 생불生佛 대접을 받았다. 사람에게만 그런 게 아니고 산에 사는 온갖 짐승들, 심지어는 미물곤충에 이르기까지 보호하고 존중하는 마음이 지극했다.

하안거 때, 노스님을 비롯해 젊은 스님들이 대중 방에서 문을 활짝 열어놓고 점심공양을 하고 있었다. 안거 중에는 여법하게 발우공양을 하고, 특히 사시공양은 가사장삼을 수하고 공양한다. 예나 지금이나 노스님들은 공양의 양이 적어서, 젊은 스님들보다 일찍 수저를 놓고 대중의 공양이 끝나기를 기다려 준다. 그날도 평소처럼 수저를 놓고 어간에 앉아서 묵연히 절 안마당을 내다보고 있던 노스님이 갑자기 벌떡 일어나서 밖으로 뛰어나갔다. 길음도 잘 걷지 못하던 노스님이 가사장삼을 입은 채 대중 방 기둥에 세워 놓았던 지팡이를 들고 고함을 지르며 뭔가를 쫓고 있었다.

대중들이 바라보니 노루 한 마리가 안마당 멍석에 널어놓은 콩을 주워 먹다가 노스님에게 들킨 것이었다. 산 짐승들도 공부하는 스님들임을 알아서인지, 아니면 워낙 깊은 산골에 살다가 보니 사람 무서운 것을 몰라서인지, 사람을 만나도 겁을 내지 않고 절마당까지 다가온 것이었다.

그런 노루가 콩멍석에 입을 댔고, 그걸 본 노스님이 지팡이를 들고 노루를 사정없이 쫓아가고 있었다. 평소와는 너무나 달랐다. 그렇게 어질고 자비롭던 노스님이 아니었다. 노루가 콩멍석에 입을 대자 그만 딴 사람이 되었다. 고함을 지르고 지팡이로 허공을 쳐가며 노루를 뒤쫓고 있었던 것이다. 모두들 고개를 갸우뚱하며 의아해 했다.

젊은 수행자들은 공양이 끝나고도 자리에서 일어나지 않고 노스님을 기다렸다. 한참이 지나서야 산모롱이까지 허위단숨에 달려갔던 노스님이 가쁜 숨을 고르며 방으로 들어섰다. 젊은 스님들 중 한 사람이 의아한 눈빛으로 물었다.

"노스님께서는 평소에 그렇게 자비스러우셨는데 오늘 노루가 콩을 조금 먹었다고 화를 내시는 것이 이해가 되질 않습니다. 혹시 무슨 까닭이 있는지요?" 노스님은 그제서야 빙긋 미소를 드리우곤,

"알다시피 축생은 지혜가 없잖아요. 한 번 버릇이 잘못 들면 죽을 자리도 모르고 그런 짓을 하게 돼요. 오늘 절 마당에 와서 콩을 먹었으니 망

정이지 마을에 내려가 그 짓을 하면 목숨이 붙어나겠어요. 그래서 내가 노루에게 버릇을 고치려고 혼을 내준 거요. 아직도 숨이 차네. 어허허!"

그때서야 젊은 수행자들은 서로 바라보고 웃으며 자리에서 일어났다. 자비에도 바른 자비가 있다는 것을 알았기에—.

국사냐, 어머니냐

『삼국유사』를 쓴 고려의 일연스님은 계행이 청정하고 도덕이 고매하여 백성에서부터 왕에 이르기까지 온 나라의 존경을 한 몸에 받았다. 그야말로 국존國尊이었다. 그리고 스님은 평소 민족과 국가에 대한 마음도 남달랐다. 나이가 많았어도 나라를 위한 일이라면 어디에 있든 몸 사리는 법이 없었다. 『삼국유사』를 쓴 걸 보면 알 일이고, 아니나 다를까 그런 스님은 78세의 고령에 충렬왕의 국사소임을 받고 개경으로 갔다.

그러나 스님은 산사에서 모시고 있던 아흔이 넘은 어머니의 안부가 염려되어 도저히 개경에 오래 있을 수가 없었다. 스님은 나라의 벼슬자리는 자신이 아니어도 맡을 사람이 있겠지만 어머니를 모시는 일은 남에게 미룰 일이 아니라는 생각을 줄곧 했다.

'바른 생각'을 찾아서

급기야, 일연스님은 자신의 심정을 왕께 간곡히 아뢰고 귀산을 간청했다. 충렬왕은 스님을 만류하다가 스님의 효심이 지극한 걸 알고는 자신이 양보하기로 했다. 무엇보다 노모에 대한 생각으로 침식을 잊는다는 소리를 듣고는 스님의 건강마저 염려가 됐다. 마침내 왕은 스님의 귀산을 허락하여 지금의 경북 군위에 있는 인각사로 돌아갔다.

스님은 일찍이 홀로 된 어머니가 연로해지면서 자신이 머물고 있는 절 가까이에 어머니의 거처를 따로 마련하고 아침저녁으로 문안을 드렸다. 당시로서는 매우 드문 아흔 다섯, 고령의 어머니를 아들 일연스님은 온갖 정성을 기울여 모셨고 늘 염려했다.

일연스님이 그의 어머니 곁으로 돌아와 시중을 들기 시작한 그 이듬해, 어머니는 96세로 세상을 떠났다. 아들 나이 79세 때다. 말하자면 어머니는 17세에 아들인 일연스님을 낳았던 것이다. 당대 고승으로 나라의 국사(國尊)가 된 아들은 자신을 낳고 길러주신 어머니에 대한 고마운 마음을 잠시도 놓지 않고 끝까지 보은의 마음을 다했던 것이다.

일찍이 만선萬善의 근본이 효행孝行이라고 했던가. 아니, 만법萬法 중의 으뜸이 효행이리라. 금선金仙께서도 그와 같으셨으니—.

스님은 왕과 함께 살 수 있는 부귀영화의 수도 개경을 떠나 인적이 끊긴 외로운 산간벽지 어머니 곁으로 돌아갔던 것이다.

배추 한 잎

인적 드문 산속에 도인이 살고 있다는 이야기를 전해들은 젊은 수행자들은 해제解制가 되자 바랑을 짊어졌다. 말로만 듣던 도인을 찾아서 설레는 마음으로 길을 나섰던 것이다. 지금과 판이한 옛날에는 이동수단이 거의 도보였고, 더욱이 수행자이기에 말[馬]이 있어도 타서는 안 되었다. 걸어서 팔도를 다니려면 수십 일이나 몇 달이 걸리기도 했다.

장거리 길을 나서면 으레 곳곳마다 신세를 지게 된다. 가까이 절이 있으면 절을 찾고 절이 없는 곳이면 여염항간에 머물러야 했다. 끼니를 건널 때도 있고 추녀 아래 몸을 웅크리고 잠시 눈을 붙일 때도 있다. 천신만고의 고생길, 온갖 일을 다 겪어야 하기에 어쩌면 만행萬行이라고 이름했을 것이다. 그래도 젊은 수행자들은 도인을 만난다는 희망찬 기대 때문에 피

'바른 생각'을 찾아서

로도 잊은 채 목적지를 향해 부지런히 발걸음을 옮겼다.

절 가까이 이르자 골짜기는 깊고 봉우리는 높았다. 심산유곡이었다. 계곡의 물길을 따라 가늘게 이어진 오솔길을 더듬어 한 발 한 발 절로 올랐다. 덥기도 했지만 절에 들어가서 부처님 전에 참배를 하자면 얼굴을 씻어야 하기에 두 사람은 개울로 내려갔다.

소매를 걷고 씻으려는 순간, 배추 잎이 물에 둥둥 떠내려 오는 것이 보였다. 그걸 본 순간 두 사람은 불각 중에 얼굴을 마주 바라보았다. 낭패한 기색이 역력했다. 다시 서로를 바라보는 순간, 그들은 말없는 의견의 일치를 보았던 것이다. '우리가 도인을 찾아 이 먼 곳까지 왔지만 먹는 걸 소홀히 하는 절이라면 도인을 만나봤자 얻을 것도 배울 것도 없으니 그만 발길을 돌리세'의 암묵적 공감이었다. 두 사람은 개울에서 올라와 오던 길로 조용히 발길을 돌렸다.

그때 저쪽 산모롱이에서 지팡이를 짚은 노스님이 허위허위 달려오고 있었다. 발걸음을 멈추고 물끄러미 바라봤다. 개울에서 배추를 씻다가 배추 잎이 떠내려가 주우려고 쫓아내려오는 걸음이었다는 것이다.

두 젊은 스님은 맨 땅에 엎드려 노스님을 향해 큰 절을 하면서 자신들의 순간적인 과오를 뉘우치고 참회했다.

성철스님의 탁발

조국광복 후 경북 문경 희양산에 있는 봉암사로 수행자들이 모여 들었다. 성철스님이 주동이 되어 벌린 '새불교운동', 이른바 '봉암사결사' 때문이었다. 그때 봉암사에 수행자들이 모여서 공부를 열심히 하고 철저하게 했던 건 거기만의 일은 아니다. 열심히 사는 곳은 다른 곳도 있고, 으레 수행자라면 용맹정진 하는 게 본분이기도 하다. 또 역사적으로 봐도 그런 사례는 많다. 자신의 전 인생을 던져 출가하여서 전심전력을 기울이는 건 되레 당연한 일이지, 별로 특별할 일이 아닌 것이다. 세간에서 살아가고 있는 장삼이사張三李四도 그렇게 인생을 산다.

그때 결사의 주창자였던 성철스님에게 얻을 수 있는 가장 큰 가르침은 따로 있었다. 매일 땔감노동이나 생산노동을 했거나 잠을 적게 잤거나

'바른 생각'을 찾아서

공주규약共住規約을 정해 놓고 열렬하게 살았던 것은 수행자들의 일과이고, 또 그런 정도의 일은 인생의 젊은 시절에 누구나 한 번 쯤은 있을 법한 일이기도 하다. 군이 결사가 아니더라도 말이다.

탁발은 부처님의 가풍이다. 탁발은 부처님이 성도 후 고향에 갔을 때 부왕이 창피스럽다고 손사례를 쳐서 만류했지만 부처님은 부왕의 뜻을 따르지 않고 지켜낸 출가자들의 만고전범萬古典範이다. 불교의 자랑스런 수행이 되고 만대를 잇는 인류의 보시와 나눔의 근원이 된 것이다.

그렇지만 세월이 흐르면서 남쪽불교와 북쪽불교가 조금씩 달라져 갔다. 인도에서는 절(精舍)이 마을 가까이 있어 걸식을 해서 끼니를 해결할 수 있었지만, 북쪽에서는 그게 불가능했다. 절이 마을을 멀리 벗어난 심산유곡에 있었기 때문이다. 그래서 해제 때 이 마을 저 마을 돌면서 탁발을 해서 결제 한 철(3개월) 동안 먹을 양식을 미리 마련해야 하고 기타 생활 필수품도 장만해야 한다.

당시 봉암사에서도 결제가 되기 전 해제 중에 전 대중이 나서서 마을마다 집집마다 다니면서 탁발을 해서 결제동안 공부할 준비를 했다. 특히 봉암사결사는 옛 부처님 가풍으로 돌아가자는 게 근본취지였기에 탁발은 으뜸 수행이었다. 그랬기에 결사의 주창자였던 성철스님부터 탁발에 앞장서야 했다. 그런데 탁발을 나가면 대중 가운데 성철스님만 텅 빈 바랑, 빈손으로 돌아오곤 했다. 대중이 수군거렸다.

하루는 젊은 수행자가 그런 성철스님을 따라 나섰다. 두 스님은 동네를 나누어 집집마다 탁발을 하면서 간단한 축복염불을 했다. 그렇게 하루 종일 탁발해서는 해가 기웃해 지면 약속한 장소에서 만났다. 성철스님은 절로 돌아갈 생각은 않고 그 동네에서 가장 가난한 집을 찾아갔다.

낮에 미리 봐 두었다가 해가 저물면 그 집을 찾아가서 바랑에 든 모든 시주물을 다 쏟아놓았다. 어리둥절한 주인에게,

"이걸 여기다 좀 맡깁시다. 나중에 내가 찾으러 올 터이니 그때까지만 좀 맡아주시오. 만약 내가 일이 있어서 며칠 내로 오지 못하면 그땐 주인 장께서 알아서 처리하세요"라고 말했다.

물론, 다시 가지 않았다. 받는 사람의 자존심을 존중한 성철스님식의 배려일 뿐이었다. 성철스님은 절 내에서도 극도로 물자를 아꼈고, 절 땅에서 받는 경작세도 일절 받지 못하게 했다.

그런 성철스님을 따라 나선 젊은 수행자는 비로소 자신이 가야 할 진정한 수행자의 수행길을 보았던 것이다. 절 밖에서―.

최고의 수행, 세상을 구제한다

부처님은 성도 2년 후 고향 까삘라왓투를 방문하기로 결심한다. 아버지인 숫도다나 왕의 간청에 의해서였다. 기록에 의하면 라자가하를 출발한 부처님 일행은 멍에를 진 황소걸음으로 꼬박 두 달 만에 까삘라왓투에 도착한다. 그런데 부처님 일행은 실로 오랜만에 고향에 도착해서도 왕궁으로 들어가지 않고, 니그로다 숲으로 향했다.

아침이 찾아왔다. 니그로다 숲에는 꽃만 무성하고 새들의 노래 소리만 가득 들릴 뿐, 부처님 일행을 공양에 초청하는 사람은 없었다. 부처님 가르침을 몰랐으니까. 해가 제법 높이 솟았을 때 부처님께서는 조용히 자리에서 일어나 가사를 갖추어 입고 바루를 들고 숲을 나섰다. 그 뒤를 비구들이 따랐다. 일곱 집을 차례로 비시었다. 곧 성 안에 소동이 일어났다.

"숫도다나 왕의 아들 싯닷타가 이집 저집 밥을 빌러 다닌다."

입에서 입으로 전해진 소문은 걸음보다 빨랐다. 라훌라의 어머니 야소다라가 누각의 창문을 열어젖혔다. 거리에 늘어선 구경꾼들 사이로 부처님과 제자들의 행렬이 다가오고 있었다. 야소다라는 긴 한숨을 토했다. 자존심 강한 사꺄족에게 도저히 있을 수 없는 일이 일어났다. 숫도다나 왕도 달려나갔다.

"아비에게 이런 창피를 주어도 되는 것이오. 내 집에서 붓다와 비구들에게 공양하지 못할 것 같아 이러시오?"

"부왕이시여, 들으십시오. 이것은 우리 가문의 오래된 가풍이고 바꿀 수 없는 전통입니다."

"붓다이시여, 우리 종족은 예부터 밥을 빌은 가풍이나 그런 전통 따윈 없소."

"부왕이시여, 출가사문의 법도이고 가풍이며 전통입니다. 저는 이제 모든 부처님이 하셨던 옛일을 고스란히 이어받아서 지켜가야 합니다. 세간의 법과 율은 쇠하기도 하고 바뀌기도 하지만 진리의 법과 율은 바뀌지 않습니다."

이처럼 걸식은 우리 불교의 오랜 가풍이고 자랑스런 전통이다. 진정한 소통이란 옛 가풍을 지키는 것으로 말없이 계승된다. 과거와 오늘, 미래까지 이어가는 소통이다. 따라서 법을 지키면 따로 문구를 내걸지 않아도 일상을 통해 조용히 소통이 된다. 옛 가풍을 지키지 않으면서 소통이라는 이름만 내걸어서 될 일은 아니다.

바른 법만 실천하면 모든 걸 얻는다. 그런데 바른 법은 실천하지 않으면서 '소통과 화합'의 구호만 내건다. 점점 세속의 자기과시의 선전이나 젊은이들의 인기몰이와 같아진다.

불교의 걸식과 보시야말로 후예들이 의당 지켜야 할 위없는 법, 최고의 수행이다. 단연코 위빠사나나 간화선보다 더 뛰어난 수행이고 삶의 방식이다. 걸식과 보시의 정신을 되찾아야 불교가 살고 오늘의 인류가 산다. 불교의 진정한 생명력이고 진리의 위대한 힘이다. 절에서 물건 팔지 않고, 음식장사나 숙박업하지 않고, 부처님 교리 가르쳐 주고 돈 받지 않고, 오로지 걸식과 보시로…….

아, 그런 날이 언제 다시 올까. 내 생전에 볼 수 있을까!

율장을 가져 와라

서울 잠실 불광사의 법주인 광덕스님은 말년에 병약과 노쇠로 자리보존의 나날이 많아졌다. 자연 누워 지내는 시간이 많으므로 대중의 염려도 컸다. 신도들이 법주法主인 광덕스님의 건강을 염려하여 훌륭한 의사나 좋은 약을 연속부절로 소개했다. 스님께서는 그때마다 간곡히 사양한 적도 많으나 어쩔 수 없이 받아들이는 경우도 있었다.

그런 때는 약재가 뭔지, 혹시 출가사문으로서 복용하지 말아야 할 것이 있는가를 자세하게 살폈다. 비록 아무리 몸에 좋고 병에 특효약이라고 해도 스님 일신만 생각하지 않았다. 언제나 사문으로서의 도리를 앞세웠던 것이다.

어느 날 신심 깊은 신도 내외가 예의 특효약을 가지고 찾아왔다. 마침

필자가 곁에 있을 때였다. 그때 스님은 이렇게 자신의 심정을 간접적으로 밝혔다.

"옛날에 어떤 스님은 몸이 아파서 곧 죽을 지경에 이르렀는데도 주변에서 약을 구해오자 시자에게 율장을 꺼내오라고 했어요. 그런 성분의 약을 먹어도 되는지를 책장을 넘겨가며 일일이 확인했어요. 모름지기 출가사문은 부처님의 법도와 가르침을 자신의 목숨 위에 두어야 해요. 고불고조古佛古祖는 그렇게 했는데 후손인 난 그렇지 못한 것 같아서 매우 부끄럽군요."

부처님 진리의 원칙을 지키고 불교의 자랑스런 전통을 계승하는 수행자의 높은 금도襟度는 목숨으로 밝히는 진리의 등불이다.

주지스님의 싸움

어느 교수 불자가 있었다. 신심도 깊고 불교학이 자신의 전공은 아니었지만 이해도 상당했다. 교수뿐 아니라 가족들이 모두 일요법회에 다니는 모범불자 가정의 가장이다. 마침, 집 가까운 곳에 절이 있고, 덕 높은 주지스님이 있어서 멀리 있는 절에 다니다가 일요법회는 그 절로 옮겨 다니고 있는 중이다.

그 절 주지스님은 노스님이기도 하지만 마음씨 좋은 할아버지 스님이다. 어느 때라도 찾아가면 웃으며 차를 내놓으며 반겨주었고, 무슨 말이라도 다 들어주는 자비스런 보살이었다. 권위나 위엄을 조금도 부리지 않고 사람을 편하게 해 주는 '스님 할아버지'였던 셈이다.

노스님은 동진출가童眞出家를 했지만 세간에 대해서 아는 것도 많고

——   '바른 생각'을 찾아서

이해심도 깊었다. 무엇보다 생각이 공정해서 노스님과 대화중에는 은연중 느끼는 점이 많았다. 마치, 거울 앞에 앉아 있는 생각이 들 정도다. 절의 대중 가운데 젊은 스님이 몇 있긴 하지만 아직 학인들이라 주지스님은 높은 연세에도 절 살림살이 대소사를 다 살폈다. 그런 노스님께 교수불자는 혼자 해결하기 힘든 학교일, 가정일 등, 삶의 고민이 있으면 으레 찾아가서 위로도 듣고 지혜도 얻곤 하는 인생의 멘토였다.

어느 때, 좀 일찍 퇴근하여 절엘 갔는데 절 입구에 들어서니 뭔가 왁자지껄했다. 고성이 일었고 분위기가 사뭇 거칠었다. 교수도 아는 그 절의 단골 목수와 주지인 노스님과 다투고 있었다. 교수는 당황했다. 얼른 달려가서 노스님께 합장을 하곤 목수를 진정시켰다. 양쪽의 기세가 좀 누그러진 것을 보고는 목수에게 다가가서 다음 기회에 다시 차분히 이야기하라고 부탁했다. 목수도 주지스님이자 노스님과 다퉈봤자 덕 될 일이 없다는 걸 알아서인지 노스님께 합장을 하곤 순순히 물러갔다. 어느 새 평온을 되찾고 주지실 찻상 앞에 노스님과 마주 앉았다.

"대관절 왜 노스님께서 젊은 목수와 싸움을 하십니까. 신도들이 보면 얼마나 민망스럽겠습니까. 뭔 일이 있으면 다른 사람을 시켜서 조정을 하시지요."

"글쎄, 그 사람이 경우에 어긋나게 일한 값을 터무니없이 더 달라고 하잖아요. 또 물건 값도 부풀려서 처음 계약과는 엄청 차이가 나기에 그걸 조정하다 그만 싸움이 되고 말았소. 내 수행부족이오."

"그럼, 모른 채 하고 인심 좋게 좀 더 주고 말지요."

"이것 보시오. 교수님! 무슨 그런 말을 하시나요. 그 돈이 어디 내 돈인가요? 난 절 돈의 관리자일 뿐이지요. 돈 주인은 따로 있어요. 관리자에겐 아무런 권한이 없어요. 혹시, 내가 출가할 때 돈을 한 짐 잔뜩 짊어지고 왔으면 인심도 쓰고 좋은 사람이라는 평판도 받도록 내 마음대로 펑펑 쓰겠지만 난 그렇지 못했어요. 그러므로 현재 내가 가지고 있는 돈에 대해서는 모두 관리책임을 져야하는 공적인 절 돈이지요. 마치 은행원들과 같아요. 은행돈의 주인은 고객이듯이 절 돈의 주인은 부처님이지요. 은행원들이 고객 돈을 함부로 하다가 감옥 가는 거 봤지요. 마찬가지로 부처님 돈 함부로 하면 감옥보다 더한 지옥가게 돼 있어요. 허허허!"

그때서야 교수는 노스님의 진정한 뜻을 알 수 있었다. 평소 노스님의 일처리에 대한 처신을 존경하고 있었지만 그날의 노스님 마음가짐을 보고 듣고는 더욱 깊은 믿음과 존경을 가지게 되었다.

생각해보면, 노스님인들 목수와 싸우고 싶었겠는가. 왜, 넉넉하게 인심 쓰고 싶지 않았을까. 사람은 누구나 칭찬이나 후덕한 평판을 받고 싶어 하는데도—.

보통사람은 조그만 권한이라도 쥐게 되면 함부로 자기를 내세우기에 급급하다. 그렇지만 그 노스님은 자기의 기분이나 체면은 뒤로 하고 오로지 직무에 대한 책임감으로 한결같이 절 일을 하고 있다. 악역인 싸움마저도 마다않고.

다시 돌아가다

　사명당 유정스님이 임진왜란 7년 동안 승병대장으로서 전투와 축성 등에서 보여준 지도력이나 왜장 가등청정과의 협상에서 발휘한 외교능력은 실로 탁월하였다. 그것은 이충무공이나 권율장군처럼 조정의 관리로서 전쟁을 당하여 자기본분을 다한 경우와는 전혀 성격이 다르다. 그는 유교의 조선사회에서 천시받는 승려신분으로 의승병을 자발적으로 일으켜 전쟁에 참여했다. 더구나 전쟁이 끝난 후에도 일본으로 건너가 새 집권자 덕천가강과 강화협상을 하여 무고하게 피랍되어 간 수천 명의 조선 남녀들을 데려오는가 하면 향후 통신사행의 기초를 다지는 등 혁혁한 공적을 이루었다.

그럼에도 불구하고 조정의 사관은 그가 승려라는 이유로 그의 공적에 대한 기술에 인색하였다. 또한 사명당 스스로도 불법의 가르침에 따라 자취 남기기를 꺼렸다. 그러한 까닭에 일반에서는 그 빈자리를 설화로 꾸며 메울 수밖에 없었다.

—『사명당평전』저자의 머리말에서

위의 인용문은 사명스님의 생애에 대해 잘 언급해 놓은 글이다. 스님은 자신이 평생을 걸쳐 목숨을 걸다시피 노력하여 얻은 부처님의 진리, 그 진리의 실천장으로서 사회와 국가에 몸과 마음을 다했다. 세간적으로 보자면 나라를 위해 일하여 공훈도 세웠고 벼슬도 받았지만 그 모든 걸 칼로 무를 베듯이 끊어 버리고 출가자 본연의 마음으로 인적이 드문 산속으로 표연히 돌아간다.

스님은 오로지 불교의 진리와 민족을 위해 성실하게 일생을 살았다는 것에 수행의 본분을 삼았던 것이리라. 그때의 사회가 스님들을 어떻게 대접했느냐, 나라에서 불교를 어떻게 대접했느냐 하는 건 일절 말하지 않았다. 보기에 따라서는 바보같이 일만 하곤, 아무 조건 하나도 내걸지 않고, 이득 한 가지 취하지 않고 초연히 절로 돌아갔던 것이다.

그의 스승, 서산스님도 마찬가지고 그 당시 구국운동에 나섰던 스님들이 똑같은 생각을 가지고 있었던 것이다.

절에서 배우고 닦은 진리를 아낌없이 나라를 위해서 썼고 백성을 구제하기 위해 목숨도 아끼지 않은 것을 수행자의 도리, 보살의 지극한 행으로 여겼던 것이리라.

특히, 사명스님은 전쟁 중에나 전쟁이 끝난 뒤에도 나라 안팎의 온갖 일을 맡아서 했고 많은 사람들과 폭넓은 교유를 가졌다. 나라 안에서는 불교를 대표했고 일본에 가서는 나라를 대표했다. 유생들과는 불교의 이치나 일반 교양에 그들을 능가했고, 사신으로 일본에 가서는 그 무엇에도 망설이거나 걸림이 없었다. 시를 짓거나 글씨를 쓰거나 외교적으로 담판을 하거나 설법을 하거나 당당한 풍체의 위엄으로나 종횡무진으로 그들을 압도하여 나라의 체통을 세웠다. 스님의 풍모로 보나 행적으로 보나 가히 신언서판身言書判을 갖춘 출중한 인물이라고 할 수 있겠다.

그런 사명스님은 벼슬도 받았다. 그걸 빌미로 얼마든지 세간을 왕래할 수도 있었고, 불교를 위한 로비역할을 내세워 비승비속으로 편하게 살 수도 있었을 것이다. 아니면 노년에 서울 근교의 절에 머물면서 그간에 관계했던 세속과 단절하지 않고 여복餘福을 누릴 수도 있지 않았을까?

그렇지만 사명스님은 자신의 할 일이 끝났다는 것을 판단하고는 그 모든 걸 떠나서 초연히 절로 돌아온다. 마치 『금강경』 제1분에 부처님께서 걸식을 마치시고 정사精舍로 환지본처還地本處: 본래자리로 돌아감 하시는 것처럼 사명스님은 구국구세救國救世의 임무를 끝내고는 초연히 해인사로 환지본처 한다. 출가자로서 사명스님은 그 어떤 능력보다 이 점이 두드러진다.

행자와 노스님

깊은 산속, 겨울 어느 날. 자그마한 암자 후미진 요사 툇마루에 노스님이 앉아서 졸고 있다. 따스한 햇볕을 즐기며 연신 머리를 끄덕인다. 그때 젊은 행자는 산에서 땔감나무를 한 짐 잔뜩 짊어지고 비틀비틀 허기진 걸음으로 암자로 들어섰다. 인기척이 나자 그때서야 노스님은 살그머니 눈을 떴다.

방마다 나무가 땔감이던 시절에 절에서 하는 가장 큰 일이자 중요한 일이 땔나무 준비하는 것이다. 겨울에 춥지 않으려면 가을부터 나무를 해야 하지만 그래도 부족하여 눈 오지 않는 날은 틈틈이 나무를 해서 쌓아 놓아야 한다.

그 절 행자도 부처님의 말씀을 배우는 일보다 나무하는 일이 우선이어서 매일 산으로 올라가서 꼬박꼬박 나무를 해 나른다. 그 날도 여느 때처럼 뒷산에 올라가서 부지런히 나무를 해서 한 짐 가득 지고 내려오는 길이었다.

노스님은 눈을 가늘게 뜨곤 행자와 나뭇짐을 번갈아 바라본다. 언제 졸았냐는 듯이 행자의 거동을 살피다가 나뭇짐으로 눈길을 준다. 뭘 봤는지 노스님은 이내 눈살을 찌푸린다. 행자는 그것도 모른 채 제법 득의양양하여 나뭇짐을 부엌 아궁이 앞에 턱 부려 놓는다. 어쩌면 노스님으로부터 칭찬의 말을 속으로 기대하고 있었는지도 모른다. 그러나 칭찬은커녕 노스님 눈살을 찌푸리게 했으니 오늘 칭찬은 온데간데없게 되고 말았다.

"이거 봐, 행자? 왜 다 삭은 고목나무를 짊어지고 왔어. 거긴 온갖 벌레들이 붙어서 살고 있잖아. 그걸 아궁이에 넣으면 아궁이는 화장막이 되는 거야."

행자는 화들짝 놀랐다. 자신이 무심코 해온 나무를 가만히 살펴보니 노스님의 말씀이 옳았다. 순간 어찌 할까 갈피를 잡지 못해 멍하니 서 있었다. 노스님의 말이 다시 귀청을 울렸다.

"뭐, 하고 그렇게 서 있어."

행자는 그때서야 정신을 차리고 고목나무를 짊어지고 다시 산으로 올라갔다. 노스님은 툇마루에 앉아 언제 무슨 일이 있었는가 하듯이 연신 고개를 끄덕여 가며 다시 졸기 시작했다.

달라이 라마와 비폭력

    티베트의 제 14대 승왕, 달라이 라마는 따로 설명할 필요도 없이 우리 시대 전 세계에 잘 알려진 불자佛子다. 세계인들이 미국의 대통령 이름은 몰라도 그의 이름은 알 정도다. 이미 나온 그가 쓴 책만 해도 수십 권이나 되고, 다른 사람들이 그에 관해 쓴 논문이나 저술도 헤아릴 수 없이 많다. 그리고 세계 유명 언론매체들은 늘 그의 동정이 주요 관심사이다. 마치 중계방송이라도 하듯이 그의 활동이 바로바로 세간에 소개되고 있다. 까닭에 달라이 라마의 일거수일투족을 세계 사람들은 그때그때 다 알고 있다고 해도 과언이 아닐 것이다.

    또 달라이 라마를 지지하는 모임, 직접적으로 도움을 주는 모임, 좋아하는 모임 등은 헤아릴 수조차 없다. 세계의 어떤 정치지도자도 이렇게 시종 폭넓은 관심을 받는 경우는 드물지도 모르겠다. 10억이 넘는 인구와 거대한 땅덩어리의 중국마저도 달라이 라마 이야기만 나오면 체통불구하고 핏발을 세워 거친 표현도 마다하지 않는다. 가히 1대 10억인 셈이다.

그럼, 왜 이렇게 달라이 라마는 세계인들에게 폭넓은 지지를 받고 그 인기와 지지도가 식을 줄 모를까. 식어가기는커녕 날이 갈수록 관심과 지지는 되레 높아만 간다. 그는 당대 세계의 정신적 최고 지도자다. 자신은 어떤 권위도 대접도 마다하고 언제나 소박하고 다정한 세계인들의 친구에 불과하다고 자처하는데도 말이다.

그가 자신의 조국을 강대국에게 강탈당해서일까, 여기저기 떠도는 망국민의 가엾은 신세가 되어서 사람들이 갖는 동정심일까, 아니면 불교의 수행깊은 스님이어서일까, 신비한 티베트의 승왕이어서일까, 또는 정치를 잘하거나 웅변이나 설법을 잘 해서일까, 매사에 처신을 매끄럽게 잘해서일까, 노벨평화상을 받아서일까, 수많은 베스트셀러의 작가이며 그 주인공이어서일까? 등등을 따져보면 그런 것이 다소 영향은 있겠지만 전부는 아니라는 걸 곧 알게 된다.

그에게는 그런 것들 외에 더 중요한 뭔가가 있다. 지속적으로 세계인들의 사랑을 받고 지지를 받는 까닭이 분명 있다. 표면적으로 드러나지 않는 내부의 그 무엇을 그는 갖고 있다는 뜻이다. 입에 달고 살지는 않지만 늘 가슴에 살아있는 그만의 것이긴 해도 세계적인 것이 분명 있을 것이다.

바로, 비폭력이다. 비폭력의 정신이 그의 내부에 굳건히 자리하고 있다. 사실 강력한 힘인 폭력 앞에 비폭력은 목숨을 내놓아야 하는 일이다. 또 자신의 조국인 티베트를 강탈하고 자신을 핍박하는 사람들에게 적개심을 갖지 않고 미소를 띠며, 끝까지 그들의 이성과 양심을 촉구하는 건 결코 아무나 할 수 있는 흔하고 만만한 일도 아니다. 수시로 자신의 목숨을 노리는 사람들 속에 살면서도 언제나 태연하게 미소를 띤다는 것도, 동포들의 고난과 희생을 바라보며 대의大義의 분노나 적개심마저 갖지 않는다는 건 성인聖人 외에는 불가능한 일인지도 모른다.

그런 비폭력은 우선 인간에 대해 지고의 선善이라는 이해와 믿음을 갖지 않으면 안 된다. 그리고 자신이나 동포들, 인류의 앞날에 대한 밝은 희망을 갖지 않으면 할 수 없는 일이다. 비폭력은 인간내면의 진실을 깊이 신뢰했을 때만 할 수 있는 일이고 지속 가능한 일이다.

이런 달라이 라마의 비폭력은 누구에게 배운 것이나 권유받아서 하는 것이 아니다. 물론, 달라이 라마보다 비폭력운동의 선배인 인도의 간디로부터 영향은 받을 수도 있다. 그러나 비폭력은 가슴에서 우러나지 않으면 불가능한 일이다. 배웠다고 해서 금방 실천이 되는 게 아니고 누구나 할 수 있는 일이 아니기 때문이다. 만약 배웠다고 다 되면 간디에게 배운 사람이 어디 하나 둘일까. 그러므로 비폭력은 자신의 가슴에서 우러나지 않으면 목숨을 걸 신념이 될 수 없다. 신념이 없는 일은 지속적이기 어렵고 어려움을 만나면 금방 후퇴하거나 적당히 타협하고 만다.

특히나 자신의 조국인 티베트의 독립운동은 달라이 라마 혼자 하는 일이 아니다. 많은 동지가 있다. 다람살라에도 있고 티베트 안에도 있다.

'바른 생각'을 찾아서

그들은 세계 각처에 흩어져서 각기 티베트 독립운동을 하고 있다. 그들의 생각이나 방법은 숫자만큼 다를 수도 있다. 그런 그들이 모두 비폭력을 따르는 것도 선호하는 것도 아니기에 말이다. 이런 안팎의 저항요소를 극복하는 데는 무엇보다 비폭력에 대한 달라이 라마의 굳센 신념이 필요하다. 그것도 아주 강력한 신앙이 없으면 안 되는 일이다.

달라이 라마는 비폭력에 대한 신앙을 가지고 있다. 해서, 자신의 인생을 다 바쳐서 평생 동안 그 길을 묵묵히 걸어가고 있다. 그런 달라이 라마는 티베트나 세계의 종교지도자이기 전에 한 사람의 평범한 붓다의 제자인 출가한 스님이다. 그가 스님으로서 비폭력을 배우거나 깨달았다고 말한다면 붓다로부터 배우고 깨달았지 않았을까. 인류의 비폭력 정신의 원조는 붓다였기에—.

보아라, 정교분리의 정신을

1970년대 후반 유신 말기, 무소불위의 권력자인 박정희 대통령이 인근의 행사를 마치곤 해인사를 참배했다. 그때 성철스님은 산내 암자인 백련암에 머물면서 대통령이 방문한다는 소리를 듣고도 큰절로 내려가지 않았다. 세속의 나이로는 성철스님이 몇 살 위였지만 나라의 대통령이 산속 절까지 찾아왔는데 예의로도 내려가야 했지만 백련암을 벗어나지 않고 있었다.

여염항간에서도 집안에 손님이 오면 각별하게 대하는 것이 고래로부터 우리들 인정이고 미풍양속이다. 의당, 가야산 산내 최고 어른인 방장 성철스님이 큰절로 내려가야 했다.

그런데 성철스님은 어인 일로 백련암에서 꿈쩍도 하지 않았을까? 당시나 지금까지도 대중의 의견은 분분하지만 성철스님의 참된 속 내막은 모르는 것 같다.

성철스님은 은거하다시피 해인사에서만 살았던 것으로 사람들은 생각한다. 성철스님은 아무런 생각 없이 산을 지키고 절을 지키고 가르치는 것으로 도인으로 추앙받으며 조용히 한 생을 살았다고 생각한다는 말이다. 그러나 성철스님에게는 평생에 걸쳐 꼭 하고 싶은 간절한 일이 있었다. 청담스님과도 그 일에 꿈을 같이 꿨고, 나중 해인사 방장이 된 후에는 광덕스님에게 부탁하여 청사진까지 그려놓았던 준비된 일이 있었다.

바로, 스님들을 전문으로 교육하는 승가대학을 해인사에 건립하는 일이었다. 성철스님은 절 짓고 치장하는 일에 대해서는 검박할 뿐 아니라 설령 고래 등과 같은 기와집을 연신 지었다고 해도 대단하게 여기지도 않았다. 자신이 사는 백련암 건물에 단청도 못하게 하는 걸 보면 스님의 성정에 대해 충분히 짐작이 갈 것이다.

그랬지만 제대로 된 번듯한 승가대학을 만들어 학덕과 교양, 수행을 골고루 갖춘 스님들을 양성하는 일에 대해서는 시종 관심을 놓지 않았다. 이런 해인사 방장 성철스님이 당시의 대통령을 만나 자신의 포부를 한마디만 슬쩍 흘리기라도 했다면 얼마든지 가능한 일이었을지도 모른다. 아마, 그런 가능성을 성철스님 본인이 가장 잘 알고 있었을것이다.

그런데도 어인 일로 성철스님은 천재일우의 그 호기好機를 마다하고 큰절로 내려가지 않았을까. 큰절에서 누가 올라가 뭐라고 설득해도 듣지 않았다. 옹고집으로 끝내 자신의 뜻을 관철했던 것이다.

대통령이 싫어서거나 미워서가 아니다. 나라의 대통령을 떠나 해인사의 방장을 떠나 서로 한 사람의 평범한 인간으로서도 얼마든지 만날 수도 있는 일이다. 만나서 허심탄회하게 인생을 말하고 들을 수 있는 경륜과 연령을 서로 갖췄던 것이다. 두 인물 사이에 만나지 않을 만나지 못할 억하의 심정을 따로 가질 일이 있는 것도 아니고, 그런 범부들도 아니다.

거기엔, 아니 성철스님의 가슴엔 오로지 승단을 위한 만세의 표준이 들어 있고, 천고의 교훈이 들어 있었기 때문이었으리라. 바로, 정치와 종교의 분리인 정교분리政教分離의 드높은 정신이다.

정교분리의 전범典範은 성철스님이 당대의 불교계나 미래의 출가자들에게 선배로서 선지식으로서 보여야 할 목숨과도 같은 규범이고, 앞으로 승단이 살아갈 길이라고 생각했던 것이리라.

바로 그런 정신 앞에서는 자신이 평생 꿈 꿔 왔던 목전의 승가대학도 '저리 가라'가 아니었을까.

여담이지만 해인사에서 성철스님을 끝내 만나지 못한 대통령은 산내 암자인 사명암에 가서 새로 짓다싶은 중창불사를 약속했다. 비록 중창을 못보고 갔지만─. 오늘의 해인사 사명암 모습이다.

돌아보면 조선시대 조정에서는 정책적으로 불교탄압을 줄기차게 했음에도 아랑곳없이 사명스님은 임진전쟁이 발발하자 누구보다 먼저 나무

지팡이인 육환장을 검으로 바꾸어 들고 산을 내려갔다. 그 당시 스님들이 그랬고 불교가 그랬던 것이다.

그런 사실을 잘 알고 있던 대통령은 간난의 위기에 처했던 나라를 위한 사명스님의 뜻을 받들고 싶었고, 후손에게 남겨주고 싶었을 것이다. 스님이기 전에 우리 민족의 영웅인 사명스님을 기리자는 생각을 대통령은 그렇게 했던 것이리라.

그런 대통령의 심정 앞에 승가대학을 말했다면 결과는 어땠을까. 그러나 성철스님은 승가대학 열 곳보다 더한 교훈을 남겼다. 원칙주의자 성철스님의 역사적 모습이고 만세의 위상이다.

불교 안에 다 있다

　광덕스님이 한창 불교운동을 이끌어 가던 때는 1970년대, 그 사회가 요동치다시피 시끄러웠다. 3선 개헌에 이어 유신을 시작했던 그 시절이었다. 그 이후로도 정치 · 사회문제와 환경문제 등 제반문제들이 속속 등장했고, 거기에 따라 불교계의 젊은 층들과 특히 스님들이 사회문제에 눈 뜨기 시작했다. (그렇게 시작된 스님들의 사회참여는 스님이라기보다 아예 사회운동가로 자리매김 한 경우도 더러 있지만—.)

　이런 분위기 속에서도 광덕스님은 줄곧 불교지상주의佛敎至上主義를 표방하고 시종 그 길로 갔다. 이해와 생각에 따라서는 완고하다고 느낄 수도 있고 찬종부적이라고 생각할 수도 있을 것이다. 그러나 불교지상주의는 광덕스님 자신의 자존심이고, 법에 대한 투철한 신념이었다. 해서,

광덕스님은 사회적인 모든 문제의 해결점을 불교 안에서 찾고 싶어 했고, 불자라면 의당 그래야 한다고 주장했다. 정치적인 민주화운동이나 지구 환경적인 자연보호운동도 불교적인 원리에서 나온 방법이어야 한다고 역설했다. 그러므로 물리적인 방법으로라도 세간의 빠른 변화를 외쳤던 사람들에게는 양이 차지 않을 수도 있었을 것이다.

그렇지만 인간 이성의 지순한 모습이 불성이라고 생각했던 광덕스님은 불성의 계발, 그 현전을 통해 이상세계를 궁극적으로 건설하고 싶어 했다. 한마디로 말하면 중생성숙 국토성취衆生成熟國土成就다. 불교의 전법, 불교사상의 전파를 통해 모든 사람들에게 법의 인격화를 도모하고, 그런 사람들에 의해 진리를 토대로 한 정의로운 국가의 등장을 염원했던 것이다. 긴 호흡과 멀리 내다보는 안력眼力이 있어야만 가능한 일이다.

왜냐하면 폭력은 또 다른 폭력을 부른다는 사실은 너무나 분명한 역사적으로 증명된 일이고, 이미 불교계 내부에서도 경험했던 일이기 때문이다. 따라서 폭력이 폭력을 부르는 악순환에 도 닦는 사람들마저도 무턱대고 덤벼들어서는 안 된다고 봤던 것이다.

광덕스님은 세간의 시대적인 한 흐름에 따른 임시방안이 아닌, 불교의 항구적이고 평화스런 인간의 지성을 바탕으로 한 사회과학적인 묘안, 묘방을 찾아나섰고 몸소 실현했던 것이다. 비폭력운동과 맥락이 닿아 있다고나 할까.

광덕스님은 불교의 가르침을 널리 퍼뜨려 개개인인의 정수인 불심을 되찾아 계발하면, 거기서 모든 문제를 해결할 수 있고, 그것이야말로 인간사회의 정신을 한 차원 끌어올리는 장거라고 봤던 것이다. 말하자면 광덕스님은 불교의 인간관과 세계관을 고스란히 현실에 드러내고 싶어 했고, 그걸 만방에 실현하려 했다. 구국구세다.

광덕스님은 반야안般若眼 성취에 의한 선불교의 존재론과 화엄행원의 실천론을 견지하고 있었다. 스님은 그 두 가지에서 분명 새로운 방안을 보았고 길을 봤던 것이다. 광덕스님은 일생동안 줄기차게 그런 차원에서 사회변혁을 통한 역사발전에 깊은 관심과 용기있는 실천을 가졌었다.

결국, 억압체제에 대한 저항과 정의의 실현, 그것은 자각을 통한 삶의 방식을 바꾸는 것 등, 모두 불교적인 방법이어야 한다고 주장했다. 예를 들면 진리파지眞理把持로서 이성이고 실천적인 비폭력운동이라든지 자각을 통한 환경운동이어야 한다고 보았다.

고도하고 체계적이며 근원적인 사상체계를 몸소 체험하고 있는 불교인들이 사회의 흐름이나 방법에 일방적으로 휩쓸려서는 안 된다고 봤던 것이다. 불교의 정체성을 상실한다는 것이었고, 그건 결국 인류의 불행이라는 입장이었다.

특히, 스님[출가수행자]들은 어떤 경우에도 삼보의 구성체로서 스님 신분을 벗어나는 걸 원치 않았다. 출가자가 무슨 운동가, 사업가 등의 이름을 띠는 것에 대해서 고개를 가로저었다. 오로지 불교 안에서 불교인으로서 모든 문제를 불교식으로 해결해야 한다고 생각했고 몸소 그렇게 살았다.

그래서 광덕스님은 권력자를 굳이 멀리하지도 않았지만, 애써 가까이 하지도 않았다. 해마다 다가오는 '불광창립기념법회'에는 모든 불광가족들이 다 모이는 날이다. 정치인들이나 지역구 국회의원들은 당연히 그런 기회에 오고 싶어 한다. 그러나 한 번도 그날을 빌어 유명 정치인이나 지역구 국회의원을 따로 초대한 적이 없다. 다만, 찾아오는 정치인은 당을 떠나 누구든지 만났고 나라를 걱정했고 개인적인 덕담도 주고받았다. 불자로서 평등하게 불편부당의 의연함과 자비를 내보였던 것이다. 설법상에서도 누구를 지지하는 것 같은 말을 은연중에라도 내비치지 않았다. 그만큼 신도들을 신뢰했고 존중했으며 불교의 '스님'이라는 우월적인 지위를 이용하여 사회나 신도에게 결례를 저지르지 않았다.

오로지 불교 안에서 모든 걸 찾았던 광덕스님이다.

올바른 밥먹기
이 그릇에서 저 그릇으로

굳이 말하지 않아도 천지만물에는 제각각의 뜻이 들어 있음을 사람들
은 안다. 따라서 우리가 태어나서 죽을 때까지 먹는 밥에도 깊고 심오한
기운과 뜻이 가득 들어 있다. 그러므로 그 뜻을 아는 것이 천지만물이나
밥에 대한 기본적인 예절을 갖추는 일이 될 것이다. 이 말은 우리가 하루
세 끼 생각 없이 덤덤하게 대하는 식사에도 의당 예절이 있어야 한다는 뜻
이다. 밥을 누가 주었다 받았다 하는 수수관계를 떠나서, '밥' 그 자체가
갖고 있는 뜻이 있고, 우리는 그걸 우선 파악해야 한다는 말이다. 물론 연
후에 음식에 대한 마음가짐 몸가짐을 갖춰야 한다.

이런 생각으로 불교의 공양작법供養作法을 살펴보면, 그것이 아득한

——— '바른 생각'을 찾아서

과거에 만들어진 식사에 대한 의식문헌임이 놀랍기 그지없다. 과학이 발달한 현대인의 사유체계에 의한 식습관을 훨씬 능가할 정도여서다. 밥이 가지는 뜻과 그 밥을 먹는 사람들의 마음가짐을 잘 밝혀 놓고 있다. 밥에 대한 이해와 섭취자의 마음가짐을 알아보기 위한 문헌으로 불교의 공양 게송을 인용하여 그 의미를 간략하게 살펴본다.

> 온갖 정성 두루 쌓인 이 공양(밥)을
> 부족한 덕행(먹는 사람)으로 감히 받누나
> 탐심을 여의어서 허물을 막고
> 육신을 지탱하는 약을 삼으며
> 도업道業을 이루고자 이제 먹노라
> —광덕스님 역

위의 게송은 밥을 먹기 전에 행하는 식당작법의 의식문이다. 밥의 뜻과 그걸 먹는 사람이 갖는 마음가짐이 잘 드러나 있다. 먼저 밥이 온 곳, 천지만물에 대한 깊은 성찰과 자각이 있고, 그런 대단한 것을 감히 받는 당사자의 겸허한 마음이 잘 나타나 있다. 그리고 밥의 은혜, 즉 천지만물의 시혜와 밥을 준비한 사람들의 노고를 가슴에 새겨 밥값을 어떻게 해야 할 것인가를 명확하게 밝히고 있다.

우리네 일상에서 밥 먹는 걸 보면 밥이 섭섭할 정도로 소홀하고, 함부로 한다는 생각이 든다. 불규칙적으로 먹는 건 그렇다 하더라도, 대부분 아무런 생각 없이 기계적으로 뚝 딱 먹곤 한다. 밥의 가치와 뜻을 알아주거나 인정해 주기는커녕 아예 깡그리 무시한다. 단지 이 밥그릇에서 저 밥그릇(사람의 뱃속)으로 옮겨 담는 단순행위에 지나지 않는 것 같다.

그리고 밥이 몸 안으로 들어간다는 건, 결국 밥이 몸과 하나 됨을 뜻하는데 도무지 그런 이해의 기미나 준비와 실천은 거의 없는 것 같다. 무엇보다 음식물을 입안에 떠 넣어 차근차근 씹은 뒤 천천히 깊숙이 안으로 들여 놓아야 한다. 1차로 입을 지난 음식물은 2차로 위에 이르게 된다. 거기에서 어느 정도 소화된 뒤 다시 장으로 내려가며 몸 밖으로 나갈 때까지 계속 소화작용이 점차적이고 체계적으로 이루어진다.

그렇지만 실제로는 음식물을 마구잡이로 입안에 밀어 넣기 식이나 쏟아 붓기 식이 되고 만다. 사람의 몸 안을 살피는 눈이 없어서다. 만약 있다면 차마 그런 막된 짓은 못할 것이다. 아무리 배가 고파도, 너무나 맛이 있어도 허겁지겁 함부로 먹지는 않을 것이다. 배가 고플수록 맛이 있을수록 차분하고 진지하게 먹는 자세는 어디에서고 누구에서고 거의 찾아볼 수조차 없다. 과학기술시대를 사는 현대인의 맹점이다.

대개 이런 점은 애나 어른이나 같다. 비록 나이 든 어른이라고 해도 일생을 살면서 거의 한 번도 밥에 대해 진지하게 생각해 본 적도 없고, 누구로부터 중요성을 배우거나 몸에 익힌 적도 없는 것 같다. 어처구니없게도 애는 그런 어른을 그대로 따라서 밀어 넣거나 쏟아 붓는 악순환을 반복해 간다. 자자손손—, 잇고 이어진다.

사실, 입에 맞는 맛나는 음식이나 몸에 좋은 건강음식보다 더 중요한 건 먹는 사람의 마음가짐과 몸가짐이다. 즉, 음식을 감사하고 기쁘게 먹는 마음가짐이나 몸의 자세가 영양이 담뿍 담긴 음식보다 훨씬 더 중요하다는 말이다. 설령, 아무리 몸에 좋은 음식을 먹는다 해도 먹는 사람이 찡그리고 먹으면 약이 될 수 없을 뿐 아니라 결국 독이 되고 만다.

전국의 절에서 유행처럼 사찰음식을 만들고 시식하고 가르치고, 나아가 사회의 저명인사를 초대하여 맛을 보이고 온갖 자랑을 늘어 놓고 있다. 일반인들은 은근히 초대받기를 기다릴 정도다. 절엘 법문 듣기 위해서 가는 것보다 사찰음식 대접받기 위해서 간다고 할 비아냥일 정도이다.

본말이 뒤집어졌다. 백 번 양보하여 법문은 하지 않고, 사람들을 불러모아 사찰음식을 대접하면서라도, 음식의 중요성이나 먹는 사람의 마음가짐 몸가짐에 대한 교육이라도 하면 사회에 기여라도 될 것이다.

그러나 그런 곳은 거의 없는 거 같다. 대부분 절에서 만든 메주나 김치나 장아찌 등을 돈 받고 팔기는 해도 먹는 주인공의 태도에 대한 언급은 거의 없다. 대기업 빵집사건이 자꾸만 떠오르는 건 이런 일련의 일들이 절에서 벌이는 헛된 꿈 같은 전도몽상이어서일까.

이제 우리도 밥을 밥 대접해가며 제대로 먹을 만큼의 여유는 갖췄다. 돈 벌기 위해서 일하기 위해서 적이 쳐들어오기 때문에 추녀 끝에 앉아서 먹거나 주먹밥을 들고 다니면서 먹지 않을 처지가 되었다는 말이다. 그러므로 절에서라도 음식에 대한 전래의 기본적인 태도를 되찾자. 함부로 막대하는 현대인들의 식습관에 대해 돌아보도록 일깨우자.

〈하루 세 끼 먹는 음식은 건강식이나 보약이 아닌 불사약不死藥이다. 먹지 못하면 죽으니까. 먹기 위해 살지 말고, 살기 위해 먹자. 부디, 올바로 살기 위해―.〉

출격대장부出格大丈夫

보통사람을 범부凡夫라고 부르고, 범부 중에 뛰어난 사람을 장부丈夫
라고 한다. 장부 중에서도 훤출한 사람을 대장부라고 부르지만 매우 드물
다. 불교에서는 세간에서 아무리 대장부라고 해도 생로병사에 얽매이는
까닭에 그마저 벗어난 인물을 '출격대장부'라고 부른다. 대장부 중에 대
장부를 말한다. 부처님을 성인聖人 중에 성인[聖中聖]이라고 말하듯이.

출격대장부는 기상이 높은가 하면 무심하고, 뜻이 고결한가 하면 항
간의 장삼이사와 어울려 표가 나지 않고, 세속을 떠나 초연한가 하면, 역
시 배고프면 밥 먹고 졸리면 잠잔다. 뭐라고 이름 지을 수도 없으며 뭐라
고 형용하여 말할 수도 없는 지극히 평범하지만, 그 어디에도 머무르거나
물들지 않는 무상無相 무주無住한 성정의 주인공을 말한다.

우리 역사를 통해 영웅이나 장부가 많고 대장부도 있지만 출격대장부는 왕조마다 한 사람 나올까 말까이다. 가까운 조선시대를 보면 구국의 보살인 서산대사다. 서산스님에 대해서는 우리 국민 누구나 모르는 사람이 거의 없다. 민간에서는 도사道士로 더 잘 알려진 큰스님이다. 서산스님은 불교공부도 많이 했지만 이미 절에 오기 전에 유학을 공부했던 터라 유불선과 시서詩書에 두루 재능을 갖춘 당대의 손꼽히는 지식인이기도 했다.

그리고 무엇보다 타고난 인성의 자비와 명철한 자질에 성실한 학습, 일찍이 무비無比의 선기禪機로 당시 봉은사 승과에 그 면모를 낭랑하게 드러냈다. 그런 서산스님은 어린 시절 부모를 일찍 여읜 불운함을 겪었기에 동정이 깊었고, 인간의 만단정회萬端情懷 가운데 으뜸인 그리움을 가슴에 담고 사무쳐 일생을 살았다.

인간의 사랑, 세간의 고초를 아는 까닭에 자비심이 깊었고 고뇌도 깊었다. 언제나 백성을 사랑하고 나라를 걱정하는 가운데 자신의 불도를 이루어 나갔다. 단지 지적 호기심이나 호한한 불교철학에 마냥 빠져들어 나 홀로 유영遊泳하는 자열自悅의 기쁨만 누린 것은 아니었다.

임진년 왜란이 일어나기 전, 묘향산에서 공부하고 있던 스님은 나라에 일어난 예기치 않은 피바람에 휩쓸려 고초를 겪게 된다. 바로 정여립의 기축년 옥사獄事가 벌어진 것이었다. 순식간에 전국에 피바람이 몰아쳤다. 누구나 고변만 당하면 영문도 모른 채 달려갈 판이었다. 서산스님도 무업無業이의 고변으로 서울로 압송되었다. 서산스님 70세 되는 선조 22(1589)년 10월에 터진 일이었다. 당시로는 드문 연령의 노인이었다.

서산스님 젊은 시절 금강산 향로봉에 올라가서 지은 시, 〈향로봉〉을 가지고 무고를 했던 것이다. 기축옥사는 역옥逆獄이라 하여 임금의 친국청親鞫廳이었다. 추관 정철은 악착같기로 당시의 염라대왕으로 산천초목이 떨었다고 한다. 사대부보다 더 시를 잘 짓고 유학의 선비보다 인품이 더 높다는 서산스님에 대한 세간의 시기심도 있었음에 일까. 친국청의 분위기와 스님을 대하는 추관의 태도는 여지餘地가 없는 살벌지경이었다.

그러나 워낙 서산스님의 고매한 인품을 상하의 추관들이 느껴 알고, 특히 친국청의 문사랑問事郎 소임을 보고 있던 이항복이 서산스님을 다시 보았고, 임금도 서산스님의 초연한 자태를 두 눈으로 본지라, 결국 무죄로 방면되었다. 그렇지만 심신이 피폐해진 말할 수 없는 형극의 나날이었다. 역모라는 죄를 뒤집어쓰고 들어간 친국청에서 다시 살아나오기가 어려운데 되레 임금의 은근한 부름을 받고 대나무 그림과 어필을 하사받았으니 지근지척에서도 입기 어려운 은사라고 입을 모았다.

이어 서산스님 73세에 왜란이 일어나자 스님은 곧 의승군을 일으켰다. 스님은 개인적으로 이렇다 할 까닭도 없이 역모의 누명을 받았고, 불교적으로는 개국 이래 200년 동안 천시를 받아 급기야 출가자는 팔천八賤으로 신분이 곤두박질 당했던 핍박을 받았다.

스님은 그 모든 걸 뛰어넘어 자발적으로 전국 사암에 격문을 보내 의승군을 초모했다. 서산스님은 고령의 나이를 무릅쓰고 육환장을 짚고 묘향산에서 임금의 행재소인 순안 법흥사로 달려갔다.

'바른 생각'을 찾아서

그는 장부였고, 바보 같은 장부였기에 대장부고, 생사와 시공을 격한 대장부였기에 출격대장부였다.

개인적으로나 불교적으로나 나라로부터 고초와 신산을 겪은 걸 생각하면 만정이 다 떨어졌겠지만 서산스님은 도무지 그렇지 않았던 것이다. 여염의 범부들 속내로는 종내 모를 또 다른 속내의 일이었다.

천하의 둘도 없는 천치天癡였던 출격대장부, 서산스님의 뜻은 그렇게 달랐다. 그의 앞에는 지나간 모든 과거사는 이미 없던 일이 된 채, 자원하여 승병을 초모했고 몸소 육환장 대신 계도戒刀를 찾아들었다. 전대미문의 출격대장부가 하는 경천동지의 일에 나라와 임금이 할 수 있는 건 고작 벼슬을 내리는 일뿐이었다.

서산스님은 무심無心의 불경계佛境界, 출격대장부의 면모를 조선시대 한가운데, 나라의 존망의 풍전등화 앞에서 그렇게 나투었던 것이다.

남방의 인도불교가 멸망할 때 무슬림들의 칼날 아래 목을 늘이고 있던 출가자들과 동국의 강산에 쳐들어온 도적을 쫓아내는 노스님과 문도들을 역사는 뭐라고 비교하여 말할까.

물은 식혀서 버려야

범어사에 호산 노스님이 있었다. 이북 출신으로 내가 만날 당시 연세가 많았지만 평소의 얼굴 표정은 밝았고 행동은 늘 민첩했다. 누굴 만나더라도 입을 열어 말하기 전에 먼저 웃음을 지었다. 그 웃음 앞에서는 아이나 어른이나 연령과 신분, 남녀의 구분을 떠나 무장해제를 당했다. 누구나 그 웃음 앞에 서고 싶어 안달이었다. 말씨도 친절하고 겸손했지만 차별 없이 누구에게나 존댓말을 썼다. 그렇다고 분위기가 딱딱해지지도 않았다. 몇 마디 주고받아 귀에 익숙해지면 일호의 간극間隙조차 느낄 수 없었다.

1971년 내 행자시절의 발길은 그 노스님 방으로 자주 향했다. 절집에서 행자의 위치는 하심수행下心修行을 앞세운 까닭에 사내의 온갖 허드렛일을 불평없이 해야 하는 고단하기 그지없는 처지였다.

심오한 불교사상을 배우고 실천하는 삶을 살기 위해 세간의 부모형제와 결연히 이별하고 절을 찾은 사람이 처음 거치는 인욕과정이고, 공부한 뒤에도 끝내 퇴속하지 않고 절에서 일생을 마칠 수 있을까를 사내의 모든 대중들이 점검하고 확인하는 준엄한 시험기간이었다.

버선이나 양말을 뒤집듯, 자신의 속을 내 보일 수 없기에 오로지 묵묵히 온갖 일을 감내堪耐해야만 하는 인고忍苦의 기간이다. 물론, 평생의 절 생활에 토대가 될 사람의 주요한 덕목인 하심과 인욕을 몸에 익힌다고 하는 수련기간으로서다.

그 기간 동안만은 행자는 절 내에서 가장 천덕꾸러기다. 그런 처지의 행자인 나를 호산 노스님은 차별 없이 대해 주었다. 자연 고민이나 위로가 내게 필요할 땐 노스님께로 달려가곤 했다. 그때 듣고 몇 마디 주고받은 대화 속에 많은 가르침이 녹아 있고 평생에 잊히지 않은 삶의 지침이 있는 걸 안 것은 한참 뒤의 일이었다. 둔재에게는 세월이 필요했던 것이다.

"행자님, 겨울철에 대중들이 더운 물로 세수한 뒤, 그 물을 그대로 버리면 안 돼요. 땅에 사는 벌레들이 더운 물에 데워져 죽게 돼요. 반드시 그릇에 담아 두었다가 완전히 식은 뒤에 버려야 해요."

또 내가 공양간에서 끼니마다 150명의 밥을 해야 하는 공양주 소임을 보고 있으니까 수시로 하신 말씀도 있다.

"우리 절이나 대중들은 얻어먹고 사는 걸인집단이지요. 그러므로 어떤 경우에도 음식물을 함부로 버리면 안 돼요. 자기분수를 지켜야 해요. 큰일 나요. 그리고 모든 언행을 부처님이나 큰스님들을 따라서 해야 해요. 처음엔 무조건 흉내 내세요."

그 뒤 내가 사미계를 받고, 비구계를 받고, 범어사를 떠나고 군엘 가고 대학을 가는 사이 호산 노스님은 입적했다. 내가 출가자로서 사는 동안 문득문득 내게 세상의 은혜, 선배의 은혜를 생각하게 하는 손에 잡히는 선지식 노스님이시다.

그런 호산스님에 대해 어느날 선사先師:광덕스님께서 내게 친필 축원문 한 장을 건네주셨다.

"내가 죽고 없어도 해마다 호산스님의 기재를 불광사에서 지내거라."

불광사를 떠나온 지 오래 됐어도 그 점이 또한 송구스럽다. 내 인생의 선지식 두 분께.

일에는 때가 있는가

과연, 일에는 때가 있는가? 흔히 모든 일에는 때가 있다고 한다. 실제로 인생을 좀 살아보니까, 일에는 어느 정도 때가 있는 걸 아슴아슴 느낀다. 그래서 일을 이루려면 무엇보다 때를 잘 알아서 일의 완급과 선후를 조절하고 잘 판단해야 한다. 서두르지도 말고 늦추지도 않고 시의적절해야 한다는 것이다. 말은 쉽지만 실제로는 어렵다. 그렇다고 점을 봐서 될 일도 아니다. 만약 점을 봐서 될 일이라면 오히려 간단할지도 모른다. 그러나 결코 그렇지 않다는 걸 사람들은 다 안다. 그러므로 오로지 상황을 잘 판단하여 때를 결정해야 한다. 그렇지만 이런 말이 있다.

'마음이 어둡거나 둔한 사람은 때를 기다리고, 마음이 맑고 현명한 사람은 때를 만든다.'

절에서 대웅전을 짓는 데도 때가 있는가. 이곳 내가 살고 있는 청량도 솔산의 대웅전은 1991년 늦가을에 시작하여 이듬해인 1992년 7월 6일 완공하여 개산했다. 그때의 생각으로는 3년[천일기도] 내에 대웅전을 현대건축으로 다시 제대로 짓기로 하여, 임시로 철제빔을 기둥으로 세운 조립식 건축물이었다. 그런데 어언 20년의 세월이 그냥 훌쩍 지나고 말았다. 이 무슨 조화란 말인가.

예기치 않은 인생으로 말미암아, 3년이 지났어도 대웅전을 다시 지을 생각은커녕 대웅전 현판을 달 엄두조차도 내지 못한 채 여태껏 살아왔다. 그러나 그동안 대웅전 지을 기회가 몇 번 있었던 건 사실이다. 마음만 먹었다면 아마 지었을 것이다. 지내놓고 보니 결국 대웅전 지을 생각이 간절하지 않았기 때문이다. 개산 때부터 현재까지 있는 대웅전은 조립식이고 겉에 아무런 장엄도 하지 않았던 터라 얼핏 보면 공장 같은 느낌이 들 정도다. 그렇다면 무슨 배짱으로 20여 년의 긴 세월을 막무가내로 그렇게 버텨왔는가, 세 가지 이유가 있다.

첫째는 불교천문대를 먼저 지어야겠다는 생각을 했다. 이곳 터에 대웅전을 아무리 잘 지어도 해인사나 유서 깊은 전통사찰의 대웅전을 능가할 수는 없다. 그렇지만 불교천문대는 우리나라뿐 아니라 전 세계 어느 절에도 없는 최초의 건축물이고, 20세기 과학기술문명의 첨단인 천문학을 불교로 받아들이는 계기가 된다. 그리고 무엇보다 불교우주관을 현대천문학을 이용하여 설명할 수 있는 토대를 마련한다는 사실에 난 들뜨다시피 마음을 빼앗기고 몸이 부쩍 달아 있었다.

둘째는 천막을 쳐놓고라도 법이 높으면 신도들이 구름처럼 모여들지

'바른 생각'을 찾아서

만 고래등같은 기와집을 지었어도 법이 없으면 거미줄을 친다는 생각을 줄곧 하고 살았다. 그렇다고 내가 법이 높은 것도 아니면서 그런 생각을 앞세우고 버티며 마냥 때만 기다리고 있었던 것이다.

셋째는 지리에 눈이 밝고 경험이 풍부한 수월 노스님이 도피안사 터를 정하면서 대웅전 자리를 정해주었는데 지척에 두고서도 그 터를 얻지 못하고 있어서다. 언제인가는 그 터에 바로 대웅전을 지어야지 하는 생각이 온통 나를 사로잡아 다른 생각을 못하게 했다.

이런 나와는 다르게 신도들은 기회 있을 때마다 대웅전 건립을 말하곤 했다. 그런 이야기를 줄곧 들으면서도 어떻게 한 번도 대웅전을 다시 지을 생각을 하지 않았는지 내 자신도 의아할 때가 있다. 하다못해 증개축이라도 해서 현판을 달 생각을 하지 않고, 남의 일인 양 무관하고 무던하게 버티다시피 하많은 세월을 살았는지 참 내 마음으로 내가 살았어도 나의 생각이 아리송하기 그지 없다. 미련한 사람이라는 걸 느껴 스스로 고소苦笑를 지어본다. 돌아보면 천문대는 수백억의 거금이 들어야 하는 엄청난 일이고, 천막에까지 사람들이 찾아오자면 법이 얼마나 출중해야 하는지를 몰랐던 하룻강아지의 일이고, 터에만 매달렸던 건 시대에 다분히 뒤떨어진 옹고집의 일이었다.

지내놓고 보니, '대웅전을 먼저 짓고 천문대를 지으려고 했다면, 긴 세월 속에서 차츰 법력을 키워가려는 구체적인 생각을 했다면, 본래의 터를 얻으려고 하지 말고 현재의 터에라도 지을 마음을 가졌더라면' 하는 아쉬운 생각이 든다. 결국, 고집이 장애가 되었던 셈이니, 어리석음의 소치다.

신도들이 대웅전을 먼저 짓자고 하거나 하다못해 증개축이라도 해서 말끔하게 지내는 것이 좋지 않겠느냐고 간곡히 건의했을 때라도 내 귀가 열렸더라면, 그동안 긴단없는 나의 난행고행 같은 고생도 줄어들었을지 모른다. 그럴 때마다 난 앞의 세 가지 이유를 전가의 보도처럼 휘둘렀다.

어쩌다가 매체를 통해서나 입소문을 듣고 찾아온 불자들은 조립식 대웅전을 보고는 아예 법당에 들어가지도 않고 발걸음을 돌리는 수모를 번번이 겪으면서도 깨닫지 못했으니 내 둔함에 더 할 말이 없다.

나의 외고집불통의 강심장은 끝내 독립운동가처럼 내 삶을 이끌어 갔다. 그런데 올해 초파일이 지난 뒤 '3·7도반회' 모임이 있을 때 인도 사위성에 천축사라는 한국 절을 지은 대인스님이 참배하러 걸음했다. 그때 같이 온 신도가 슬쩍 지나는 소리로 증개축[리모델링] 이야길 흘렸는데, 마침 곁에 있던 우리 절 신도가 듣고는, 역시 나에게 지나가는 말투로 슬쩍 전했다. 평소 내 완고한 성질을 아는 까닭에 말해봤자 안 된다는 걸 알고는 바람결에 날리듯 말한 것이다.

비로소 때가 되어서일까. 지나가는 그 바람소리에 내 귀가 번쩍 열렸던 것이다. 급기야 구체적인 연구를 하고 전문가들의 의견을 구해, 무리한 불사금 조달이어도 일을 하기로 결심했다. 그래서 심사숙고와 고뇌를 거듭한 끝에 범어사 주지스님을 찾아가 계획을 말하곤 차용금을 얻어냈다.

우여곡절, 한 달여 만인 2012년 8월 26일 마지막 일요일에 증개축 준공식을 올리게 되었다. 난 이 짧은 기간 참 묘한 기분을 많이 느꼈다. 어떻게 바람 지나가는 듯한 처음 온 손님의 말 한마디가 이런 계기를 만들었을까, 의문도 아닌 의문이 연속 들었다. 이 일을 겪으면서 나에게는 자그마한 각오가 있었다. 그보다 좀 더 정직하게 말하면 반성과 참회가 있었다.

'모든 일에는 때가 있다는데 그게 사실인가? 그렇다면 그때는 기다려야 하는 시간의 때인가?' 나도 모르게 이런 점을 깊이 생각했던 것이다. 그렇다. 모든 건 분명 때가 있다. 그래서 억지로는 안 된다. 주변에서 아무리 말을 해도 때가 되지 않으면 무슨 말도 귀에 닿지 않는다. 그렇다면 귀에 들어올 때는 언제인가? 그건 시간이나 장소의 때가 아닌 마음의 때다.

대웅전에 대한 내 마음이 일찍 열리지 않았기에 지금껏 조립식건물에서 법회하고 초파일 봉축하고 살아왔던 것이다. 진즉, 내 마음이 열리지 못한 건 내 마음이 그만큼 고집불통으로 딱딱하게 굳어 있었기 때문이다. 그래서 그 땐 어떤 이야기도 내 귀에 들어오지 않고 스쳐 지나가고 만 것이다. 때를 알고 때를 얻기 위해선 마음을 맑혀 부드러워져야 한다. 그건 바로 염불하고 기도하고 경을 읽는 것이다. 그것이 때를 만드는 일이고, 때를 얻는 일이고, 때를 아는 일이고, 때를 찾고 조절하는 일이다.

그렇다. 마음이 때고, 때는 마음에 있다. 마음이 겸손하고 친절하며 부지런하고 지혜로우면 때를 만든다. 언제일지도 모르는 그때를 기다리지 않고 현실에서 바로 만들어 간다. 언하에 만들어질 수도 있다.

난 이제 모든 일에 때가 있다는 말을 인정한다. 그렇다고 마냥 기다리는 때가 아니다. 마음이 열려 때를 알도록 마음이 부드러워지고 깨끗해지는 기도를 하면, 열리는 때고 얻는 때를 말한다. 그것이 때를 기다리는 거고, 때를 만드는 거고, 때를 얻는 거고, 때를 조절하는 거라고 믿는다. 이것이 다른 이에겐 깨달음이기도 하겠지만 나에겐 반성이다.

'마음이 어둡거나 둔한 사람은 때를 기다리고, 마음이 맑고 현명한 사람은 때를 만든다.'

교리는 교양이 아니다

교양의 사전적인 뜻을 먼저 찾아본다. '사회생활에서 이루어지는 품행'이라고 설명하고 있다. 당대의 사람들이 함께 살아가면서 갖추어야 하는 여러 가지 예의범절을 말하고 있다. 물론 예의에 대한 동서양의 인식이나 행동의 차이, 국가적인 차이와 개인의 차이, 시대적인 차이는 있을 수밖에 없다. 그러므로 현대시민사회에서 교양에는 문화에 따라 차이가 있고, 각기 다를 수가 있다. 딱히 어떤 기준이 있는 게 아니기 때문이고, 또 문화에는 고유성이 있어서다. 그러나 교양을 편하게 말하자면 갖추면 좋고 갖추지 못하면 어쩔 수 없는 정도이지 강제할 수 있는 사항이 아니라는 거다.

이런 교양이라는 말을 언제부터인가 몰라도 은연중 절에서도 쓰게 되었다. 엄연히 불교의 교리공부를 하면서 '불교(교양)대학'이라는 이름이나 뜻을 붙여 차용해 쓰기 시작했던 것이다. 생각해보면 불교의 교리인 진리는 신앙인의 목숨과도 같은 것이다. 위없는 진리이기에 그렇고, 그 진리를 숭신봉행崇信奉行하는 신앙인이기에 그렇다. 물론, 불교를 신봉치 않으면 해당되지 않겠지만 불교를 믿으려고 하면 반드시 교리를 알아야 하는 것은 너무나 당연지사이기 때문이다.

불자에게 교리는 있으면 좋고 없어도 되는 교양정도의 일이나 수준이 아니라는 말이다. 물론, 불교의 특성상 교리를 다소 모르고도 신도라고 말할 수도 있다. 그렇지만 교리를 배우려는 자세에서는 교양수준으로 생각하고 배워서는 안 된다는 것이다.

교리인 부처님 가르침이 없으면 불교는 아예 없다. 그러므로 불교교리는 불교가 지향하는 개아의 성숙, 불국토실현이 갖는 진리생명의 원형이고 그 내용이고 그 모양새다. 따라서 교리는 누구나 자기 자신의 본래모습을 보는 것과 같고 아는 것과 같고 둘이 아닌(不二) 것을 기꺼이 받아들임이다. 이걸 교리에 대한 깨달음이나 신앙이라고 표현한다.

여기에 따라 우리가 흔히 쓰는 '수행修行'이라는 말은, 교리를 신앙인들이 인격화하는 일이고, 그를 총칭한다. 곧 수행은 가르침을 받아들인 신앙인이 체험으로든 경험으로든 이론과 학문의 이치로든 인격화를 통해 오래 된 중생습관을 고치거나 개선하고 버릇을 바꿔 성인습관으로 나아감을 뜻한다. 사람은 자신의 모습을 모르면 행동할 수 없고, 인간으로 인간의 행이 없으면 인간일 수 없듯이 교리를 모르면 불교적인 인간의 가치를 모르고 실현할 수 없게 된다.

교양과 교리는 이런 현격한 차이가 있음에도 대다수의 사찰에서 교양대학이라는 이름으로 버젓이 교리공부를 시키고 있고 배우고 있다. 불교의 뼈대를 세우는 신앙교육을 하면서 교양이라는 말을 쓴다는 건 참 우습고 어이없는 일이기도 하다. 철없는 아이들이 벌이는 유치한 일과도 같다. 이 점에 대해 한 번도 심각하게 생각해 보지 않고, 이웃 절에서 쓰니까 무턱대고 따라 쓴다.

그러나 그렇게 적당하게 양해하고 넘어 가기에는 문제가 심각하다. 인간의 언어표현은 정신의 표현이기 때문에 바른 언어생활은 바른 정신, 바른 삶을 의미하고 있다. 그렇다면 교리공부에 대한 명칭도 의당 거기에 맞아야 할 것이다.

필자가 스승인 광덕스님 회하에서 심부름을 하고 있을 때, 처음 불교에 입문한 신도들에게는 '불교입문교육' 과정을 거치게 했고, 다음 단계로는 불교기본교육의 '파라미타교육' 과정을 두었다. 그 다음이 '명교사교육'이라고 하여 초기 법사과정이다. 그땐 불교교양대학이라는 명칭도 거의 없었지만 있어도 광덕스님은 'ㅇㅇ대학'이라는 명칭을 쓰지 못하게 했다. 그런데 어느 날 이 절 저 절에서 '불교(교양)대학'을 표방했다. 우후죽순 같다고 해야 할지 마치 정치나 경제의 사회적인 도미노 현상과도 같이 걷잡을 수 없이 속출했다. 대학을 못가서 포원이 된 사람들처럼—.

우린 남이 뭔가 해서 좀 잘된다 싶으면 깊이 생각해 보지도 않고 무조건 따라가는 경향이 짙은 것 같다. 서울의 어느 절에서 쓰면 곧 이웃 절에서도 쓰고 유명사찰에서 쓰면 중소규모의 사찰에서도 따라 쓴다. 하나가

'바른 생각'을 찾아서

뜨면 일제히 뜬다. 전파력 전달력에 상당한 속도가 있다고나 할까. 그런 중에 대표적인 게 '산사음악회'와 '사찰요리'일 것이다.

좋은 영향을 주고받는 거야 공동발전이라고 할 수 있겠지만 잘못된 걸 주고받는 건 불교교단 전체의 부끄러운 일이 된다. 아무리 대중적인 호응을 받는다 해도 그걸 발전이라고 말할 수는 없을 것이다. 진리의 집안에는 대대로 내려오는 가풍이 있기에.

어떤 종교가 자신의 교리를 가르치면서 교양대학 수준으로 깎아내리는 경우가 있는가? 심각히 묻고 싶다. 이제 우리는 정신을 차려야 한다. 아무리 잘 되는 일이라도 한 번 생각해 보고 넘어가야 하고, 이웃이 아무리 잘 돼도 그것의 정당성을 한 번 짚고 넘어가야 한다.

우리에겐 지켜야 할 법의 정통이 있고, 계승해야 할 신앙문화의 전통이 있다. 생각 없이 절차 없이 과정 없이 막무가내 무조건으로 뛰어드는 건 물량주의에 빠져 위험한 결과를 초래할 것이다. 바른 정신을 찾아야 하는 불교에서 할 일은 아니라고 본다.

존엄한 불교교리를 한갓 교양수준으로 낮춰 부르는 일을 이제 그만 끝내야 한다. 세속의 대학이라는 말을 앞세워 출세간의 교리를 가르친다는 건 자존심 상하지 않을까도 한 번쯤 생각해 봐야 할 것이고.

불교의 생명력

　생명력이라는 말은 누구나 즐겨 쓰고 어디서나 잘 통하는 말이다. 물론, 불교에서도 곧잘 쓰곤 한다. 그렇다면 불교의 생명력은 뭘까? 불교가 가진 특징 중에서 가장 뛰어나고 두드러진 진정한 생명력은 뭘까?

　우선, 가장 정답에 가까운 답부터 말하자면 '걸식乞食'과 '보시布施'다. 이 점은 승단僧團을 중심으로 하는 말이지만 가장 불교적인 폭넓고 핵심적인 말이다. 왜냐하면 승단은 불교신앙의 한 축인 승보僧寶이고, 승보 구성원들의 집합체이기 때문이다. 승보가 있어야 불보佛寶와 법보法寶가 현실 가운데서 구현된다. 이런 승단의 범위도 해석에 따라 상황에 따라 여러 가지의 형태가 있고, 시대적 역사적인 전개과정에서도 차이가 있다. 그러나 여기선 승보를 출가불자로 한정해서 말하기로 한다.

　　　　　　　　　　　　　　　　　　　　　　'바른 생각'을 찾아서

승단의 유지와 발전은 이 두 가지, 걸식과 보시를 토대로 하여 이뤄진다. 출가불자는 재가불자에게 밥을 빌고, 법을 보시해야 한다. 재가불자는 출가불자에게 밥을 보시해야 하고 법을 빈다. 법을 비는 걸 청법이라고 한다. 신앙적으로 역할구분이 뚜렷하다. 이 범위를 넘어서면 불교의 생명력이 발휘되지 않는다. 이 점에서 부처님께서나 부처님 재세시의 대중들은 한결같은 모습을 보여주고 있다.

물론, 지금은 그때와는 사뭇 다른 시대이고 한국은 인도가 아니다. 그러나 겉 모양은 백천 번이 달라져도 근본정신은 달라지면 안 된다. 불교의 생명력이 떨어지고 발휘되지 않기 때문이다. 설령, 천지가 개벽이 되어 혼돈세계로 떨어져도 법이 바뀌거나 변질되어서는 안 되는 것이다. 출가자는 열렬하게 보시의 공덕을 설해야 하고, 보시의 대상으로서 덕망을 갖추어 재가자에게 보시의 공덕을 눈으로 보게 해 주어야 한다.

재가자는 사원의 건축, 일상의 의식주, 전법의 공양금 등을 충당하고 책임져야 한다. 그리고 바른 삶으로 형성된 물질을 사회에 되돌려주는 보시행을 널리 닦고 지어가야 한다. 나아가 보시를 통해 자본주의의 한계를 극복하는 구세행을 열어가야 한다. 인간의 덕성을 구현하는 선구자가 되어야 한다. 그러므로 '출가·재가'의 역할은 구분이 있지만 그 공덕, 진리의 힘은 구별이나 차등이 없는 세계에 도달해야 한다.

지구상의 물질을 골고루 나누면 70억 인류는 굶주림으로부터 벗어날 것이다. 불교의 가르침이 골고루 미치지 않아서 세계는 불공평하고 불평등하다는 사실에 책임을 통감痛感해야 한다.

성질 고치기

사람에게는 급한 성질도 있고, 고집 센 성질도 있다. 먼저, 사람이나 사물이 갖고 있는 고유한 성질에 대해 사전적인 뜻을 살펴본다.

'성질은 사람이나 동물이 본디부터 가지고 있는 마음의 바탕이다. 또 사물이나 현상이 지닌, 다른 것과는 구분되는 특성'이다.

이런 바탕이나 특성을 과연 고치거나 개선할 수 있을까? 또 그럴 필요가 있을까?

불교의 수행은, '중생의 성질을 부처의 성질로 바꾸는 것'이다. 아니, 원래 부처의 성질이 중생의 본바탕인 것을 알아 거기에 발 딛고 서야 한다. 그러나 과연 이 일이 가능할까, 영원히 이루어질 수 없는 미래진행형의 속임수나 노림수는 아닐까? 인생은 하루하루 속고 사는 것이라고 노래

한 시인이 있는데, 자기성질을 고치려고 하다 결국 속고 속아 시간만 허비하는 건 아닐까?

사람의 성질을, 나의 성질을 고칠 수 있을까. 수 없이 되뇌어 보게 하는 의아한 대목이다. 살펴보면 사람에겐 급한 사람도 있고 느긋한 사람도 있고 고집 센 사람도 있고 유연한 사람도 있다. 심지어 형제나 가족끼리도 다 다르다. 겉의 몸에서는 눈, 코, 귀, 입 등등이 있어서 같지만 안의 성질은 다른 걸 그 내용으로 하고 있다. 사람마다 다 다른 성질은 타고나는 것도 있고 형성되어지는 것도 있다. 불교에서는 타고나는 것도 결국 이미 형성되어진 것이라고 본다. 과거생에 형성된 걸 버리지 못한 채 계속해서 가지고 다닌다고 보기 때문이다. 그렇지만 여기선 그런 이야길 하지 않기로 하고 현실에서 가시적인 성질을 말해 본다.

결론적으로 말해 성질을 한순간에 확 바꿀 수 있는 것도 있고, 그렇게 하기 어려운 것도 있다. 자기결심이 갖는 의지의 강도에 따라서 다르다. 그렇지만 누구나 자기성질을 조절하거나 차츰 개선할 수는 있다. 부처님의 가르침을 주기적으로 보고 듣고 받아 지녀서 언제 어디서나 가르침대로 사는 연습과 노력을 하는 것이다. 그러자면 늘 자신을 돌아봐야 한다. 자신의 생각과 말과 행동을 연속부절로 살펴야 한다. 인간의 생각이 주로 밖으로만 치우치고 쏠리는 오늘의 현실에서 안으로 거두어 자신을 돌아보게 하는 것은, 마치 강물을 거꾸로 흐르게 하는 일처럼 어렵다. 그러나 강물의 흐름을 바꾸는 방법이 있다.

특히 일상생활에서 질서를 갖추어 생각하고 말하고 행동하는 연습이 필요하다. 화장실에 들어가 얼굴을 씻은 뒤, 비누를 제자리에 놓고, 수건을 사용하고는 반듯하게 펴서 걸고, 신발을 흩어지지 않게 나란히 벗어두고 주변이 어지러워지지 않았는지 자세히 둘러본 뒤 나온다. 매사를 이렇게 이치와 질서를 가지고 자기를 훈련하여 생활해 나간다.

그럴 때 사람의 장점은 드러나 덕성으로 되살아날 것이다. 성질 급한 사람은 질서의 속도가 생길 것이고, 고집 센 사람은 한 번 좋은 습관을 가지면 오랫 동안 꾸준히 지켜나갈 것이다. 자신의 성질은 곧 특성화되어서 남보다 월등한 능력이 될 것이다.

풀과 나무나 돌의 무정물은 의식작용이 극히 미세하여 그 성질이 거의 불변함을 말하고, 동물은 의식작용이 본능에만 사로잡혀 어리석기에 그 성질을 타고난대로 살다가 죽고, 사람은 의식작용이 왕성하여 타고난 것에서 훨씬 발전할 수도 있고, 훨씬 퇴보할 수도 있다. 물론 의식작용에 따르는 의지가 있기 때문이다.

사람이 자신의 성질을 고친다고 하는 건, 다시 말해 내적으로 발전한다고 하는 건, 결국 인간본능을 벗어나 진리본성으로 돌아감을 말하고, 현실 가운데서는 이치대로 살고 질서 있게 사는 걸 말한다. 무아無我의 가르침이고, 무아는 지극히 합리적이고 논리적이다.

'바른 생각'을 찾아서

사람이 일생동안 먹고 마시는 양

사람이 태어나서 명을 마쳐 죽을 때까지를 일생이라고 한다. 물론 길고 짧음은 다 다르다. 그렇지만 평균치를 가지고 말해 본다면 요즘에는 80세를 일기—期:일생로 보면 좋지 않을까 싶다. 물론, 그 이상으로 봐도 좋겠지만.

이런 기준으로 일상의 일들을 살펴보면 참 할 말도 많고, 생각해 볼 것도 많다. 비근하게 공중 화장실에서 여러 부류의 사람들을 만나게 되는데, 그때 젊은이들이 손을 씻은 뒤 화장지를 사용하는 걸 보게 된다. 내 입이 딱 벌어질 정도의 일이 순식간에 눈앞에서 벌어진다. 화장지의 엄청난 낭비를 보는 거다. 심장이 뛸 정도다. 도저히 이해가 되지 않아 순간적으로 난 멍한 상태에 빠진다. 너무나 아쉬운 생각이 감당할 수 없을 정도로

밀려 들어 나를 사로잡는다. 패닉 상태에 빠져든다.

그럴 때마다, 사람이 태어나서 어릴 때부터 부모 아래서 절약과 절제의 습관을 몸에 익혀 종이를 아낀다면, 저렇게 낭비하는 사람과 비교하여 일생동안 얼마나 많은 양이 절약될까? 낭비하는 당사자는 그걸 미처 생각하지 못한 막무가내여서지 그걸 계산해서 알려주면 대오각성 할 것이라는 생각이 들곤 한다.

그리고 사람이 태어나서 죽을 때까지 일생동안 입으로 섭취하는 것을 크게 두 가지로 나눈다면 고체인 음식과 액체인 물이 될 것이다. 물론, 기체인 공기는 말할 것도 없지만 여기선 뺀다. 음식과 물은 인간이 태어나면서부터 숨 넘어가기 직전까지 누구나 먹고 마셔야 한다. 일절 예외가 없다. 이렇게 먹고 마시는 인간의 중요한 일에 대해 왜, 보다 전문적이고 체계적인 교육이 없을까?

이제부터라도 먹고 마시는 이 중요한 일에 대해, 바른 자세로 앉아서 위와 장에 부담을 주지 않는 것에 대해, 천천히 먹고 마시는 일에 대해, 천지자연의 힘으로 생성된 것에 대해, 그것을 사람이 먹을 수 있도록 만든 노고에 대해, 반드시 교육을 해야 한다.

먹고 마시는 중요한 일에 대해 감사의 마음을 가질 수 있도록 교육을 해야 한다. 중요한 걸 소홀하게 여기는 잘못된 일상에 대해 시급하게 바른 교육을 해야 한다.

우선 입으로 들어가는 여러 가지 음식을 보자. 하루 세끼는 말할 것도 없고 그 사이에 먹는 것도 많다. 사람의 뱃속으로 들어가는 모든 음식량을 일생동안 모아서 계산해 보면 그 양도 엄청날 것이라고 본다. 사람이 하루도 먹지 않고는 살 수가 없으니까 말이다.

생각해보면 음식은 사람에게 건강을 돕기 위해 먹는 보약補藥이 아니고, 불사약不死藥이다. 먹지 않거나 먹지 못하면 무조건 죽는다. 그러므로 이제부터라도 하루 세끼 먹는 음식을 불사약 대접을 해야 한다. 이 불사약의 평생 섭취량을 계산하여 사람들에게 알려주고 교육시킬 필요를 느낀다. 그것도 어릴 때부터 시키면 더 효과적일 것이다.

알맞게 먹는 양을 알려주는 것도 중요하지만 먹는 방법을 알려주는 것도 그 못지않게 중요하다. 자세히 살펴보면 나이가 많은 어른들마저도 밥 먹을 줄을 모른다. 사람에 따라서는 식사행위가 고작 이쪽 그릇의 음식을 저쪽 그릇으로 옮겨 담는 것에 지나지 않음을 본다.

이른바 식사나 공양은 음식물이 몸 안에 들어가 몸과 하나 되는 과정이고 엄숙한 절차다. 그게 식사라는 중요한 행위다. 그런 식사는 기분이 편해야 하지만 식사에 대한 뜻을 알고 몸에 익히는 것이 더 중요하다. 좋은 식사습관이 되게 한다는 말이다. 음식 하나하나가 가지고 있는 고유한 성질이나 맛을 느낄 수 있어야 하고, 그걸 조리한 분의 노고를 받아들이고 고마워해야 한다. 또, 음식물이 자신의 입으로 들어가 뱃속에 안착하는 과정을 밀도 있게 살펴보는 생각의 일치도 있어야 한다.

이런 단계적인 생각의 훈련과 몸의 습관이 없으면 사람은 먹는 것에 대한 의미를 반도 모르고 살게 된다. 사람은 먹는 것으로부터 많은 이익도 얻지만 해도 당한다. 전문가의 말을 들어보면 대개의 병은 먹는 것에서부터 비롯된다고 한다. 급하게 먹는다든가 많이 먹는다든가 나쁜 걸 먹는다든가 딴 생각하면서 먹는다든가 불규칙적으로 먹는다든가 제대로 씹지 않고 먹는다든가 등등 많다.

이런 건 모두 먹는 방법을 배우지 않아서 그렇다. 그저 배고프면 먹는다든가 먹고 싶으면 먹는다든가 남이 먹으니까 먹는다든가 하는 생각이, 몸에 익힌 습관위주의 관성으로 살아서 그렇다.

그러나 허겁지겁 먹지 말고 마지못해 먹지도 말고 음식에 대한 예의를 갖추고 먹고 마신다면 그야말로 많은 이익이 있을 것이다. 하루 세끼가 불사약이라고 했지 않은가?

식사에 대한 바른 이해와 바른 태도를 어릴 때부터 익혀 습관이 되면 일생을 살아가는 큰 힘이 될 것이다. 말할 수 없는 이익을 가지게 된다. 사람에게는 몸과 마음의 건강이 가장 중요하다고 말하지 않는가, 그 비결과 첩경이 바로 올바른 식사다.

물도 그렇다. 우선 물의 필요성을 그때그때 제대로 인식하지 못한다. 그러므로 중요성을 모르는 가운데 거의 무의식적으로 대할 뿐이다. 좀 더 진지하게 가르쳐야 한다. 자신의 몸과 물의 직접적인 관계를 제대로 가르쳐야 한다. 물을 제대로 필요한 양을 마실 수 있도록 배워야 하며 늘 마시는 실천이 따라야 한다. 그렇지만 실상은 물마저도 제대로 마실 줄 아는 사람이 드물다. 기본적인 사항도 모르고 무턱대고 생각없이 마실 뿐이다.

그래서 먹고 마시는 육체의 기초적인 걸 잘 배우고 잘 가르치면 한 인생이 매우 성공적으로 살 수가 있다는 거다. 먹고 마시는 것을 잘하면 몸의 병은 줄어들 것이고, 제대로 알고 먹거나 마시면 자연 남게 되고, 남는 건 서로 나누어서 많은 사람과 인생의 즐거움을 같이 할 것이다.

그러나 현실은 그렇지 못하다. 아이들만의 문제가 아니다. 먼저 어른의 문제다. 그러나 어찌 어른들만의 문제일까? 불교가 가르치지 않아서 그런 거다. 목하의 절에서는 너도나도 사찰음식을 가르치느라 설법할 겨를이 없을 지경이다. 그러나 정작 식사에 대한 예절이나 절차는 소홀히 하고 있다. 절들의 잘못된 처신이고 오도된 역할이며, 비뚤어진 관점이다. 좋은 식재료와 빼어난 조리과정보다 음식에 대한 절차와 예절이 있으면 훨씬 몸에 이롭다는 걸 세상은 모른다. 절이 나서서 가르쳐야 하는데도 조리법만 강의하고 있다. 절이 요리강습소가 됐다.

성인들의 사회교육은 종교를 통해서 이루어질 경우가 많다. 그동안 우리 절들을 보면 절마다 매주 일요법회를 열지 않아서 배울 기회가 거의 없었다. 사람이 많은 걸 갖지 못했다 해도 자신이 태어난 본분과 의미를 알면 얼마든지 뜻 깊게 살아갈 수 있다. 우린 매사에 생각하지 않기 때문에 바른 생각이 없어지고 바른 생각이 없어지기 때문에 공동번뇌[共業]가 점점 커간다. 인류가 음식물에 대한 올바른 자세만 확립한다면 인구 100억이 되어도 굶어죽지 않고 살 수 있을 것이다.

아뿔싸, 불교의 진정한 역할은 언제나 도래할까!

분수를 지켜라

세간에서 흔히 아버지답다거나 어머니답다거나 선생님답다거나 하는 분수를 지키는 말은 너무 당연해 그런 말을 새삼 듣거나 하게 되면 되레 어색한 느낌마저 든다. 물론 출세간인 불교의 출가자들에게도 분수가 있다. 그래서 광덕스님은 출가자인 상좌들에게 분수를 지킬 것을 줄곧 강조했다. 소위 '스님'으로서 분수를 지키는 게 사회에 대해서나 출가의 법도에 있어서나 도리를 다하는 것이라고 말하곤 했다.

그건 곧 스님으로서 절도와 절제, 품위를 가지는 것을 말하며 자기 정체성을 지키는 것을 말하기도 한다. 나아가 한 사람의 스님뿐 아니라 절이나 교단도 분수를 지켜야 한다는 뜻이 동시에 포함되어 있다. 개인이나 집단이나 특히 불교 전체적인 분수를 잃으면 다 잃게 된다는 건 말할 나위도 없다.

우선 스님으로서 분수를 지키는 건 본분의 사명을 다하는 것이다. 출가자는 '법의 증거자, 보살행의 중심'이 되라고 광덕스님은 간명직절簡明直截로 말했다. 스님은 불교신앙의 한 축인 삼보로서 승보僧寶의 역할을 말하고 있다. 어느 종교든지 신앙의 대상은 그 종교의 근간이다. 불교 역시 그 점에서는 조금도 다르지 않다.

그런데 불교신앙은 처음부터 어떤 신성神性이 그 대상이 아니라 그저 평범한 사람이 출가하여 공부를 지어가며 사는 공동체〔定業〕가 승보인 것이다. 이 점이 불교의 특장特長이긴 하지만 개인과 개인이 승보의 구성체로서의 역할을 맡고 있어서 높은 자존감이나 사명감, 거기에 따르는 자각과 실천의 노력 없이는 안 된다. 결국 개개 스님의 역할이 중차대하기에 신도들에게 경배를 받고 네 가지 공양〔四事供養〕도 받는다. 불교의 승보는 중생들의 의지처이기에 그렇다.

또 한 사람의 출가자가 머리를 깎고 스님이 된다는 건 세속의 온갖 의무를 저버리는 것을 말한다. 세속의 의무는 사람으로서의 근본도리를 말한다. 부모의 은혜를 갚아야 하고, 자식을 낳아 길러서 민족구성원으로서 계속성을 담당해야 하며, 건전한 직업을 통해 사회와 국가에 이바지해야 하는 것 등등이다.

그런데도 스님이 되어서 게으르다든가 스님 이외에 다른 직업을 가지고 다른 길을 간다면, 사회가 묵시적으로 동의해 준 출가 본래의 뜻을 등지는 것이 되고 만다. 이는 머리를 깎고 승복을 입고선 다시 세속인으로 사는 것을 말한다. 머리를 깎아서 세속의 의무를 행하지 않고, 승복을 입고서도 도리어 출가의 의무를 저버린다면, 결국 자신을 속이고 부처님을 속이고 부모를 속이고 사회를 속이는 일이 된다. 세간과 출세간을 통틀어 속이게 되는 것이다. 어디에도 발붙일 곳이 없게 된다.

이는 출가자가 법의 증거자가 되어 법을 설하지 않고, '화가·음악가·요리사·한의사·가수·서예가' 등의 전문직업을 갖는 것을 말한다. 물론 취미로 한다고 해도 그게 본업이 되다시피 하면 같은 결과를 갖게 된다. 왜냐하면 그런 것들은 출가라는 극단적인 방법을 쓰지 않고도 얼마든지 할 수 있는 일이기 때문이다. 굳이 스님이 되어야 했던 것은 오로지 재가로서 하지 못하는 일을 하기 위해서다. 그러므로 출가자로서 세속적인 직업을 갖는 건 분명 '스님'의 분수를 넘는, 해서는 안 되는 잘못된 일이다.

또 절이나 교단이 지켜야 할 분수도 있다. 먼저 절에서는 어떤 명분으로도 상행위를 해서는 안 된다. 절은 반드시 신도들의 보시로 살아가야 함이 부처님께서 몸소 선설宣說하신 대의명분이다. 출가집단은 반드시 시주를 받거나 탁발을 하거나 빌고 얻어서 살아가야 한다. 이건 생산하지 않음을 말한다. 더 직접적으로 말하면 생산적인 일을 해서는 안 된다는 뜻이다. 물론, 거기에는 생산보다 더 중요한 일이 있기 때문이다.

주지하다시피 절은 사람들의 정신을 바로 잡아주는 곳이다. 비뚤어진 생각을 바르게 고쳐주는 공간이다. 그러기 위해선 자주자주 설법을 해야 하고 개인상담을 해야 하고 불교공부를 가르쳐야 한다. 말하자면 사람들의 정신을 바르게 하기 위해서는 농사지을 시간이 없고 노동할 시간이 없다는 것이다. 오로지 그 일에만 전념하기도 시간이 부족함을 말한다.

그런데도 절에서 농사를 짓느니 된장을 만들어 파느니 절 수입을 위해 또는 불사를 위해 온갖 생산활동에 종사한다면, 설법을 소홀히 한다는 자기 고백이고, 그건 이미 상인집단이지 진리집단은 아니라는 것을 만천하에 드러내게 된다. 원래 절은 물질을 나누는 일도 없었다. 오로지 법만 나눌 뿐이었다. 빌어서 사는 집단이 뭘로 나눈단 말인가? 물론, 지금은 상황이 다소 달라졌지만 법 우선이라는 정신만은 변하면 안 된다.

우리 사회가 아무리 자본주의 배금사상에 물들었다고 해도 불자들이나 절과 교단은 초연해야 하고 초연할 수 있는 용기가 있어야 한다. 특히 절이나 교단이 스스로 정치집단화되거나 상인 세력화되어서는 안 되고, 세간권력에 대해서는 엄격하게 교정분리敎政分離의 원칙을 지켜나가야 한다. 세속의 특정 정치인을 지지하거나 친하거나 하는 일체의 행위는 절이나 교단의 분수를 스스로 벗어나는 자원自願의 배불背佛이다.

깨달음과 성공도 사람 속에서

　내가 처음 범어사에 행자로 갔을 때, 몇 달 먼저 온 나이 많은 행자가 있었다. 따라서 입산 차례로 받는 계도 그가 먼저 받았다. 나의 선임先任 공양주였던 종학宗學스님이다. 그는 나와 같이 공양간 일을 했다. 그가 공양주供養主: 밥 짓는 직이고, 난 갱두羹頭: 국 끓이는 직였다. 행자기간은 꼬박 1년 동안 공양간에서 하루 세 번 밥하고 국 끓이는 일을 담당해야 하고, 채공간에서는 반찬 만드는 일, 시자일 등 주어진 소임을 해야 했다. 당시 범어사 사내 대중이 150여 명이어서 밥 먹고 돌아서면 다시 밥 지어야 하는 하루가 밥짓기 연속이었다.

　같은 일을 되풀이하는 것도 싫증 났지만 난 무엇보다 불교공부가 얼른 하고 싶었다. 종무소에서 일하는 행자나 원주실 시자나 그 밖의 곳에서 일하면 공부할 시간이라도 다소 있지만 공양간과 채공간에는 도무지 그럴 여유가 없었다. 행자들에게는 정해진 인욕기간이 다 끝나서야 사미십계를 입산 차례로 받을 수 있고, 비로소 일터에서 벗어난다.

난 끼니 때마다 국거리를 미리 준비해 놓곤 공양주인 종학스님과 쌀을 씻어서 조리로 일어야 했다. 돌이 많기 때문에 공양주가 조리를 돌려가며 쌀을 살살 일어 바구니에 살짝 담으면 난 손으로 쌀을 하나하나 헤쳐가며 돌을 찾는다. 그런 과정을 거치는데도 돌은 나온다. 흰 돌은 쌀과 색이 같아 놓치기 때문이다. 대중이 다 모이는 큰방의 스님들이 공양 중에 돌을 씹으면 우리 둘은 큰방에 불려 들어가 무릎 꿇고 연신 참회를 해야 한다. 그럴 땐 정말 부끄럽고 창피스러워 쥐구멍이라도 들어갈 심정이다.

단 그와 줄곧 같이 한 방에서 생활했다. 늘 같이 잠자고 같이 일어나서 같이 움직였다. 그는 매우 성실했다. 나는 꾀도 부리고 엄살도 부려가며 그의 속을 태운 적도 많다. 괜한 심술로 어깃장을 놓은 적도 있다. 그래도 그는 잘 속아주었고 어지간한 일은 다 알면서도 씩 웃어넘기곤 했다. 사람 좋은 그는 하필 폐결핵을 앓고 있었다. 방에 혼자 있어도 마스크를 쓰고 있었고, 내가 가까이 다가가면 혹시 옮길까 주의를 기울였다. 조금이라도 더 멀리 떨어지라고 손사래를 쳤다. 미련한 나는 그런 걸 사소하다고 여겨 염두에 두지 않고 살았고, 나의 무모한 행동 땜에 그는 더 몸을 사렸던 것 같다.

그렇게 공양주실에서 여섯 달을 함께 살았던 그는 머지않아 이승의 끈을 놓고 말았다. 얼마 지나지 않아 난 범어사를 떠났기 때문에 그 이후의 그의 소식을 몰랐다. 그렇지만 그가 내 인생에 영향을 준 건 대중을 섬기는 마음이었다. 뭐든지 대중 중심이고 우선이었다. 당시만 해도 최고의 별식이었던 누룽지가 나와도 우리들이 방에 들고가 먹는 법이 없었다. 사실 그만 눈감으면 포식을 할 수도 있었는데도, 그는 횡재에 우직했다. 누룽지가 많건 적건 큰방에 모두 들여놓았다.

그는 나중에 병이 사뭇 깊어졌을 때도 작은 절에 가서 치료에 전념하지 않고 끝까지 대중이 모여 있는 큰절에 머물다가 아무도 돌보는 이 없는 뒷방에서 소리 없이 이승을 떠나 초연히 저승으로 갔다. 뒷날 전해들은 그의 마지막 소식이었다. 애처롭기 그지없다. 병든 몸으로도 그가 마지막까지 보여 준 삶의 방식은 사람 가운데서 사는 것이다. 그는 도를 얻어도 병을 앓아도 사람을 떠나지 않았다.

승속을 불문하고 깨달음과 성공은 사람 속에 있다. 그런데도 오늘의 세태는 가급적 사람을 멀리하고 피하려 한다. 유서 깊은 수행 공동체의 앞날이 염려되는 건 일신의 안락을 위해서만 생각하고 제 한 몸 편하기 위해서만 사는 것 같다. 출가도 편하기 위해 가족을 떠나고 절에 와서도 대중을 멀리한다. 자기 멋대로 살려고 출가하고 홀로 떨어져 독살이 하는지도 모를 일이다.

자본주의 시장상술은 혼자 사는 사람이 생기면 얼른 독신주택을 짓는다. 잘 팔리기 때문이다. 혼자 살면서 누구의 말도 간섭으로 여기고 교훈

—— '바른 생각'을 찾아서

으로 생각하지 않으려 한다. 가정을 꾸리는 것도 아이를 낳아 키우는 일도 모두 일신의 안락과 인간의 이기심에 떠밀려 흘러가 표류하고 있다. 이런 일을 개탄하면 시대를 모르거나 뒤떨어졌다고 취급하여 되레 낭패를 당한다.

불교도 이런 흐름에 얼른 아부하고 비위를 맞추며 제 살 궁리에 몰두한다. 진리의 주인공들이 진리를 등지고 세상의 유행에 영합해 가는 용기 없는 집단으로 전락한지 이미 오래인지도 모른다. 못내 안타깝고 염려스럽다. 종학스님의 대중 중심주의는 이제 찾아보기 어려운 미덕으로 남아 전설화되어간다.

최선을 다한다

　2012년 런던 올림픽도 이제 중반에 접어들었다. 기대 이상의 금메달을 우리 선수들이 목에 걸고 있다. 이상기후로 온 나라가 가마솥인데도 거리마다 응원 열기는 식을 줄 모르고 더 높아가고 있다. 인간의 응원열기 앞에 자연의 더위가 되레 무력한 느낌마저 든다. 더불어 도하 각 매체에서도 온통 올림픽 일색이다.

　런던 현지의 선수들을 인터뷰할 때 으레 나오는 말이 '최선을 다하겠다'고 다짐한다. 약속이나 한 것처럼 다른 입이 한 입이 된다. 난 그 말을 들으면서 '최선이 과연 뭔가?' '어디까지가 최선인가?' 하고 다시 생각해 본다. 좀 뜬금없는 일일지 모르겠다. 너무나 흔한 말, 어쩌면 상식적인 말이라고 생각하는 것에 의문을 갖는 게 말이다.

　　　　　　　　　　——　　　　　　'바른 생각'을 찾아서

나의 결론은, '최선을 다한다는 말은 자신이 하고 있는 그 일에 대해서, 자신의 생각이 미치는 데'까지의 한계를 표현하는 거라고 본다. 그러니까 '최선을 다한다는 말은 정신이 미치는 곳까지'를 말하는 다분히 정신적인 표현이다. 자연, 사람마다 최선을 다한다는 꼭지점이 다르다.

그러나 실지로 사람의 정신은 끝이 없다. 계발하면 할수록 쓰면 쓸수록 끝없이 점점 열려가는 것이 사람의 정신이고, 생명력이다. 따라서 정신생명과 그 힘은 무한대라는 거다. 스스로 자신의 생각을 중단하거나 제한해서 끝이 있는 듯 보이고, 결국 그렇게 스스로 한계를 두어 끝을 맺지만 실지로는 그렇지 않다는 거다.

그리고 사람의 생각은 모두 다르다. 정신계발의 정도에 따라서, 인식하는 차이에 따라서, 그 힘을 내어 쓰는 자기한정에 따라서 활용하는 것이 완연히 다르다. 같을 수가 없다. 설령, 세상에 있는 모든 게 같아도 정신은 다 다르고 같을 수가 없다고 본다. 그래서 사람에게는 능력의 차이가 있게 되고, 개성이나 특성이 있어서 그걸 각기 존중하게 된다. 물론 모든 사람의 생명 밑바탕은 같아서 지극히 평등하다. 그건 동질이라는 말이지 크기나 규모를 같다고 말하는 게 아니다. 그리고 다르다는 건 질의 평등한 것을 현실에서 쓸 때 나타나는 하한선 상한선의 다름을 구분 짓는 한정된 말이다. 각자 자기정신을 계발하여 현실에서 쓰는 일에 그 '최선'이라는 자기한정을 무한대로 높일 수는 없을까.

온전한 하루, 내 몸에 감사하자

'하루를 온전히 하자. 곧 일생이 온전해지리라.'

무슨 명상록의 잠언 같은 이 말을 일기장 앞에 써놓고, 내 삶에 자주 떠올려 생각해 본다. 가끔 나는 나를 정신과 육체로 나누어 생각해 보기도 한다. 그건 나를 구체적으로 생각해 보고 확실하게 이해하여 나를 더욱 향상시키고 내 자신의 평화스런 마음을 유지하기 위해서다.

아래는 독백의 글이다.

'나의 하루를 훼손하지 말고, 나의 일생을 훼손하지 말자. 더욱이 타인이 아닌 내 자신이 나의 하루, 나의 일생을 스스로 훼손하는 것은 지독한 어리석음이다. 내 자신의 하루나 일생을 훼손하는 가장 무서운 무기는 내 자신이 세운 계획의 성패여하이다. 계획에 미치면 좋아하기가 이를 데 없고, 미치지 못하면 실망하기가 이를 데 없다. 그 편차의 폭이 하늘이고 땅이다. 내 자신이 세운 계획으로 내 자신의 하루나 일생을 재고 재단하기 때문이다. 내가 세운 계획에 미달했으면, 내 자신에게 화내지 말고 오히려 차분하게 원인을 규명하여 다시 계획을 세우고 실현하도록 다짐을 하자. 죄 없는 내 몸을 내가 힘들게 해서는 안 되기 때문이다.

내 정신이 세운 계획과 관계없이 내 몸은 하루의 노고를 다했다. 몸은 자신의 임무를 충실히 다한 것이다. 조금도 어김없이 빈틈없이 훌륭하게 몸은 임무완수를 했다.

간은 간의 역할을, 각 소화기관들, 그리고 눈과 코와 귀와 입은 제각기의 역할을 맡은 바 임무를 완수했다. 몸은 몸이 갖고 있는 모든 기능을 다 발휘하여 모든 역할을 충실히 했던 것이다. 거기엔 어떤 어긋남도 작은 실수도 잠깐의 휴식마저도 없다. 이 얼마나 대견하고 감사하고 기쁜 일인가? 나는 그런 몸에게 합장하고 경배한다.

정신적으로도 하루의 삶에서나 일생을 통해서 그 고뇌가 대단하다. 우선 하루만 놓고 봐도 이만저만의 일이 아니다. 무엇을 하든 어디를 가든 누구를 만나든 미리 생각하여 대비하고 준비한다. 이런 등등은 모두 정신이 나서서 하는 일들이고 그 역할이다.

이런 총체적인 나를 살펴보면 정신적으로 육체적으로 그 노고가 말할 수 없어 거룩하기까지 하다. 그런데도 전적으로 내 자신이 세운 표면적인 계획에 미달하면 무턱대고 화를 내거나 근접하면 좋아한다. 편차가 큰 감정을 마구 일으킨다는 건 몸에게나 정신에게나 해서는 안 될 일이다. 그런데도 거칠게 불만을 갖고 스스로를 학대하고 마치 태풍이 나무를 대하듯 인정머리없이 가혹하다.

까닭 없이 그런 일을 수시로 당하는 정신이나 육체는 괴롭고 억울하기 그지없을 것이다. 왜, 그런 수모를 당하는지 이유도 모르면서 결국 버티다가 세월 속에 스스로 금이 가고 상처가 생기고 점차 허약해지고 허물어져 간다. 그 무엇으로도 막을 수 없고 피할 수조차 없다. 그렇게 하지 않아도 세월 속에 버텨내는 일만으로도 힘들 텐데 말이다.

몸과 마음을 통틀은 내 생명의 실상을 낱낱이 알고 그걸 일일이 인정하고, 그 노고에 감사하지 않는 이상 치유할 방법이 없다. 이제, 매일매일 가장 먼저 내 자신의 정신과 몸을 관찰하자.고맙게 여기고 감사하자. 하루의 계획에 미치지 못했다고 판단하면 바른 자세로 앉아서 차분하게 원인규명을 하고 다시 잘하도록 조용히 다짐하자.

어디서 어긋났는지를 찾아내자. 냉정하게 차분히 이성적으로 원인규명을 하자. 결코, 막무가내식으로 내 자신이 내 자신에게 버럭버럭 화내는 일은 없도록 하자. 버릇만 점점 더 나빠지고 몸만 속절없이 망가진다. 병들어 약을 먹고 다스리는 것 또한 내가 해야 하기에 그마저도 괴롭기 그지없는 일이다. 부디, 이제부턴 내가 나에게 병 주고 약주는 일은 없도록 하자.

나의 정신과 몸이 견디기 가장 어려운 것은 내가 나에게 화내는 일이다. 피할 수도 없이 고스란히 다 받아내야 하기 때문이다. 불쌍하고 가엾지 않은가? 한평생 묵묵히 봉사만 하고 있는데 말이다. 그래서 이제부터 나는 나의 몸과 마음에 대한 공정한 이해를 통해 매일 고맙게 여기고 감사하자. 순간순간 생각이 미치는 대로 힘껏 감사하자. 정신과 몸이 갖고 있는 모든 사실을 그대로 인정하고 그 노고를 위로하자. 모든 사실을 순순히 납득하여 깊이 이해하고 사랑하고 기뻐하자.'

진정한 능력자

광덕스님은 새불교운동의 의식교과서인 『불광법회요전』을 발간하면서 머리말에 "스님들의 전문적인 사제司祭업무를 완화한다"고 하며, 또 "원래 비구는 사제가 아니었습니다. 그러나 역사적 발전과정에서 의식이 굳게 전문화하고 스님들이 사제화하여 오늘에 이릅니다. 의식을 우리말화하면 의식이 일반화, 생활화하여 스님들을 수도와 전법자의 위치로 복귀시키며 보다 보살활동을 확대시키는 한 계기가 될 것으로 생각됩니다"라고 했다.

이 짧은 구절 속에는 많은 의미가 들어있다. 불교의 특징이 있고 스님들의 역할이 있다. 불교가 갖는 이상이 있고 이 사회에서 무엇을 해야 하는지의 의무가 있다. 그리고 무엇보다 진리의 주인공들이 진리를 누릴 수 있는 권리가 들어있다.

그러나 현실은 그렇게 녹록지 않다. 광덕스님 이전이나 그 당시나 이후나 사람들의 생각은 좀처럼 달라지거나 바뀌려 하지 않는다. 습관이나 타성, 또는 관성이 그만큼 강하다고나 할까, 무섭다고나 할까. 그리고 바르지 못한 것을 번연히 알면서도 고치지 못하는 건 용기 부족의 탓일까.

원인과 과성이 어떠하든 결과는 불교가 섬섬 나약해져 가는 거다. 원칙에서 점점 멀어지기 때문이다. 불자佛子들은 자신의 인생을 스스로 축복할 수 없고, 자신自信할 수 없는 의타수준에 머문다. 남의 입에 얹혀서 기대고 사는 거다. 허약하다.

사람의 진정한 힘은 자기를 칭찬할 줄도 알아야 하고, 뉘우칠 줄도 알아야 하고, 나무랄 줄도 알아야 하고, 고칠 줄도 알아야 하고, 축복할 줄도 알아야 한다. 이른바 자기 일을 자기가 처리하지 못하면 능력자라고 할 수 없다. 누가 복 받으라고 축원하거나 제사지내 주는 것이 아니라는 입장이 불교다. 전적으로 자신의 힘을 개발하여 모든 문제를 스스로 해결해 나가라는 절대적인 자신自信을 불교는 말한다. 그런데도 그렇지 않은 현실에 우두커니 안주해 있다. 절마다 목탁소리 북소리만 점점 요란하고 드높아 간다. 천당이나 극락 가도록 재촉하고 있고, 마냥 거기 그 수준에 머물러 있다. 스스로 중생임을 언제까지나 자처하면서.

운명에 맞선다

　불교는 중생을 성인으로 만들고, 범부를 영웅으로 만드는 가르침이다. 세간과는 판이하여, 철저하게 반운명적이고 반숙명적인 가르침이다. 따라서 자신이 지은 바 업을 스스로 벗어난다. 사주팔자와 운명이나 숙명, 업을 따로 두지 않고 인정하지 않는다. 인간정신의 무한정을 말하고〔佛性〕, 거기에 어떤 고정된 틀도 인정하지 않고, 한계를 두지 않는다. 어둠도 없고, 불안도 없다. 실패도 낙오도 아예 없다. 공空이다. 도무지 범주範疇를 두지 않는 세존의 무한가르침이다.

　역사적으로도 인류사에 공헌한 인물들은 이른바 자신의 운명에 도전한 사람들이고, 그런 걸 철저하게 무시한 사람들이다. 그들은 스스로의

　　　　　　　　　　　'바른 생각'을 찾아서

테두리에 갇혀 운명이려니 숙명이려니 한계 짓거나 체념하지 않았다.

그런 인물들은 비록 불교를 몰랐지만, 결국 불교의 길을 간 것이나 진 배없다. 거기에 비해 우리 불교인들은 불교를 알면서도, 정녕 불교의 길을 가지 못하고 있는 경우도 있다. 운명이나 숙명을 인정하기 때문에 갖는 한계어린 정신상태이고, 거기에 머물러 안주하는 나약한 삶의 모습이다. 아니면 자신의 지독한 이기주의에 빠져 오로지 몸 편한 것을 목표로 사는 세상의 기생인생寄生人生들일 것이다.

대개 보통사람들이 살아가면서 현실이 뜻과 같지 않았을 때 '운명이다', '숙명이다'고 말하여 숨구멍을 튼다. 일종의 도피처다. 목표를 세워서 앞으로 나아갈 때 장애물을 만난다든지 난관에 봉착하여 진퇴양난의 곤경에 빠졌을 때, 쉽게 이런 생각을 하게 되고 이런 말을 하여 임시 피난처로 삼는다.

그렇지만 운명은 없다. 정해진 틀도 없다. 다만 용기 있는 삶, 적극적이고 불굴의 의지를 가진 삶만이 자신과 모든 생명의 절대적 진실이다. 오로지 그 목표를 향해 가고 거기엔 자신의 성장만이 있을 뿐이다. 그러므로 온갖 지혜와 용기를 동원하여 목표점을 향해 나아가야 한다. 거기서 자기가 커가고 본래로 한량없는 자신의 참모습과 만나게 된다. 그래서 어떤 난관도, 심지어는 절망마저도 없는 공空이다. 밝음과 성취만이 가득하다.

안정감에서 만덕萬德이 나온다

사람에게 가장 중요한 정신상태는 안정감이다. 안정감은 들뜨거나 불안하지 않음을 말한다. 시공을 떠나 의연하고 당당하다. 그렇다고 교만하거나 방자하지도 않다. 오로지 자신에 대한 스스로의 신뢰와 믿음[自信]으로 충만하다.

자신에 대한 신뢰와 믿음은 삶의 정직에서 온다. 자기가 자기를 속이지 않는 것이다. 나아가 타인이나 일을 속이지 않는 것은 말할 나위도 없다. 무슨 일을 해도 그 일에 정직하게 최선을 다한다. 이른바 티끌만한 요행이나 행운도 바라지 않는다. '콩 심으면 콩 난다'는 생각이 자신에 대한 절대 신뢰이고 무한 믿음이며, 들뜨지 않는 안정감이다.

안정감은 항상 지혜와 동반한다. 안정감은 둘이 아닌 고요와 밝음〔寂光不二〕의 다른 이름이기 때문이다. 고요 속에 밝음이, 밝음 가운데 고요가 동시에 상존常存한다. 좀 살아보면 누구나 안다. 이것은 근원적인 원리고 법칙이다. 모든 사람에게 다 통하고 모든 사람에게 구족해서다. 어떤 차별이나 차이도 두지 않는다. 그리고 말의 표현은 부득이 '고요와 밝음'이라고 나누어서 말하지만 실제로는 그 속성상 나눌 수 없는 것이다.

안정감은 일상의 자신을 돌아보는 일에서 비롯되고 얻어진다. 결코, 밖에 있지 않다. 돈에 있지도 않고 지위에 있는 것도 아니다. 자신의 내부에 두렷이 보름달로 존재하고 있다. 그럼 어떻게 해야 안정감을 누릴 수 있고, 그 경지의 정신수준에 머무를 수 있는가? 바로 스스로 자신의 생각과 말과 행동을 관찰해야 한다.

하루의 일도 순간순간 일어나는 일도 그 모두를 빠짐없이 관찰한다. 그래서 자신의 잘잘못을 스스로가 판별하여, 잘한 것은 더욱 잘하도록 다짐을 하고, 잘못한 건 즉시에 수정하거나 사과하여, 본래의 상태를 회복한다. 말끔하고 상쾌하다.

자신을 살피면 잘못을 방비하고 재앙을 미연에 막는다. 일상에서 지혜를 북돋우고 어리석음을 반복하지 않는다. 이런 자기정리가 안정감이고 당사자의 인격토대다.

마음의 안정감安定感: 安心立命, 고요와 밝음〔寂光〕에서 연기緣起를 보고 중도中道를 행한다. 즉, 인간과 사물을 바르게 보아 가치를 생각하게 되고, 의로운 행동을 하게 된다.

사람은 들뜬 상태, 번거롭고 분주한 마음에서는 지혜를 얻을 수 없으며, 참다운 용기와 활기가 솟아나지 않는다. 어떤 의로움도 기대할 수 없다. 학생들이 공부를 해도 안정감이 없으면 집중력이 떨어져 효과가 낮고, 운동선수도 자신의 목표에 도달하지 못하고 순발력도 기대할 수 없다.

학생이나 선수뿐 아니라 인간 모두가 그렇다. 인간마음의 공통법칙이다. 인간정신이 안정감을 갖지 못하면 창의와 행복과는 거리가 멀어지고 평화와 안락과는 이별하게 된다. 되는 일이 없는 만사불성萬事不成이다.

인간에게는 안정감만이 만사성취萬事成就의 바탕이며, 만덕을 이루는 신통이며, 지고의 법칙이다. 인간에게 필요한 만덕은 안정감에서 나온다. 본래로 우리 모두 대적대광大寂大光 속에 살고 있나니…….

부디, 머리 한 번 돌이키면 될 이 일을!

겸손과 친절

아무리 배워도 결국 마음만큼 이룬다. 학문을 해도 배우는 사람에 따라 일취월장日就月將의 경우도 있고, 괄목상대刮目相對의 경우도 있고, 말로 배워서 되로 쓰기도 하고, 되로 배워 말로 쓰기도 한다.

배움은 같은데 결과는 왜 다른가. 주인공의 마음이 달라서 그렇다.

불교도 그렇다. 배우고 씀에 홀연히 범부경계를 벗어나 성인의 경지에 드는[一超直入如來地] 사람이 있는가 하면, 백천 날을 절에서 보내도 하루 세 끼 밥값도 치르지 못하는 경우도 허다하다.

불법佛法을 배우면 바로 쓰고, 하나로 일체를 알고, 일체의 근원이 하나에 있지 않고 둘이 아닌 것[不二]에 있다는 도리를 알면, 배움은 곧 인격이 되고 삶이 되어, 단박에 장부아丈夫兒가 된다.

대저, 부처님의 가르침은 오묘하기 그지없어 상상하기 어렵고, 배울수록 쓸수록 그 한계가 없는 불가사의不可思議이기에 위없는 법이라고 말한다.

그러나 말은 고작 입에서 멈춘다. 머리는 머리에서만 머문다. 이런 머리와 입은 둘이 어깨동무하여 같이 머물고, 손잡고 같이 논다. 결국 한 몸이지만 끼리끼리 머물고 세각각 놓고 머문다. 아무리 배워도 그걸 제대로 쓰지 못하기에 한 몸이라는 이치는 꿈과 같이 아득한 상상이고 허깨비의 장난처럼 들린다.

따라서 인간에게 늘 생사가 교차하는 엄숙한 현실에서 배워도 쓸 줄 모르고, 치장으로만 겉에 머물고 만다. 안팎이 따로 놀게 되고, 내외가 막혀서 자신의 인격의 향상과는 거리를 둔다. 따라서 점점 사람의 배움과 인격이 다르다. 결국 아무리 배워도 겉 다르고 속 다르다.

현저히 다른 거기에서 사람들은 당황한다. 왜, 거리가 생기는지, 그 거리는 좁혀지지 않는 것인지? 각각 따로 봐야하는 것으로 끝내고 만다. 오랫동안 종교생활 하면서도 일상에서 활용해 쓰지 못한다. 인격이 되지 못하기 때문이다.

세상에 귀한 일은 배운 것이 인격으로 나타나 바로 쓰는 일이다. 대표적으로 겸손과 친절이다. 겸손과 친절이 최귀행最貴行인 건 당사자의 인격, 종교성이 갖는 그 자리의 참 면모이기 때문이다.

절과 대통령

사람과 사람과의 관계는 어떤 격식이 있다. 예의라고 말해도 좋겠다. 모든 사람이 무조건 존귀하기 때문일 것이다. 지위가 높다고 아랫사람을 반말로 대할 수 없고, 나이가 많다고 일방적으로 젊은 사람이나 어린아이에게 함부로 대해서는 안 된다. 남녀노소, 빈부귀천, 지위고하, 원근친소를 떠난 인간관계의 정중한 표현이 예의이고, 불교의 계율이며, 유교의 삼강오륜三綱五倫이다.

사람과의 인연은 안정감 있게 대해야 하고, 때마다 자신을 살펴서 조심해야 그 인연이 오래 간다. 겉으로 표현하는 계율이나 삼강오륜보다 먼저 자신의 깊은 성찰을 요구하고 있다. 문 밖에 세워 둔 기둥이 아니라 자기 안의 잔가지부터 관리하라는 것이다.

부부의 인연도 그렇고 가족의 인연이나 친척의 인연도 그렇다. 뿐만 아니라 친구의 인연이나 직장의 인연, 한 생을 살면서 만나고 헤어지는 모든 인연이 그렇다는 것이다. 성찰하여 조심하는 게 인연에 대한 예의를 갖추는 거다. 그렇지 않으면 인연은 성숙되지 않고 멈추게 되며, 원만하지 못하면 곧 끝을 보게 된다.

사람뿐 아니다. 역사나 전통, 문화재나 예술작품에도 후손으로서 예의와 갖추어야 할 태도가 있다. 예를들면 고찰이나 음악회나 전시장, 조상의 흔적을 대할 수 있는 곳이거나 사람의 정신을 표현한 곳이라면 어디서든 뒷짐을 지지 않고 두 손을 배꼽에 가지런히 모으는 차수로 배견拜見, 혹은 배관拜觀한다. 이는 동서고금을 떠나 인간의 정신영역을 함부로 대하지 않는다는 뜻이다.

우리의 절은 본래 출가자들이나 신도들의 진지한 수행처다. 밝으면서도 고요하기 때문에 마음이 어지러운 사람이 절에 가면 저절로 정리가 되고 경건해져서 삶의 지혜와 용기를 얻는다.

그런데 오늘의 상황은 어느 때의 누구로부터 비롯되었는지 슬며시 관광지가 되었다. 떠들고 웃고 즐기는 유흥지가 되었다. 경제발전과 더불어 사람들의 나들이 장소로 또는 일상을 떠난 휴식공간으로 점차 자리매김 하게 되었던 것 같다.

이처럼 절은 본의 아니게 많은 사람들이 오가게 되었고, 아울러 시설물은 절의 거주자들만 사용하도록 한정이 되어 있었는데 갑자기 사용자가 늘어나니 태부족인가 하면 쉬이 마모되거나 부서지는 경우도 많다.

그뿐이 아니고 문화재 또한 마찬가지다. 뭐니뭐니해도 마모나 파손은 자연의 세월보다 사람의 손길이 더 무섭다. 비록 애정을 가지고 감탄으로 만지더라도 손길이 닿으면 원형이 어느 새 달라지기 때문이다. 해서, 늘 보수하고 고쳐야 한다. 정부의 지원이나 보조만으로는 한계가 있으니까 입장료를 받아서 충당하기로 했다.

사람들은 절이 관광지라는 인식과 입장료를 내고 들어왔다는 권리를 챙기려고 한다. 절에 대한 예의를 갖추는 것보다 자신들의 권리가 우선이라는 생각이다. 그래서 절 안에 사는 사람들을 배려하지 않고, 절이 불교의 예배와 수행의 공간이라는 생각을 갖지 못하는 사람들이 있다. 심지어 탑이나 담장에 올라가고, 법당 앞에서 담배를 피우고, 팬티같은 바지 차림으로, 게다 같은 슬리퍼를 쩍쩍 끌고, 침을 퉤퉤 뱉고, 때 아닌 때에 범종을 치는 행위 등등으로 유명사찰에서는 하루에도 몇 번씩 옥신각신 실랑이를 벌이곤 한다.

앞 장의 '보아라, 정교분리의 정신을' 하는 난과 같은 날의 이야기다. 1970년대 말, 박정희 대통령이 해인사를 참배했다. 대통령 일행은 대적광전과 팔만대장경을 참배하고는, 주지실에서 차를 나누며 덕담을 주고받은 뒤, 대통령이 사명대사를 모신 곳이 어디냐고 물어서 소임자들이 대통령 일행을 산내 사명암으로 안내했다. 대통령은 사전에 사명스님에 대해 공부를 하고 온 것 같았다. 사명암을 둘러 본 대통령은 수행원들에게 사명스님에 대한 애국 이야길 하고는 당우가 쇠락한 사명암을 이대로 두는 건 후손으로서 도리가 아니라고 하면서 관계자에게 고치도록 지시를 했다.

대통령은 해인사 아랫동네에서 점심식사를 한 뒤 바로 큰절로 왔고, 이어서 사명암까지 둘러본 관계로 시간이 한참 걸렸다. 평소 담배피우는 분이 줄곧 참았던 모양이다. 대통령은 사명암 참배를 끝낸 뒤 해인사 아래에 있는 동네입구까지 내려가서야 차를 멈추라고 한 뒤, 홍류동 계곡을 바라보며 담배 한 대를 피웠다고 한다.

혹자는 말하리라. 대통령씩이나 돼서 그 정도의 당연한 상식을 가지고 뭘 그러느냐고. 물론 그렇다. 그러나 오늘날에는 그 당연한 상식마저도 통하지 않고 지키지 않는 경우가 더 많기에 하는 말이다.

신심과 원력

불교신앙의 핵심은 신심과 원력이다. 신심信心은 부처님의 대각大覺과 각행覺行의 원만구족을 그대로 자기 생명으로 받아들이는 것, 다시 말해 자신의 일로 받아들이는 것이다. 원력願力은 부처님의 삶을 따라서 살 것을 다짐하는 굳센 각오다. 이 두 가지를 가지런히 갖추면 비록 불교에 대한 해박한 이해나 오랜 연찬이 없다손 해도 손색없는 불자佛子가 된다. 불교는 본래부터 닦는 가르침이 아니고 쓰는 가르침이기 때문이다.

부처님께서 무량대비심으로 중생을 위하여 자신이 깨달아 얻은 것을 설하여 보이셨다. 부처님의 진리를 다시 닦는 것이 아니고, 그대로 받아들여 일상생활에서 사용하면 된다는 뜻이다. 이게 불교신앙이다. 그런데도 우리 한국불교는 유난히 닦는 쪽에 관심이 많다. 설령, 쉼 없이 닦고 닦아서 비록 도를 얻었다 해도 그건 자기의 개인사정에 지나지 않는다. 그러나 믿음을 가지고 진리를 즉시즉처卽時卽處에서 쓰면 주변의 사람들이 진리공덕의 은혜를 곧바로 입게 된다.

그렇지만 불자들이나 심지어 일반인들마저 불교라고 하면 으레 깨달음을 먼저 떠올린다. 그러나 깨달음이 자신에게 언제 다가올지는 아무도 모른다. 본인도 모르고 주변도 모른다. 심지어는 금생에 가능할지도 모른다. 그러기에 실지로는 믿음이 먼저다. 믿음은 믿는 만큼 불법을 쓰게 만들기에 그렇다. 따라서 믿음도 씀도 한량이 없다. 자기 생명이 한량 없어서다. 이처럼 불교의 핵심은 진리대로 사는 것을 말한다. 진리대로 산다는 것은 진리를 쓰고 사는 것이고 자기 모습대로 사는 것을 말한다. 결국 믿음으로 쓰는 것과 깨달아서 쓰는 것의 커다란 차이다. 어느 방법을 쓰느냐는 개인의 선택이지만 안목은 하늘과 땅의 천양지차天壤之差다.

우리 주변에 신심과 원력을 잘 갖춘 분이 광덕스님이다. 물론, 광덕스님은 당시의 분위기에서 전통적으로 내려오는 수행을 목숨 걸어 진리의 힘을 얻었다. 그랬지만 순전히 자신의 삶을 통해 인간의 한계인 병고나 노쇠를 신심과 원력으로 극복했다. 노고老苦와 병고病苦의 한계에 굴복하지 않고 그 이상의 삶을 살았던 것이다. 그래서 출가자들에게나 신도들에게 불교의 새로운 사표가 되고 교훈이 되었으며, 신앙의 이정표가 되었다. 특히 수행위주의 닦는 불교에서 생활위주의 쓰는 불교를 과감히 열어 21세기의 인류를 구원하는 묘방편을 '새불교운동'이라는 이름으로 펼쳤던 것이다.

노인은 장로長老다. 인간애를 가르친다

인간의 삶은 만나고 헤어짐의 연속이다. 그 가운데 뜻을 얻고 기쁨을 누리며 슬픔과 괴로움을 알기도 한다. 따라서 인생에서 만남은 매우 중요한 사건이고 계기, 곧 인간 삶의 내용이라는 생각을 다시 하게 된다.

출세간의 만남은 스승과의 만남이고 그 다음의 만남이 도반과의 만남이다. 세간의 만남은 부부와의 만남이 가장 중요할 것이다. 그 이전에 부모와의 만남이 있지만 만남의 차이가 있다.

사람은 아주 잠깐 만나는 일로도 일생의 교훈을 얻기도 하고, 삶의 지침이 되기도 하며, 결정적 계기를 맞기도 한다. 특히 진지하게 삶을 살아온 인생 선배들을 통한 만남에서 그런 힘을 얻을 때가 많다.

마을이나 절에서 만나는 노인들이 그러하다. 인생과정에서 어린이들이나 젊은 사람들에게는 꼭 필요한 분들이라는 생각이 든다. 노인들에게서 인생의 숙련된 단계를 보고 배우기 때문이다. 설령, 배울 때는 그런 뜻을 모른다고 해도 세월이 지나서 알게 되는 경우가 많다.

내 어릴 때 가정환경의 중심은 노인들이었다. 홀로 된 증조할머니와 홀로 된 할머니가 위주였다. 난 두 노인들 사이에서 어리광을 부리고 떼를 쓰며 왕자처럼 사랑방에서 자랐다. 고집부리다가 어머니가 매를 들면 노인들에게 달려갔다. 어머니가 나의 팔을 잡아 끌어내면 온 힘을 다해 노인 품에 안겼다. 어머니가 버릇 고쳐야 한다고 하면 "차라리 날 때려라!" 하고 결사적으로 막아줬다.

어머니가 포기하고 간 뒤에 나는 늙은 증조할머니의 주름 뺨에 줄뽀뽀를 퍼부었다. "내가 커서 잘 모실게"를 줄곧 되뇌면서.

버릇은 나빠졌는지 몰라도 난 거기서 인간애人間愛를 키웠다. 물론 뒷날에 안 사실이지만.

그런 노인들에 비해 젊은 어머니와 아버지에 대한 기억은 거의 없다. 먹는 것 입는 것이 모두 노인들에 의해 이루어졌고 잠자고 일어나는 것도 노인들의 보살핌을 받았다. 거기서 내 유소년의 온갖 추억도 생겼다. 인생의 기틀이 갖추어진 때다.

그 뒤 약관 열아홉 살, 절에 들어가서 백세의 노인을 만났다. 일룽스님이시다. 그는 범어사 해행당解行堂 조그만 뒷방에 살고 있었다. 햇빛도 없는 방이어서 주로 서향 툇마루에 앉아있었다. 노스님은 거동이 불편하여 한 번 자리에 앉으면 잘 움직이질 못했다. 때로는 하루 종일 방 앞 마루에 앉아서 우두커니 혼자 지낼 경우도 있다. 그렇지만 노스님은 누구를 만나도 먼저 웃기부터 했다. 자신의 입 떨어지기 전에 상대에게 웃음부터 보낸다. 푸근하여 어린 마음에도 끌렸다. 난 그 노스님이 좋아서 일 없는 사이사이 찾아가곤 했다.

노스님은 자신이 지나온 과거의 온갖 이야길 꺼냈다. 잠시도 쉬지 않고 이런저런 이야길 해 주었다. 했던 이야길 되풀이하는 경우도 많았다. 특히 스님들이 어떻게 살았는지 범어사를 어떻게 꾸려왔는지 지루할 정도로 자세하게 되풀이 설명했다. 지금까지도 기억에 남는 건 담해스님의 이야기고 용성스님의 이야기다. 그 두 큰스님의 인간관계, 특히 담해스님이 용성스님을 받든 내용이 위주였다. 그리고 현재의 대중 가운데 누구는 어떻고 또 누구는 어떻고 하는 식으로 좋은 점을 일깨워 주어 내게 배움을 삼도록 해주었다.

또, 노스님은 자연스레 죽음을 이야기 했다. 과거 스님들의 죽음에 대해 이야길 했고, 자신의 죽음에 대해 담담하게 말했다. 살면서 죽음에 대해 진지하게 생각해 보는 삶은 진실하다고 했다. 그리고 불교의 가르침인 윤회를 받아들이고 다음 생을 준비하면 오늘의 삶도 사뭇 달라질 것이라고도 말했다.

이제와서 보니 더욱 그렇다. 어떻게 살아야 하느냐의 삶의 방향은 죽음에서 찾아야 하는지도 모른다. 그때 노스님이 죽음에 대해 말할 땐 난 가슴이 먹먹했다. 어쩌면 하루하루 죽을 날, 죽을 순간을 기다리고 사는 노스님이기에 더욱 죽음이 절실했고, 그래서 그 진실함이 어린 내 가슴에 깊이 와 닿았는지도 모른다.

노스님은 지나간 과거의 일을 말했지만, 듣고 있는 나는 미래의 앞날을 생각했다. 노스님은 죽음을 말했지만, 듣고 있는 나는 미래의 삶을 생각했다. 어쩌면 내 자신의 앞날, 미래의 출가생활을 그려가며 노스님의 이야기를 인생훈화로 들었는지도 모른다. 절 집도 역시 사람 사는 공간인지라 그런 그때의 말씀이 일생을 살아가면서 큰 힘이 됨을 알게 된 것은 훨씬 뒷날의 일이다.

이제 내가 바로 그 노인이 되어가고 있다. 젊음과 노년의 만남, 꼭 필요한 일이다. 난 그때 노스님의 말씀을 다 이해해서가 아니라 어른이 말씀하시니까 그냥 무던히 듣고 있었는지도 모른다. 그러나 아무 소용없을 것 같았던 그 이야기들이 교훈이 되고 내 인생이 될 줄이야.

난 마을이나 절이나 대가족생활이 좋고, 특히 절은 대중생활이어야 함을 철저하게 주장하게 되었는지도 모른다. 노인의 말씀에는 삶의 풍부한 이치도 들어있지만 푸근하고 넉넉한 인정도 담겨있다. 난 줄곧 그 속에 살았기에 내 삶의 정서와 감흥이 생겼고, 거기서 안정감을 갖게 되었다는 생각에 내 어린 시절 할머니들과 절에 와서 만난 노스님들께 무한감사를 드리고 싶다. 다음 생에도 다시 그 노인들을 만나고 싶다.

왜, 선법문이냐

어떤 법우가 "절에서 하는 법문 중에서 선법문禪法門을 빼면 너무나 밋밋해요. 선법문은 인간의 전모인 궁극을 일러주고 궁극을 지향하지 않습니까? 물론 청중들이 머리로 이해를 못한다고 해도 가슴에 와 닿는 느낌은 있지요. 그러니까 스님께서는 설법 중에 꼭 선법문을 매번 한구절씩이라도 일러주세요"라고 요청했다.

내 심정과 같은 말이다. 난 평소 선어록 읽기를 좋아한다. 그렇다고 뭘 알아서 읽는다거나 알기 위해서 읽는 건 아니다. 어록을 읽으면 은연중 발심이 되고 환희심이 솟기 때문이다. 경을 읽을 때 느끼는 심정과도 같다. 그래서 난 그 법우의 요청에 겉으로는 말없이 웃고, 속으로는 귀를 쫑긋 세웠다. 앞으로 설법 중에 빠짐없이 어록을 일러주기로 속다짐을 했다. 설령, 그 본뜻에 내 말이 못 미친다 해도.

성철스님께서 종정취임 때 하신 선법문의 한구절을 불교 밖의 일반인들도 입에 달고 산 적이 있다. 거리의 목로주점에서 포장마차에서 둘러 앉아 "산은 산이요" 하면 "물은 물이요" 하고 건배사로 주고 받았다고 한다.

반드시 뭘 알아서라기보다 대강의 느낌으로도 선이 지향하는 무한긍정에 가슴이 닿아서일거다. 알쏭달쏭한 선구의 그 말을 듣기만 해도 괜히 가슴이 탁 트여 좋았던 것이리라.

인생이 쉽기만 할 수도 없고 어렵기만 해서도 안 될 것이다. 삶이 쉽기만 하면 곧 교만해질 것이고, 어렵기만 하면 자포자기하여 노력하지 않을 것이다. 따라서 쉽고 어려움은 인생의 균형이 된다. 불교의 법문도 은연 중 그렇지 않을까. 그 법우의 생각도 그러할 것이다.

현대인의 정신병

　현대인이 겪는 건강의 어려움 중에 정신적인 질환이 많다. 가장 흔한
게 우울증이라고 한다. 겉은 멀쩡해도 실지로는 아무런 일도 못하는가 하
면 심지어는 스스로 생을 마감하기도 한다. 정도의 차이는 있어도 현대인
대다수가 앓고 있는 병이라고 한다. 이런 소식을 접하면 불자의 한 사람으
로서 못내 책임감을 느낀다. 우리 불자들이 부처님의 가르침을 더 열렬하
게 전해야 하는데 그 소임을 다하지 못한 자책으로서다.

　불교의 교리를 배우고 신앙생활을 하면 사람의 인격이 바뀌어야 한
다. 가르침이 인격이 되지 않는 그 어떤 불교공부도 등불이 될 수 없다. 등
불은 자신과 남을 동시에 구제한다. 아무리 화려한 공부라고 해도 등불이
되지 않으면 어둠에서는 소용이 없다.

아무튼 현대인이 겪는 대개의 정신적인 질환은 불안에서 온다고 한다. 불안[어둠]을 몰아내는 건 이론이 아닌 실천[빛]일 뿐이다. 배움이나 수행이 사람의 인격으로 바뀌었을 때만 어둠을 몰아내는 등불이 될 수 있다. 가정에서나 사회에서나 비추지 않아도 빛을 발하는 건 인격이다. 자신과 다른 사람을 저절로 환히 비춰 내세우지 않아도 도움이 된다는 말이다.

사람은 정신적인 생명체다. 사람에게 정신적인 점을 빼면 동물들에 비해 나은 점이 거의 없을 것이다. 뜀박질을 해도 힘으로 봐도 비교가 되지 않는다. 오로지 정신적인 면이 작용했을 때만이 사람의 특장이 가장 잘 드러난다. 이런 점에서 정신의 단련이란 누구나 가져야 할 의무이고 인간으로서의 권리다.

특히 불교의 이해나 믿음은 이 점에 대해 탁월하다. 그래서 부처님의 말씀 한 마디만 제대로 들어도 오래된 병이 낫고 새사람이 된다. 제대로 된 생각을 갖지 못해 정신병이 생긴다고 보면 부처님 말씀으로 인한 바른 생각이야말로 정신병 치료의 특효약이다. 부처님 말씀 한구절이라도 깊이 음미하면 홀연히 생각이 탁 트인다. 마음이 시원해진다. 부처님 말씀과 자신의 마음이 일치하기 때문이다. 그걸 불교에서는 계합契合이라고 한다. 계합에는 정신병이 본래 없는 경지이고, 실천은 남 돕는 일이다.

남 돕지 않아 정신질환을 앓고 있는 현대인이다.

'바른 생각'을 찾아서

이상주의자

선사先師 : 광덕스님께선 나에게 지나친 이상주의자라고 염려하셨다. 현실과의 조화를 통해 앞을 바라보고 안정감 있게 차분히 중도의 삶으로 살아가라는 말씀이라고 생각했다. 이상주의자는 자칫 현실을 무시한다. 굳이 무시하려고 해서가 아니지만 오로지 이상을 향해 앞으로만 나아가기 때문이다. 어쩌면 현실로 본다면 위험한 일이기도 하다.

어떤 이상이든 현실에서 그 뜻을 이뤄야 하는 점을 생각해 봤을 때, 현실과의 조화는 더욱 중요하고 불교의 실천적 중도는 삶의 요체이기에 말이다. 해서, 조화로움을 바탕으로 삼지 않는 이상은 더욱 위험하다는 생각을 하게 된다.

대개, 이상주의자의 특성은 현실에 대한 아쉬움이나 문제가 많다고 생각할수록 되레 그 쪽으로만 치달린다. 마치 독립지사처럼 앞으로만 내달리며 산다. 어떤 타협도 없다. 보기에 따라선 사람들이 살아가는 방향과 반대로 나아간다. 따라서 이상주의자는 인간 세상에 함께 살면서도 고적감을 느끼고 수시로 외롭다.

그렇다면 이상과 현실의 조화는 무엇으로 가능할까? 타협인가, 아니면 적당한 혼합인가, 분명 어정쩡한 입장이나 모호한 태도는 아닐 텐데. 아, 매우 어려운 문제다.

하지만 불교는 이상을 바라보고 앞으로 가는 집단이어야 하지 않을까. 이상주의자들의 대표적인 집단이 불교가 되어야 하지 않을까. 가르침과 전통의 원칙을 고수하는 고지식한 집단 말이다. 세속화되지 않고 올연히 그 모습을 간직하려고 몸부림치는 사람들의 삶이 모인 곳, 인간 이상을 간직하고 실현하는 사람들의 집단 말이다.

얼마 전 대학교수인 지인으로부터 불교의 세속화가 포교라는 말을 듣고 내심으로 충격을 받은 적이 있다. 종단의 재가지도자 급인 위치의 인물이어서 내가 받은 충격은 더 컸다.

일에는 원칙이 있어야 한다. 골목에 조그만한 가게를 차려도 원칙이 있어야 하듯 세상의 모든 일에는 원칙이 있다. 하물며 불교에서랴.

문명과 문화

문명과 문화라는 말을 현대인들은 입에 달고 산다. 그런데 정작 이 말에 대한 정확한 뜻을 모르고 쓰는 경우도 많은 것 같고 혼동하기도 한다. 먼저 사전적인 뜻을 살펴본다.

'문명은 사람의 지혜가 밝아져, 야만이나 미개에서 탈피한 상태. 또는 생활, 특히 의식주를 위한 기술·질서가 개선된 상태. 물질 면에서 인간생활이 발전된 상태'로 되어 있다. 대치되는 말로는 야만이나 미개다.

'문화는 인류가 모든 시대를 통하여 학습에 의해서 이루어 놓은 정신적·물질적인 일체의 성과. 의식주를 비롯하여 기술·학문·예술·도덕·종교 등 물질적인 문명에 대하여 특히 인간의 내적 정신활동의 소산을 말함'이라고 되어 있다. 대치되는 말로는 자연이다.

사실, 문명과 문화는 불가분의 상관관계에 있다. 어디서 어디까지가 문화이고 문명이다 엄밀히 구분할 수 없는 중복되는 부분도 있고, 나누기 어려운 밀접한 연관성을 지니고 있기도 하다. 좀 더 쉽게, 문명은 물질적이고 문화는 정신적이라고 설명할 수도 있겠다. 따라서 현대문명을 학자들은 과학기술문명이라고 말한다. 물질을 위주로 한다.

과학기술문명은 물질을 매개로 하기에 인간욕망을 부추기는 것으로부터 그 발전의 토대를 삼고 있다. 여기엔 반드시 정신적인 바탕을 토대로 해야 하는데 현재는 거의 그렇지 못한 것 같다. 그럴만한 계제階梯가 없다.

결국 현대문명은 무서운 속도로 달리는 기차와도 같다. 그 기차에는 브레이크가 없다. 인간의 욕망을 바탕하고 있어서다. 그런데 그 기차 안에는 인류가 타고 있다. 그런데도 탈선하거나 충돌하기 전에는 멈추지 못한다. 개인의 욕망이 아닌 집단의 욕망이 분출되므로 멈추게 할, 욕망을 제어할 마땅한 속도 기제가 없는 것이다. 이것이 욕망의 무서움이고 인류의 한계다. 지구가 괴롭다고 신음을 하고 여러 가지 방법으로 자신의 의사를 전해와도 현재의 달리는 속도를 멈추려 하지 않는다. 되레 뒤처질까 두려워한다. 이런 상황에서는 어떤 영웅이 나타나도 묘안이 없게 된다. 아마도 끝을 볼 때까지는.

이 문명의 엄청난 속도는 인문학으로 잡아줘야 한다. 인간정신을 바탕으로 하는 학문영역이다. 문명의 속도를 늦추자는 것이 아니라 인문학 발전의 속도를 높여 문명의 발전과 나란히 하거나 앞서게 하자는 말이다.

　　　　　　　　　　　　　'바른 생각'을 찾아서

이것이 오늘의 인문학자들의 의무이고 책임이며, 인류가 자각해야 할 명제다. 그러기 위해서는 각 분야의 인문학을 골고루 육성해야 한다. 이런 모든 분야의 인문학의 기저에는 불교가 있다. 특히, 동아시아의 인문학에는 불교와 뗄레야 뗄 수 없는 상관성을 지니고 있다. 지금은 동양뿐 아니다. 서양의 인문학 영역에도 불교의 영향력이 대단하다. 갈수록 모든 분야의 인문학 바탕은 불교학이 자리할 것이고 종내 총본산으로 자리매김할 것이다.

여기에 인류와 세계에 대한 불교의 역할과 의무가 있다. 바로 사람들에게 깨달음을 촉구하고 그 길을 열어주는 일이다. 스스로 깨닫지 못하면 깨달음의 세계라도 잘 설명하여서 욕망의 기차를 멈추거나 속도를 줄이도록 설득해야 한다. 최소한 서행하게 해서라도 시간을 벌어야 한다. 그 사이에 대체수단을 마련하면 된다.

이건 문명을 문화로 구제하는 거다. 과학기술문명을 불교라는 문화로 인도하는 일이다. 나란히 가야 할 문명과 문화의 두 축이 균형을 잃고 말았다. 수레의 몸체에서 이탈하여 혼자 저만큼 앞서 굴러가고 있는 바퀴가 문명이고, 뒤떨어져 기우뚱거리는 몸체가 문화다. 해서, 불교문화로 과학기술문명을 인도해야 한다.

도반道伴

친구라는 말은 인간이 매우 선호하는 말이다. 동서고금을 막론하고 그 뿌리가 깊고 시공을 초월하여 언제 어디서나 누구나 애용하는 말이다. 세간에서는 최고의 친구를 대하는 말이 지음知音이고, 출세간에서는 도반이다.

세간의 친구 중에서도 스승과 같이 존경할 수 있는 사이를 외우畏友라고 했고, 매우 친밀한 벗을 밀우密友, 놀기 좋은 사이를 닐우暱友, 나쁜 일이 있으면 서로 떠넘기는 사이를 적우賊友라고 일컬었다. 그러니까 친구라고 해도 대하는 마음가짐에 따라 사뭇 다르다는 걸 말하고 있다.

친구 중에서도 옛날 신분사회에서는 그 신분마저 초월한 사이를 거립

지교車笠之交라고 하여 마차나 삿갓을 같이 사용했고, 나이를 불문에 붙였던 사이를 망년지교忘年之交라 했는데, 이 두 가지를 합한 것을 지음이라고 한다. 바로 최고의 친구를 일컫는 호칭이다.

지음의 유래는 백아와 종자기의 이야기에서 비롯된다. 귀족이며 나이가 많았던 백아가 하루는 숲속에서 거문고를 탔는데, 젊은 나무꾼이 지게를 지고 지나가다가 그 소릴 듣고 웃으며 다가와 아름다운 자연의 풍광을 연주한 것을 말하자 백아는 자신의 연주를 알아들었다는 뜻으로 종자기를 지음이라고 불렀다.

그 뒤 백아가 다른 고을로 벼슬살이를 갔다가 돌아와서 종자기를 찾았지만 이미 죽고 없었다. 그때 백아는 거문고 줄을 끊고 다시는 거문고를 타지 않았다.

진정으로 자신의 마음을 알아주는 이가 없는 곡조를 타면 뭐하느냐는 뜻으로 백아절현伯牙絶絃이라고도 한다.

출세간의 도반은 남남으로 만났지만 불가분의 관계를 의미한다. 부처님께 어느 제자가 벗은 도道의 절반이라고 말하자 아니 도의 전부라고 수정하여 깨우쳐 준 것을 보면, 불교에서 벗의 의미가 백아절현과는 또 다른 의미를 지니게 됨을 보게 된다. 서로 손 잡고 본래의 고향으로 돌아가는 가장 밀접한 인간관계임을 말해 주고 있다.

둘이 아닌 벗인 도반은 스승처럼 깨달음을 얻게 해주고, 부모처럼 몸이 아프면 간호를 해주고, 마음에 상처를 받으면 의지가 되어준다. 또 부

부처럼 서로 격려가 되고 인도가 되어 인간의 영욕을 같이하고, 형제처럼 울타리가 되어 보호하고 보살펴줌이 극진하다. 또한 친숙한 친구처럼 떨어져 있으면 서로 그리워하고 같이 있으면 못내 행복해 한다.

그러기에 인간의 만남을 통해 상대를 도반으로 받아들이면 그 책임 또한 막중하다. 흔히 쓰면 뱉고 달면 삼키는 감각적인 생각에 기초한 인간 사이가 아니라는 거다. 보나 깊은 내면에 뿌리를 두고 있기에 세세생생 함께 태어나서 보살도를 닦고 마침내 함께 도를 이루는 성불행의 결사체結 社體가 도반이다.

나는 누구의 도반일까?

나는 누구의 도반이 될 수 있을까?

세상에 공짜는 없다

해인사 백련암이라고 하면 으레 성철스님을 떠올린다. 물론, 정신의 연상작용이다. 실지로 성철스님은 문경 김용사에서 한 번 해인사로 들어간 뒤 평생 산문 밖을 나오지 않았다. 옛날에도 스님들이 한 번 그 산에 들어가면 입적할 때까지 산문 밖을 나오지 않아 산이름을 호號로 쓴 예가 많다. 특히 조선시대 청허당 휴정스님은 자신의 이름보다 서산대사라는 이름으로 더 많이 알려졌다. 서산은 평안도의 묘향산을 일컫는다.

가야산 백련암에도 그런 뜻이 들어 있다. 성철스님이 입적하고 살지 않아도 여전히 사람들의 뇌리 속에는 지금도 머물고 있는 것이다. 가야산 호랑이라는 별명을 갖고 있다.그런 엄격한 가야산 스님이어도 인간적으로는 매우 자상하고 겸허한 면이 많다.

대개 젊은 시절 공부를 열심히 한 스님일수록 말년에 다리 병이 많다. 아마 가부좌를 하고 오랫동안 앉아 있었기에 얻은 병일 것이다. 육신을 가진 성철스님도 다리가 아파 저녁이면 시자들이 지압할 때가 많았다고 한다. 그 땐 성철스님이 옛날 이야길 한 가지씩 해 주었는데, 지나고 보니 그게 기억에 오래 남는다고 했다. 예컨데,

"옛날에 어떤 부잣집 영감님에게 큰 마누라 작은 마누라가 있었는데, 한약을 다릴 때 작은 마누라는 항상 일정한 시간, 일정한 양을 그릇에 담아 왔는데, 큰 마누라는 어느 때나 들쭉날쭉 하더라는 거다. 그래서 한 번은 문틈으로 가만히 부엌을 내다보니까 작은 마누라는 약이 졸아 들면 물을 더 붓고, 양이 많으면 약을 쏟아서 맞추더라는 거다. 그런데 큰 마누라는 쫄면 쪼는 대로 많으면 많은 대로 들고 오더라는 거다." 등이다.

전혀, 큰스님과 어울리지도 않을 이야기지만 안마하고 있는 시자에게 해 준 이야기였다. 바로 세상에는 그 어디에도 공짜가 없기 때문이다. 비록 하늘같은 스승이지만 상좌가 다리를 주무르는 게 미안해서 해 준 대가였는지도 모를 일이다.

원효대사에 대한 시비

원효대사는 한국불교가 낳은 불세출의 인물이다. 예로부터 지금까지 독보적인 위치다. 당시에도 그랬다. 중국 당나라에 유학을 갔다 온 스님들보다 원효대사를 더 받들었다. 후대에는 말할 것도 없다.

잘 알다시피 원효대사는 나중에 결혼도 했고 아들도 있다. 그 뿐 아니라 천촌만락을 누비며 하층민이나 천민들과도 같이 어울리며 춤도 추고 노래도 부르며 술도 마셨다. 그런데도 어떻게 시공을 초월한 존경을 그토록 오래 동안 받을 수 있을까?

그렇지만 일각의 스님들은 원효대사에 대해서 비판하는 경우도 있다. 파계승 원효에 대한 비판은 얼마 전에 입적하신 겸우스님이 대표적이다.

스님의 가르침을 담은『부처되는 공식』이라는 책을 보면, 왜 우리 한국불교가 파계승을 본받아야 하느냐고 열렬하게 항의하고 지적하고 있다. 이런 지적은 나름의 설득력이 있고 또 출가자라면 한 번 쯤은 그런 생각을 하게도 된다.

그런데 우리가 자세히 살펴보면 원효대사는 요석공주를 만나서 설총을 낳고는 스스로 소성거사小性居士라고 했다. 그럼에도 원효대사의 사상이나 그 실천의 위대함을 받들어 '스님'이라고 부르며, 그것도 부족하여 성사聖師라고까지 호칭한다. 아마 한국불교 전래이래 지금까지 성사라는 칭호는 원효대사 외에는 없을 것이다. 그렇게 원효대사의 사상적인 면이나 실천적인 면의 업적을 추앙한 대표적인 스님이 고려 문종의 셋째 아들인 대각국사 의천스님이다.

원효대사 스스로가 내가 '스님'이다 하고 내세우지 않았다는 사실에 우린 주목하여 살펴봐야 한다. 원효대사는 되레 자신의 파계를 인정하고 거기에 맞게 스스로 '거사'라고 신분을 밝히고 있다. 왜, 원효대사가 결혼까지 한 신분이고 스스로 거사로 자처했는데도, 한국불교는 당시부터 지금까지 굳이 그를 '스님'이라고 부르는 그 이유를 찾아야 한다고 본다. 그리고 그건 국내뿐 아니다. 일본이나 중국의 원효학 전공자들도 마찬가지라는 사실이다.

우리의 새로운 화폐를 만들면 원효대사를 넣어야 한다. 우리를 위해서이고, 우리의 후손들이 살아가는 미래를 위해서다. 그런 인물이다.

'바른 생각'을 찾아서

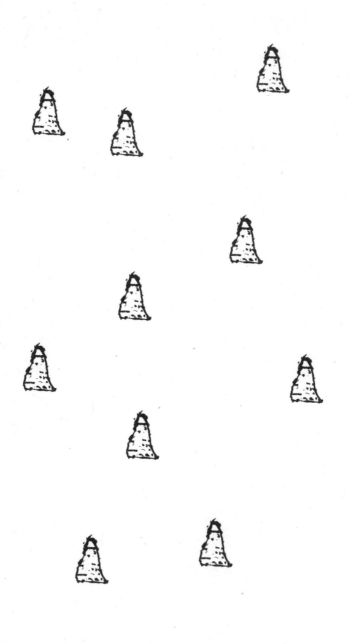

제2장

우리 종단

원래로 고요하고 밝은데
왜 다시 멈춰 서야 하나

광대 놀음

굳이 멈추거나 쉬어야만 보이는 건 아니다. 생각을 바꾸면 멈추거나 쉬지 않아도 얼마든지 보인다. 눈 감고도 보인다. 생각을 바꾸는 건 보는 관점을 바꾸는 걸 말한다. 생각의 전환이 중요하다는 말이다. 불교는 생각을 바꾸기 위한 하나의 방법으로 멈추거나 쉬기를 권한다.

그러나 부처님은 설법을 통해 생각의 전환을 설득했고, 실지로 그 일이 가능했다. 사실 그대로의 여실지견如實知見이었기 때문이다. 자신의 성품 바탕은 본래로 고요하고 밝고, 거기에서 '연기·중도'를 보게 되고 저절로 부동의 믿음이 형성되어 믈러섬이 없는 불퇴전 위位로 나아간다. 이것이 생각을 바꾸는 전환의 꼭지점이다.

쉽게 말해 불자가 자신의 집에서 예불하고 기도하기를 하루라도 빠지

——— 원래로 고요하고 밝은데 왜 다시 멈춰 서야 하나

게 되면 스스로 못 견뎌하는 상태다. 우리가 밥먹고 잠자는 것이 저절로 이루어지는 일상의 불퇴전이듯이. 예불하고 기도하는 일도 바로 그렇다는 거다. 배고프면 밥먹고 졸리면 잠자는 것이 불퇴전의 여실지견이다.

일어나면 곧 예불하고 잠잘 땐 먼저 기도한다. 이 얼마나 멋있는 하루의 여실지견인가. 예불과 기도, 밥먹고 잠자는 한 통의 소식인 불퇴전의 여실지견 말이다.

1. 어릿광대가 밖에 있는 것이 아니다. 자신을 조용히 살펴보면 바로 어릿광대다. 온갖 광대놀음을 혼자서 잘도 지어간다. 잠시도 쉬지 않고서.

그런 자신을 바라보고 있노라면 저절로 빙긋 웃음이 인다. 참 웃기는 일이다. 자신이 어릿광대인 줄도 모르고 밖에 있는 어릿광대만 바라보고 희로애락을 느끼며 살아가니 말이다.

어릿광대로 살지 않기 위해 집을 나선 사람들, 출가자들도 여차하면 다시 어릿광대가 되기 십상이다. 자가당착 때문이고 이는 자기성찰의 부족에 기인한다. 대표적으로 출가자는 육체적인 노동을 하고 싶어도 사실 그럴 겨를이 없다. 게을러서가 아니다. 오로지 사람들에게 법을 전하는 전법이 중요해서다.

이 한 가지 일인 전법을 위해선 먼저 두 가지 일을 겸비해야 하는데, 사람에 따라선 이 두 가지가 요원한 일이 될 수도 있다. 그만큼 지난至難한 일로써, 스스로가 법을 배우기〔求法〕도 쉽지 않고 남에게 전하는 일〔傳法〕도 쉽지 않다. 어쩌면 이 두 가지 일인 구법과 전법에 출가자 자신의 목숨을 걸고 전 인생을 걸어야 겨우 가능할 정도일지도 모른다.

그러므로 이 일을 성취하기 위해선 불교의 구성원인 출가자와 재가자는 철저하게 역할분담이 되어야 한다. 출가자는 오로지 구법, 전법을 해야 하고 재가자는 출가자에게 사사공양을 마련해야 한다.

출가자가 공양을 받는데도 규범이 있다. 말하자면 놀고먹어서는 안 되는 것이고, 그것도 주는 대로 받아야 하고, 맛을 탐해서도 안 되고, 배불리 먹어서도 안 되며, 때에 맞춰 규칙적으로 먹어야 한다.

이 공양은 철저한 상호관계다. 밥을 얻고 법을 주어야 하는 관계의 원칙이다. 이 양자관계는 불교의 신앙적인 의무관계다. 수레의 두 바퀴와 같다. 두 바퀴가 온전하지 않으면 파차불행跛車不行이다. 불교는 세간을 구제할 수 없는 어릿광대가 된다.

2. 출가자의 역할은 재가자가 하지 못하는 일을 하기 위해 부모마저 떠났다. 이 어찌 작은 일이겠는가? 그런데도 다겁생을 통해서 몸에 익힌 세속의 버릇과 습習대로, 되레 재가자가 할 수 있는 일을 가로채는가 하면, 절에서 돈 버는 '상행위'도 버젓이 하고 있다.

처음에는 절에서 한두 가지 물품을 실험삼아 팔았지만 차츰 가짓수가 늘어 점점 잡화상이 되어 간다. 나선 걸음에 서울까지 가듯이 잡화상은 어느새 '전문화·대형화'되어 기업으로 탈바꿈 해간다.

심지어 우주와 인류의 공유가치인 부처님 법法마저도 돈을 받고 팔고 있다. 불교가 법을 선점한 기득권을 내세워 매매를 하고 있는 것이다. 봉이 김선달과 다를 바 없고, 대기업 빵집 나무랄 일이 아니다. 대기업 빵집은 세금이나 내겠지만—.

현재 한국 절을 지탱하는 건 조상 덕이 크다. 전래로 내려오는 사찰 고유의 문화재나 재산도 있겠지만, 앞으로는 신도들의 순수한 보시수행으로 절을 유지해야 마땅하다.

그런데도 현실은 전국의 유서 깊은 명산대찰이나 도회지의 포교당 할 것 없이 다투어 가게를 여는가 하면, 각종 불교교리의 교육과정을 '불교대학'의 미명으로 설치하고선 법을 상품화하여 팔고 있다. 가히 그 광경은 목불인견의 광대놀음이다.

절이 이래저래 한갓 상점이나 관광지로 탈바꿈해 가고 있다. 세속화의 가속도가 붙었다. 어느 학자신도의 말처럼 포교는 세속화를 뜻함인가? 우스꽝스런 광대놀음인가?

아, 진속眞俗의 기로에 선 느낌이다. 이에 분명, 세간과 출세간의 엄연한 역할의 구분이 있어야 한다. 현상과 본질은 다름 가운데 다르지 않음이 있어서다. 우리 불교가 그 본질을 세간에 드러내 보여 주지 못한다면 불조께서 얼마나 안타까워하실까. 또 세상의 군자들은 뭐라고 말할까. 염려와 부끄럼이 앞선다. 시대의 광대놀음을 얼른 벗어나야 한다. 나라와 세계를 구하는 일이다.

삼보로서의 교육

불교신앙의 근간은 삼보다. 삼보는 불법승 佛·法·僧으로서 어느 하나 소홀히 할 수 없다. 불보와 법보와 승보가 균형적으로 나란하다. 출가자인 '스님'은 바로 이 삼보의 하나인 승보僧寶에 해당된다. 해서, 출가자는 한 사람의 수행자인 스님으로서의 교육이 아닌 불교교단 형성의 핵심체인 삼보로서의 교육을 받아야 한다. 출가자가 본격 도를 배우고 깨닫기 전에 먼저 삼보구성체로서의 교육을 철저하게 받아서 명실공히 승보가 되어야 한다.

승보에 대한 교육의 근본은 구국구세救國救世의 지도자를 양성하는 데 있다. 따라서 승보는 공인 중에 공인인 세계인이다. 쉽게 말해서 모두가 오늘날 달라이 라마 같은 역할을 할 수 있어야 한다. 그러기 위해선 어쩌면 눈물이 쏙 빠질 정도로 엄격한 교육과정을 거쳐야 할 것이다. 비록 그 과정을 참지 못해 하산하더라도, 아예 처음부터 자기절제의 능력을 검증하고 그 자질을 철저하게 살피고 강화해야 한다. 이제, 더 이상 출가수행자의 숫자 불리기에 연연해 할 때가 아니다. 그야말로 어중이떠중이의 집단이 되어서는 안 된다. 잡목이 산 지킨다는 구태의 생각에서 시급히 벗어나야 한다. 한갓 건축물인 절 지키기 위해 머리 깎고 승복 입어 구색 갖추는 사람이 아니라는 뜻이다. 바로 말하면 대각행원구국구세를 실현하는 보살이 출가자다. 오로지 진리를 위해 세속의 부귀영화와 오욕락을 다 버리고 살아야 하는 위치의 사람들이다.

따라서 전국의 모든 절에서는 출가의 뜻을 가지고 찾아온 행자를 바로 삼보 교육장의 출발지인 율원으로 보내야 한다. 전국의 행자들은 종단 지정의 율원에서 훌륭한 선배들의 지도 아래, 통일된 교재로 일정기간 삼보에 대한 총체적 학습을 먼저 해야 한다. 삼보로서의 품행, 자질과 가능성을 점검하고 배양한 뒤 다시 선발해서 체계적인 교리 교육을 해야 한다. 삼보인 승보로서의 출가자는 국가와 인류사회에 정신적 지도자라는 사실을 인지하고 거기에 맞는 전문분야의 교육과 교양 교육을 해야 한다는 말이다.

만약 출가 희망자가 승보로서의 결격사유가 있으면 다른 제도로 받아들이되 삼보 구성체에서는 배제해야 한다. 이 일은 결코 미룰 일이 아니며 적당하게 처리할 형식요건이나 숫자를 채우는 숫자놀음도 아니다.

과거 절집 노인들이 으레 말한 것처럼 잡목이 산 지킨다는 군색한 변명으로 자질이 좀 부족해도 속가로 돌아가지만 않으면 되지 하는 물량적인 생각에서 얼른 벗어나야 한다. 삼보로서의 신성한 자질을 확인하고 개발하여 발휘할 수 있는 중요한 첫 발걸음이기에 더욱 다지고 엄격해야 한다.

이렇게 선발한 삼보 구성체로서의 출가자는 언행의 신중함을 몸에 익히며, 계율을 학습하고 위의威儀:三千威儀八萬細行를 훈습하며 출가수행자의 의무와 사명감을 심어주고 깨닫도록 해야 한다. 즉 '법의 증거자, 보살행의 중심'이 되게 해야 한다. 또한 불교 고유의 전통과 한국불교의 특장을 존중하고 계승, 발전시키려는 의지를 심어주어야 한다. 출가자는 세계인이되 한국인으로서의 정체성 또한 소홀히 할 수 없는 일이기 때문이다.

출가수행자는 사회와 인류의 정신적 지도자로 탁월한 미래안과 단단한 현실적 기반을 갖추도록 해야 한다. 그동안 출가자가 불교신앙의 핵심인 삼보로서의 한 축을 담당하고 있었으면서도 승보라는 사실에 대한 집중적인 교육이 없었다. 다만 한 사람의 수행자인 스님으로서의 출가에 대한 교육만 거쳤을 뿐이다.

어쩌면 그동안 삼보로서의 교육이 따로 없었기 때문에 여러 문제가 야기되었는지도 모르겠다. 출가자가 시공을 불문하고 삼보의 일원으로서 자각이 없으면 불교신앙은 부실해지고 만다. 아니 불교신앙이 성립되기조차 어렵다. 이 점을 종단구성원들은 대오각성 하자. 특히 지도자들은 자신을 돌아보며 더욱 깊이 인식하여 만전을 기해야 한다. 불교의 출가자가 사회의 본보기가 되기보다 되레 짐이 되는 일이 종종 벌어지는 이유를 자세히 살펴야 한다.

일을 당해서 부랴부랴 대책을 세우고 참회를 하는 일련의 행위들은

소 잃고 외양간 고치는 격이 되어, 종내 범부의 삶이 되고 만다. 의당 지혜
로운 이들의 집단은 그러지 않아야 한다. 그것도 정말 어쩌다가 말이지
정기적인 행사처럼 또는 좀 잊을 만하면 간헐적으로 나타나는 복병처럼
되어서야 되겠는가? 불교의 체통은커녕 존재감마저 의심받게 될 것이
다. 한 번 잃은 불교의 위엄과 체통은 은행에 가서 차용해 올 수 있는 돈이
아니다. 더욱이나 지혜를 닦아가는 불교수행자들이 모인 집단에서 어리
석은 일들을 반복해서는안 된다. 변명의 여지가 없고, 발붙일 곳이 없게
된다.

누누이 말했지만 이런 일들을 미연에 방지하기 위해선 출가자의 교육
밖엔 다른 도리가 없다. 이 일은 100년 200년 앞을 멀리 내다보고 해야 하
는 일이다. 그렇지 않고 현재대로 간다면 지난 세기 한국불교가 명운을 걸
고 벌였던 정화운동은 한갓 의미 없는 역사적인 해프닝으로 끝나고 말게
될 것이다. 그 뿐 아니다. 지금까지 공들여 왔던 모든 불사가 그렇게 귀착
되고 만다. 즉 미래의 불교가 위험에 빠진다는 거다. 지난 일이나 현재의
상황을 보면 누구나 알 수 있는 일이다.

혹자는 잘 되어가고 있는데 왜 그러느냐고 의문을 내겠지만 결코 적
당히 자기안주에 머물러서는 안 된다. 출가자는 근본으로 돌아가 부처님
의 뜻을 이어 전 인류를 책임져야 하고 나아가 전 우주로 사고를 확장해
나가야 한다.

언제나 그랬지만 불교의 명운은 출가자들의 두 어깨에 달렸다.

머리를 만져 보거라

스님의 길, 그 역할

진보 교육감이 강행한 학생인권조례를 통해 가장 먼저 나타난 현상이 학생들의 두발 변화였다고 언론은 전하고 있다. 예나 지금이나 남녀노소를 불문하고 두발에 대한 생각은 예외 없이 주요 관심사항인 것 같다. 하긴, 머리카락의 길고 짧음과 많고 적음에 얼굴 모양이 달라지니 겉모양을 중시하는 사람들에게야 말할 나위가 없겠다.

그런데도 전혀 다른 세계가 있다. 바로 불교에서다. 동서고금에 통하는 두발의 중요성을, 불교의 전통은 줄곧 싹둑 깎아서 아예 없애버린다. 세속적인 모든 가치를 일거에 포기하는 결연한 의지의 표징이다. 세속적인 가치를 초월한 인간 내면의 본 모습을 되찾자는 뜻이리라.

—— 원래로 고요하고 밝은데 왜 다시 멈춰 서야 하나

출가자들은 우선 철저하게 두발을 무시한다. 교조이신 부처님부터 몸소 무시하셨으니 후예들은 예외가 있을 수 없는 것이 당연지사라고나 해야 할 것이다. 출가자들은 가장 먼저 두발을 없애서 어떤 여지를 남기지 않는다.

선사先師:광덕스님께서 어느 날, 방문을 열고 들어선 나에게 대뜸 말씀했다.

"과거에는 다른 절의 큰스님이 오시면 가장 먼저 종을 쳐서 대중을 운집하고 법상法床을 차려 설법을 청하는 것이 예의였다. 어느 해인가, 해인사에 계시던 인곡사숙님이 범어사에 오셔서 법문을 하셨는데, 그때 출가 대중들에게 간곡히 하신 말씀을 나는 지금도 잊지 못하고 있다. 인곡사숙님은 선사禪師로서 당대의 이름난 선지식이셨다. 의당, 선법문禪法門을 하실 법한데도 자비스러운 눈길로 대중을 찬찬히 둘러보시곤,

'출가자로서 게을러질 때나 세간의 유혹이 있을 때는 자신의 머리를 만져 보세요. 왜 머리 깎고 출가했는지를 곰곰 생각해 보세요. 자신을 낳아준 부모를 모시지도 않고, 자식을 낳아 겨레의 계속성을 지키지도 않고, 생명의 은혜를 입은 세속을 헌신짝 버리듯이 던져버리고 출가를 했을 때는 결코 그 본뜻을 저버려서는 안 됩니다. 우리 출가자들이 본분을 망각하고 살면 양가兩家에 죄를 짓는 건 말할 것도 없고, 나라의 은혜마저도 저버리는 인간으로서 가장 못난 사람이 되고 맙니다. 부디, 자신을 망각할 때나 게으름이 들 때는 자신의 머리를 만져보세요. 우린 어느 때나 투철한 출가정신 속에서 살아야 하고, 그 출가정신을 잃으면 바로 되찾아야 합니

다'라고 간곡하게 설법했다"고 말씀했다.

나의 강퍅하고 모난 젊은 시절, 스승의 말씀마저도 귓전으로 흘려듣곤 했는데, 다행히 이 구절은 지금도 생생히 떠오르는 훈도이다. 선사께서는 덧붙여 출가자에 대한 의미와 역할을 간명직절로 내게 말씀했다.
"출가사는 '법의 증거자, 보살행의 중심'이 되어야 해!"
나에겐 이 두 분의 말씀이 출가생활의 지침이고 척도다. 물론 내가 두 분의 말씀대로 온전히 산다는 것은 아니다. 어쩌면 어림도 없다. 다만 두 분의 말씀이 출가자에겐 만세의 표준이고 공문空門:불교의 척도라는 믿음으로 받아들여 간직하고 산다. 그런데 시대가 급변한 때문인지, 변화한 세상에 적응하지 않으면 도태될 위험이 주는 위기의식 때문인지, 오늘의 출가자는 밖의 세상 못지않게 발빠르게 변하고 있다.
대표적인 것은 가정적인 의무와 사회적인 책무를 등지고, 생나무 가지 찢는 아픔을 가족에게 남기고 애써 출가한 신분으로서, 세속의 재가자가 하는 일들을 즐겨한다. 도무지 경계와 구분이 없다. 왜, 군이 출가했는지를 모를 일이 되어가고 있다. 출가는 꼭 출가자가 해야 할 일들, 할 수 있는 일들이 있을 텐데…, 안타까운 생각이 못내 든다.

대다수의 출가자는 출가가 아니면 하기 어려운 일, 구법과 전법을 전심專心하기 위해서 모진 아픔을 감수하고 출가의 어려운 길을 선택했고, 그런 출가에는 의당 공덕이 있다. 대비구세大悲救世이기 때문이다. 따라서 출가는 하늘꽃과 같아서 설령, 좀 시들었다 해도 지상의 꽃과는 비교가 안 될 정도다.

그런데도 출가자가 부득부득 세속의 전문직인 가수가 된다거나 화가나 서예가, 사회운동가가 되는 일, 심지어는 요리사까지 마다하지 않고 있다. 숨어서 남몰래 살그머니 하는 취미나 여가가 아닌 거의 본업으로서 말이다.

"이 다양하고 변화무쌍한 사회에서 뭘 한들 걸림이 있겠는가? 또 중생세계에 필요하지 않는 일이 어디 있겠는가? 출가자라고 해도 각기 마음 껏 그 재능과 끼를 발휘하며, 하고 싶은 일을 하면서 즐겁게 출가인생을 살면 중생제도의 방편이 되지 않겠는가?"

이런 강변을 들을 땐, '그렇다면 애써 출가를 하지 말고, 세속에 살면서도 그런 일들은 얼마든지 할 수 있었을 텐데…,' 하는 생각을 갖게 된다. 나의 고지식함 때문일까?

세속의 두발은 있어서, 출가의 두발은 없어서 중요하다. 하나는 꾸며서 자신을 돋보이게 하고, 하나는 없애서 자신의 민 얼굴인 본분을 지키게 한다. 같지만 달라, 가히 천지현격이다. 천지현격에 충실하자.

일하지 않으면 먹지 않는다?

위의 글은 중국 당나라 때 제정됐다고 하는 백장청규百丈淸規의 내용 중에서 가장 감동적인 구절일 게다. 일일부작 일일불식一日不作一日不食은 승속을 막론하고 그 공감대가 넓다. 우선, 공정하기에 그럴 것이고, 특히 출가자들에게는 신도들에게 공양을 제공받지 않아도 되기 때문일 것이다. 떳떳하다고 생각하면 이 일만큼 상쾌한 일은 없을 것이다. 그러나 매우 멋있어 보이는 이 뜻을 다른 방향에서 한 번 생각해 보자.

일하는 것에 세속적인 인사는 '수고한다'이다. 출가한 스님들이 일할 때 하는 인사는 '근념勤念한다'이다. 같은 인사여도 '수고'는 육체적인 일로 느낌이 가 닿고, '근념'은 육체적인 일을 해도 좀 더 정신적인 일로 느낌이 간다. 근념이라는 사전적인 정의도 그렇다. 만나는 사람이나 맡은 일에 마음을 써서 정성스럽게 보살펴 준다는 뜻과 최선을 다한다는 의미가 들어 있다. 다분히 정신적인 의미가 더 농후함을 알 수 있다. 스님들의 수고는 일을 하든지 불도를 닦든지 세상의 평화와 중생의 행복을 위한 마음으로 쉼 없이 고뇌하고 고행하고 기도정진해야 하기 때문이리라. 육체적인 일보다 더 힘든 분야를 책임지고 있다는 그 무엇을 말해 준다.

철학이나 생활규범도 시대의 산물인 경우가 많다. 청규의 이 말씀도 불교가 중국에 전래되어 외딴 산속에 대중이 자급자족으로 살아가야 할 때 생겨났다. 중국의 절들은 대개 걸식이 가능했던 인도와는 다르다. 민가와는 멀리 떨어져 있어 끼니미다 걸식이나 탁발이 되지 않아 부득이 자급자족을 선택하지 않을 수 없다. 그러므로 사내寺內의 모든 대중이 나서서 일해야 하고 지도자는 앞장서서 모범을 보여야 했다. 그러므로 이 청규는 그 당시에 필요한 대중생활 규범이다.

후대 우리나라의 일제강점기 용성조사께서는 선농일치禪農一致를 표방했다. 굶주림에 빠져 있던 백성을 구하여 나라를 되찾는 구국운동의 일환이었다. 그때는 일제의 가혹한 수탈로 백성들의 목숨 줄 잇기가 어려웠다. 남부여대男負女戴로 고향을 등지고 만주나 사할린으로 이주할 때였다. 따라서 선농일치는 조사께서 굶주림으로 사람이 죽어갈 때 구국서원으로 제창한 불교식의 독립운동이다. 후일 조사의 문손門孫이었던 성철스님이 주도한 봉암사결사 때까지도 이 정신은 결사공동체의 위엄으로 살아있어서 공주규약의 근간이 되었고, 지금까지 신봉되어 내려온 한국불교의 금과옥조 중의 하나다. 따라서 누구 하나 의심을 일으킬 수 없을 정도의 정통권위를 가지고 있다.

바야흐로 이제 우리는 여기서 부처님의 말씀을 상기하여 다시 부처님 가르침의 근본으로 돌아가야 할 때가 되었다.

경전에 부처님과 밭을 가는 바라문과의 대화에서 보듯이 부처님께서는 출가자의 길을 명확하게 밝혔다. 출가자는 어느 때고 육체적인 노동에 종사해서는 안 된다는 것이다. 오로지 법을 배우고 전하는 일에만 전념해야 출가자의 본분이 된다고 딱 잘라 말씀하셨다. 출가자는 신분이나 직업, 남녀노소에 관계없는 무차無遮로 바른 길을 일러줘야 하고 인생의 참뜻을 깨닫게 해 주어야 한다. 이건 부처님께서 정하신 만고불변의 교칙教則이고 사회가 바라는 일체중생의 원망願望이다.

그러므로 출가자들은 노동을 하고 싶어도 노동할 겨를이 없다. 오로지 사람들에게 법을 전하는 전법이 중요해서다. 스스로가 법을 배우기도 쉽지 않고 남에게 전하는 일도 쉽지 않다. 어쩌면 두 가지 이 일에 출가자 자신의 전 인생을 걸어야 겨우 가능할 정도의 중차대한 일이다.

그러므로 불교의 구성원인 출가자와 재가자는 철저하게 역할분담이 되어야 한다. 출가자는 법을 구하고 설하는 실천이 있어야 하고, 재가자는 출가자에게 사사공양을 마련해야 한다. 출가자가 재가자에게 줄 수 있는 건 법이어야 하고, 재가자는 출가자에게 사사공양을 하는 건 불교의 태생적인 신앙의 의무라는 뜻이다.

오늘날, 자본주의 산업사회를 맞이하여 불교의 이런 정신이 희박해

지고 역할구분이 점점 모호해져서 일부의 출가자들은 본분을 상실해 가고 있다. 공양을 받아야 하는 출가자가 규칙을 어기고 너무 많이 받아서 그만 부자가 되고 귀족이 되어간다. 갑자기 등장한 이 신흥귀족은 건강이나 상담을 핑계 삼아 비싼 운동을 즐기고, 세속사람들도 구하기 어려운 고가품을 들여놓고 감각적으로 인생을 만끽하며, 걸핏하면 불적지 순례가 아닌 해외여행을 이웃집 드나들 듯 하고, 눈부신 외제차를 타고 다니며 부귀영화를 구가한다. 가히 복불인견의 참상이다.

중세의 귀족은 전적으로 농노들의 노동력에 힘입어 살아가는 소수 특권집단이었다. 그처럼 오늘의 일부 출가자들도 직접 노동하거나 돈 벌지 않으면서도 온갖 부귀영화를 마음껏 누리기에 신흥귀족이라고 말하는 것이다. 출가자가 노동하지 않는 것은 중세의 귀족과 같을지 모르나, 그들의 삶은 결코 귀족과 같아서는 안 된다.

노동은 엄숙한 생명활동이기에 귀천이 없어서 신성하기까지 하다. 하늘이 공평하게 내린 것 중의 하나라고 할 정도다. 그럼에도 출가자는 그런 노동마저 사양하고 과연 무엇을 해야 하는가?

바로, '법의 증거자가 되어 법을 전하고, 보살행의 중심이 되어 인류를 구제 해야' 한다. 이 일을 출가자는 죽을 때까지, 나아가 성불成佛도 미루고 세세생생 해야 하는 지상至上의 과제다. 그래서 대한민국 시대의 청규는 이제 이렇게 바뀌어야 한다.

'하루 법을 전하지 않으면 하루 먹지 않는다'로.

안티계율, 산사음악회

출가자가 처음 입산하여 배우는 교과서에 『사미율의』가 있다. 상하편으로 구성되었는데 상편이 계율문이고, 하편이 위의문이다. 상편에는 사미십계에 대한 설명이, 하편에는 초학자로서 갖추어야 할 마음자세와 생활습관을 익히는 내용이 들어있는 책이다. 그 상편, 사미십계의 일곱 번째가 '노래하고 춤추고 풍류 잡히지 말며 가서 구경하지도 말라'이다.

이는 출가자들이 수계식장에서 목숨을 담보로 서원하고 받은 계목의 하나이다. 뿐만 아니라 모든 불자들의 생활규범이고 삶의 지침이기도 하다. 사람의 감각을 자극하고 충동하는 이른바 세간적인 격한 감정의 예술행위를 불자들에게 금하고 있는 것이다. 이는 우리나라 불교만이 아니라 세계의 모든 불교가 같다. 우리가 남방의 상좌부불교를 존중하는 것 중에 하나는 바로 불교의 기초를 튼튼히 하고 있는 그들의 계율존중에 있다. 북방의 대중부불교 소속인 세계적인 불교지도자 달라이 라마 역시 이 점에서는 손색이 없다.

그런데도 이 계율조항에 대해 집단으로 벌이는 '안티[거부]계율'의 불교행사가 한국의 '산사음악회'다. 앞에서 본 것처럼 엄연히 불교의 계율에 노랠 하거나 듣지도 말고 가서 보지도 말라고 명시되어 있음에도 불고하고 아예 절에서 공공연히 큰판을 벌인다. 공연장으로 몇몇이 살큼 구경가는 개인 차원을 넘어서는 이야기다.

더욱 기가 막힌 일은 이런 '안티계율' 행사인 산사음악회가 한국의 도처, 심지어 유구한 역사 속에 선조들의 불교정신이 면면히 담겨 있고, 거기에 따른 풍부한 문화를 간직하고 있는 전통사찰에서 주로 이루어지고 있다는 사실이다. 정기적인 연례행사로 하는 곳도, 새로 시작하는 절도, 또는 종단의 관리아래에 있는 템플스테이 프로그램에 들어있기도 하다. 그런 산사음악회의 주된 목적은 무슨 수를 써서라도 사람만 많이 불러 모아 유명한 절로 인구에 회자되면 되는 데 있는 것 같다. 요즘의 절집분위기는 마치 산사음악회를 하지 않으면 시대에 뒤떨어진 절처럼, 또는 서민대중을 위한 양질의 봉사(?)를 외면한 완고한 절처럼 여겨질 정도고, 재가불자들은 되레 그걸 자랑으로까지 여긴다.

이처럼 한 번 번지기 시작한 산사음악회는 요원의 불길이다. 바야흐로 전국적인 불교의 대표행사가 되어 이제는 어느 정도 자리매김이 되었을 성 싶다. 마치 상인들이 호객행위를 하듯이 호기심 부추기는 다양한 노래 프로그램과 인기와 가창력있는 스타와 고찰의 명승을 배경으로 사람들을 경쟁적으로 불러 모으고 있다. 그처럼 사람을 경쟁적으로 불러모아야 하는 게 절인 건 맞지만 분명한 건 법상法床을 차려놓고 사람들을 부르는 게 아니라는 거다.

물론, 이 산사음악회는 정면으로 계율을 위배하는 역기능이 있다면 사람들을 위로한다는 순기능도 어느 정도 있을 것이다. 그걸 모르는 바가 아니다. 그러나 원칙을 위협하거나 무시하여 얻는 순기능이라면 분명 다시 생각해야 할 일이라고 본다. 알다시피 감각을 기초로 하는 즐거움은 쾌락이다. 쾌락은 사람을 들뜨게 하여 판단을 왜곡시키거나 정지시키기에 마치 위험물과도 같다. 그런데도 불교가 본분을 등지고 아세阿世하는 듯한 산사음악회를 이대로 계속한다면 이는 한갓 유흥이나 놀이에 지나지 않을 일이라고 우려하는 사람들도 있다. 또한 상당한 돈이 들어가는 행사비용은 자칫 집단유흥비라고 해도 할 말이 없게 된다. 그렇다고 산사음악회를 통해 신심이 생기거나 진정한 불교정신을 얻는 것도 아니다.

불교의 깨달음은 가장 먼저 쾌락의 도도한 강물을 건너야 한다. 해서, 얼마의 순기능보다 원칙을 위협하거나 무시하는 역기능이 훨씬 더 큰 이 산사음악회를 우린 다시 생각해 봐야 한다.

만약, 대중공의를 통해 필요성이 있다는 판단이 성립된다면 앞의 사미십계 중의 해당계목을 먼저 빼야 한다. 백 번 양보하여 부처님께서 계율을 시대에 맞는 개차법開遮法을 적용하라고 하셨다면 계율 전공자들이 모여 중앙차원에서 상설기구를 두어 항시 점검하고 조정해야 한다. 격변하는 현대사회에서 이런 일이 어디 한둘이겠는가.

축구선수가 자살골을 넣거나 바둑의 기사가 자충수를 두듯이 개인이나 단위 사찰에서 벌이는 일련의 불교행사가 자살골이나 자충수가 되지 않도록 미리 점검하고 확인하여 예방해야 한다. 그런 게 진정 중앙에서 해야 할 일이고, 중앙의 존재가치일 것이다. 새로운 불교행사가 내부의 혼란을 야기하지 않고 불교발전이나 포교에 진정한 도움이 되도록 해야 한다.

산사음악회가 어느 절, 누구로부터 시작되었는지는 모를 일이다. 그보다 공의를 거치지 않고 이대로 가다간 부처님의 계율과 조종의 유지遺志를 남이 아닌 집안의 후손들이 훼손하고 가로막는 일이 된다. 어쩌면 세간에 흐르는 유행이라는 거친 강물에 출가자들이 뛰어들어서 집단으로 벌이는 뱃놀이의 풍류가락과도 같을지 모른다.

듣지 못했는가? 절이 숭유억불의 조선시대 양반들의 놀이터가 되었던 사실과 시중들던 출가자들의 서글픈 몰골을!

아직도 그 잔재가 도처에 남아 미처 척결하지 못하고 있는 것이 사실인데도. 자칫 산사음악회는 다시 놀이터나 공연장이 되어가는 숭유억불의 조선시대 절의 살풍경의 무서운 일이 될 수도 있음에랴. 자신들의 무지한 뜻과 말과 행으로 자초하는 막가파의 살풍경!

물론 불교에도 수준 높고 고상한 불교예술이 있다. 부처님께 공양을 올리는 춤도 있고 노래도 있다. 서원과 정진을 다짐하는 문학도 있고 가르침을 전하기 위한 그림과 조각도 있다. 하지만 산사음악회는 이런 불교예술이나 고전의 장이 아니다. 설령, 불교예술이 있다 해도 한갓 구색 맞추기에 지나지 않는 정도다.

돌아보면 전 세계 어느 국가, 어느 절에서도 감정을 격정적으로 자극

하는 세간음악을 절로 끌어들여 판을 벌이는 곳은 없을 것이다. 어쩌면 이런 어이 없는 일은 우리나라 불교에만 있는지도 모른다. 한류 때문이라고 해야 할까? 아무리 생각해도 사자충으로 사자가 죽는 일이 되지 않을까 염려를 놓을 수 없다.

그런데 더 안타까운 일은 집단 '안티계율' 운동으로 번져가고 있는 이 현실을 아무도 문제 삼지 않고 지적하지 않고 있다는 사실이다. 교단 중앙이나 지방에서나 재가단체나 승단의 원로들이나 불교학자들, 내지 불교 정의를 앞세우는 불교 사회운동가들, 또 원리주의에 가까울 정도의 격한 자부심을 지니고 있는 남방 상좌부 불교 학행자들마저도, 그 어디에도 없다. 하나같이 천년 침묵에 빠진 듯 이 일에 대해서는 그저 고요할 뿐이다. 생각이 미치지 못해서일까, 아니면 바람직하고 희망적인 불교문화라고 생각해서일까? 내 견문이 부족한 탓인지 세계의 여러 종교 중에서 세속음악을 자신들의 성전으로 끌어들여 판을 벌인다는 말을 들어본 적이 없다.

그렇다. 어떤 일도 남 탓할 거 없다. 이제 우리 불도들은 말로만 정법을 찾지 말고 바른 행으로 찾아야 하며, 밖을 향해 정법수호를 외치지 말고, 우리 내부에서 먼저 정법수호를 외쳐야 한다.

매우 부끄러운 현실이지만 종교편향과 왜곡은 이렇게 불교계 내부에서 먼저 이루어지고 있다. '안티 계율'로 말이다. 아무런 자각이나 숙고도 없이 무덤덤하게 범계犯戒행위인 줄도 모른 채 너도나도 산사음악회의 판을 벌여 나가고 있다. 더 안타까운 건 산사음악회가 새로운 불교문화인양 집단착각하고 있다는 사실이다. 가히, 정신부재다.

바르게 산다

1.

사람이 바르게 살면 명상이 필요없다. 오늘날 인류가 명상을 절실하게 요구하는 건 인류가 바른 생각으로 살지 않고 있다는 반증인 셈이다. 바른 생각을 가지고 실천하면 따로 명상이나 수행이 필요 없다는 말이다.

"명상이 왜 필요한가?"라고 묻는다면 "바르게 살기 위해서"가 답이 될 것이기 때문이다.

즉, 명상을 해서 번뇌를 털어내면 바른 생각이 난다. 반대로 바른 생각을 하면 명상을 따로 하지 않아도 번뇌가 저절로 떨어진다. 아니, 번뇌가 본래 없음을 체험하게 된다. 그렇다면 그 바른 생각은 뭔가? 답은 번뇌가 본래 없는 부처님 말씀이다.

실제로 일상 생활이 백천 가지 명상이고, 우주삼라만상이 대명상의 세계, 그대론데……. 우린 이미 만고의 명상 속에서 살고 있는데도 따로 명상을 구하거나 부지런히 찾는다. 그러나 찾지 말고 구하지 말고 명상을 그대로 쓰면 된다. 바름을 쓰면 된다. 부처님 가르침을 따라 살면 된다. 그게 바르게 사는 최상의 길이다. 법회동참의 근원적인 까닭이다.

우리가 '명상을 한다', '수행을 한다', '또는 무슨 특별한 행위를 지어서 뭔가를 얻는다'는 것은 자신이 부족하거나 혹은 어긋나고 굽어 있기 때문임을 전제한 행위이다. 그래서 나름의 묘안을 찾거나, 이름난 스승을 찾아 길을 묻고, 거기에 맞는 노력을 기울인다. 따라서 인생은 무척 부지런해야 한다. 쉼 없이 헐떡이며 뭔가를 찾고 부단히 구해야 하기에.

말 그대로 정신없이 이리 뛰고 저리 뛴다. 이로 보면 무질서 막무가내 인생인지도 모른다. 정신의 존엄이라는 자존심으로 보면, 계획과 질서가 없는 것에서 오는 '바쁘다'는 표현은 심히 부끄러운 말이다. 이런 행태는 인생의 정답, 문제의 본질로 곧장 다가가지 못하고 다른 곳에서 뭔가를 구하고 찾거나 질서 없이 사는 무지無知와 육신의 안락과 게으름 때문이다.

이런 식이라면 안심입명安心立命은커녕 잠깐 마음 한 번 편히 지내기도 쉽지 않다. 승속을 불문하고 바름을 상실한 그 어떤 노력도 모두 도로徒勞의 헛된 일이다. 오로지 법을 통한 자심반조自心返照의 자기조절이나 절제를 통한 바른 생활이 없는 한 결국 헐떡임의 삶을 숙명처럼 이어갈 수밖에 없다. 불법佛法은 바름의 근원이고, 바름은 인간세상 천고만고의 공도公道인데도…….

세간뿐 아니라 무상도無上道를 닦는 우리 불교도들도 바름의 삶을 오로지 법에서 찾고 구해야 하는데, 현재의 삶들은 본질인 법중심이 아닌 현상의 문화중심이다. 설령, 법을 조금 안다고 해도 겉치장에 머물러 일상생활에 쓰지 못하거나 쓸 수 없는 수준에 불과하다. 배우기만 하고 몸에 익혀 실현하지 않는 법은 한갓 머리치장이다. 거기엔 이유가 있다. 법을 배우는 사람들이 중생의 고통을 짊어지는 고뇌의 시간을 갖지 않았기 때문이다. 그건 법을 인격화하지 않았다는 말이다. 땅을 칠 일이다.

우리는 그동안 부처님의 가르침을 숭신해 오면서도 부처님의 가르침을 따로따로 배웠다. 삼학을 한꺼번에 통합적으로 배우거나 묶어서 배우지 않고, 계학戒學 · 정학定學 · 혜학慧學을 따로 배우고 익히려고만 했다. 그렇게 따로 배운 것을 섞이지 않게 따로따로 간수하여 몸 안 어디에 고이 간직하고 있다. 집안 장롱 속에 금송아지처럼. 이렇게 하느라 출세간도 역시 일은 많고 발걸음은 분주했지만 앞길은 여전히 어둡다.

그래서 우린 여태껏 여러 갈래의 길에서 헤매고 있다. 무거운 짐을 안고서 어쩔 줄 몰라 방황하고 있다. 스승을 찾아 일생을 허비한 경우도 있고, 헷갈려 평생 동안 공부의 가닥을 잡지 못한 경우도 있고, 일생을 수행하고도 허무에 빠진 경우도 있다. 한정된 시간과 노력을 그렇게 허비한 덕분이다. 그것도 부족하여 먼 미래세에 자신의 운명을 밀어놓기도 하고, 나아가 자신의 근기하열을 한탄하여 부모를 욕되게 하기도 한다. 이는 모두 잘못된 공부관행과 헛된 욕심으로 인한 바름의 상실 때문이리라.

따로따로 배운 결과, 출가자들은 율사 · 선사 · 강사로 각각 나뉘어졌다. 지극히 원만해야 할 원융의 인격이 그만 분리 · 분열되고 만 것이다. 정신분열에 빠졌다. 또 재가자들은 먹고살기도 힘든 세상인데 궁극의 의지처인 신앙마저 수행단계와 그 절차가 복잡해졌으니 더 아득히 멀어지고 말았다. 결국 여러 갈래로 나누어지고 문제가 어렵다 보니 불필요한 경계가 생기고 곳곳에 웅덩이가 생겼다. 즉, 출가자라면 으레 갖추어야 할 자신의 전인적인 일이 공부한 입장이나 분야에 따라 남의 일이 되었고, 이에 따라 재가자는 복잡한 미로를 헤매는 사람처럼 불안에 빠져 신앙이 점점 허약하여 취미생활 수준에 이르렀다.

승속 간에 사람의 생각은 단순할수록 힘이 생긴다. 그런데 가르침을 따로따로 나누고 복잡한 수행절차를 설치하므로 세월이 흘러도 도무지 신앙의 힘이 커가지 않고 삶에 기준과 철학이 서지 않는다. 이처럼 가르침에 대한 신심과 실천이 부족한 오늘의 우리 불교도佛敎徒, 공히 오랜 노력과 각고의 정진을 기울였어도, 자신의 인생에 자신감을 갖질 못한다. 바람 앞의 등불 같다. 비록, 뭘 조금 얻었다 해도 원만하지 않고 감사하지 않고 삶은 여전히 불만투성이다. 결과는 닦은 사람이나 닦지 않는 사람이나 매 일반이다. 아무리 원해도 진리공덕이 없었고, 어느 한순간이라도 안심입명安心立命이 되지 않기 때문이다. 그래서 타고난 자신의 성질 하나도 조절하거나 개선하지 못하는 나약하고 초라한 인품들이 되고 만다. 저, 녹야원의 무상도無上道를 닦아가는 복 받은 인생들의 현실이 말이다.

2.

이제, 우리 자신을 진지하게 한 번 살펴볼 필요가 있을 것 같다. 진실을 추구하는 내 마음에 허점은 없는가? 또 허상을 진실이라고 믿으면서 줄곧 그것을 찾아 막무가내로 헤매고 있지는 않은가? 나는 과연 올바른 길을 걸어왔고, 지금 그리로 줄곧 쉼없이 가고 있는가? 이런 측면에서 좀 더 면밀히 자신을 살펴봐야 할 것이다. 부처님 앞에 무릎을 꿇고 앉아서 솔직하고 진지하게 말이다.

우린 여기서 부처님의 짧은 말씀 한구절에도 삼학三學: 戒·定·慧이 원만구족, 충만하다는 사실을 얻어야 한다. 이것이 바른 믿음이고 바른 길이며 바르게 사는 일이다. 먼저 옛 시를 인용해 본다.

다시 돌아올 걸 공연히 떠났구나.
차라리 눈멀고 귀 먹었던들
집 앞에 좋은 경치 왜 못 봤던고?
물은 스스로 흘러가고 꽃은 저절로 피었네.

우린 답을 얻을 수 있고 자신감을 가질 수 있다. 부처님의 짧은 말씀 한구절이나 한 가지의 행, 또는 잠깐의 마음에서 삼학이 원만구족, 충만하다는 사실을 발견할 수 있어서다. 부처님의 한 마디 짧은 말씀 속에도 이미 삼학이 원만구족한데도 그동안 줄곧 따로따로 삼학을 구하고 찾기만 하고 있었으니……

그러다 보니 오랜 노력과 각고의 정진으로 조금 얻었다 해도 원만하지 않았고, 나머진 또 일일이 다시 찾아야 하는 부족투성이였다. 끝이 없는 아득함이고 분주함이었다. 진리를 쓰는 건 고사하고 아득한 그 인생과업에 그만 넋을 놓고 손을 놓고 말게 된 것이다.

사람은 정신작용으로 살아간다. 누구에게나 자신의 생각이 중요함은 재론의 여지가 없다. 따라서 올바른 정신작용인 바른 생각만이 바른 말을 할 수 있고, 바른 행을 할 수가 있다. 그래서 우린 부처님의 가르침을 많이 배우고 오래 배우는 것도 좋지만 그보다 바르게 배우는 것이 더 중요하다. 그건 부처님의 한 말씀이라도 배운 것을 자신에게 체화體化하는 일이다. 가르침을 자신의 인격이 되게 가일층 노력해야 한다. 그건 가르침을 통해 중생들의 아픔과 역사발전을 바라보고 고뇌하는 것으로부터이다.

바로 격을 달리하는 길이 된다. 중생격衆生格에서 불격佛格으로 향상의 길을 걸어가게 된다. 부처님의 가르침이 당사자의 인격이 되는 건 중생들의 아픔을 짊어지는 것이고, 대신 아파하는 것이고, 함께 고통을 나누는 것이다. 인격의 전환은 어둔 밤에 등불이 되는 일이다. 불교도의 목표는 가정에서나 사회에서나 언제, 어디서나 바른 생각으로 가르침을 배우고 익혀 바른 생각으로 사는 등불, 그 같은 존재가 되는 거다.

좀 더 구체적으로 말하면 부처님 삼법인三法印: 諸行無常·諸法無我·涅槃寂靜을 몸에 익혀 당사자의 훌륭한 인격이 되면 자신도 달라지고 세상도 달라진다. 나무에 물을 흥건히 주듯이 자신이 푹 젖도록 삼법인을 받아들여 체화하면 궁극의 법을 얻게 된다. 그러기 위해선 삼법인을 화두로 삼아서 놓치지 말고, 두두물물의 사물에서나 사사건건의 일에서나 순간순간 변화하는 자신의 마음과 언행에서 항상 반조해 자신의 삼업三業을 철저하고 면밀히 살피면 된다. 무엇보다 중생과 세간을 삼법인으로 살펴 아픔을 대신하고, 진리의 실현을 고뇌하면 법이 체화된다. 법으로 중생세간을 바라보아 지혜를 증장시키고 대비를 키워나가게 된다.

자신의 마음에 있는 걸 몸에 익힌다. 농구선수가 생각만으로는 골을 바스켓에 넣을 수 없다. 몸에 익혀야 한다. 최고 선수가 되려면 그만큼 몸에 더 익숙시켜야 한다. 이처럼 불자도 부처님 가르침을 자신의 마음에서 계합하여 손발에 미치게 해야 한다. 온 몸에 쭉 밀어넣는다. 비로소 누가 집어 주지 않아도 가르침은 자신의 인격이 되고, 누가 시키지 않아도 체화된 가르침을 드러내 실현해 나갈 것이다. 일상에서 끊임없이 이렇게 지어가는 것이 참된 정진이고 수행이며 향상일로向上一路이리라. 이는 전적으로 부처님 은혜다. 싯다르타 수행자가 성불하기 전에는 불가능했던 일이 그의 성불로 인해 손쉽게 가능해졌기 때문이다.

사람이 살아가면서 가장 경계해야 할 일은 습관이다. 같은 걸 두 번만 반복하면 습관이 된다. 특히 나쁜 습관은 더 빨리 몸에 배어든다. 그렇게 한 번 붙은 습관은 좀체 떨어질 줄 모른다. 수행도 습관이기에 어떤 수행 습관을 익히고 길들여야 하느냐는 당사자의 일생을 좌우하는 매우 긴요한 일이 된다. 결국 수행 습관은 바른 생각에서만 얻어지고 길들여져 불자로서 바르게 살게 될 것이다. 우리 사회와 인류에게 등불이 되고 횃불이 되어 공의公義:연기·중도의 인간이 될 것이다. 비로소 우린 부처님 가르침의 위신력을 얻을 수 있고, 또 시간을 허비하지 않고, 금생에 먹은 밥값은 금생에 치르고 가게 될 것이다. 이것이 바르게 사는 삶이 아닐까.

대왕님, 나가수와 나꼼수, 어느 쪽을 선택할까요
불교, 오로지 '보시 · 공양'으로만 살자

며칠 전, '나가수'와 '나꼼수'의 인기가 천정부지라는 기사를 봤다. 그 생각을 떠올리면서 모처럼 세종로를 거닐었다. 책을 사러 나갔다가 여유를 부려봤던 것이다. 인기 높은 이 둘은 같은가, 다른가? 이 둘 중에 나는 무엇을 취해야 하는가? 남의 문제가 아닌 나의 문제로 생각해 보고 싶었다.

우리 사회가 삶에 진지하거나 건전하지 못하고 자못 풍자적으로 가는데는 각계의 지도자들이 제 역할을 못해서라고 한다. 정치지도자들, 경제계의 인사들……, 예외가 없다. 물론 우리 불교계도 사회적인 역할과 책임론에서 자유로울 수가 없을 것이다.

마치 광속도로 변화하는 것 같은 현대사회에서 우리 불교의 현실적

원래로 고요하고 밝은데 왜 다시 멈춰 서야 하나

존립기반은 취약하다. 이런 변화의 때, 존립기반이 약한 때일수록 구성원들은 정신을 차려야 한다. 원칙을 찾아야 한다는 말이다. 먹고사는 일에서부터 불사를 이루는 일까지, 철저하게 불교는 불교의 원칙에 따라야 한다. 여기서 원칙이란?

바로, 신도들의 '보시와 공양'이 우리 불교의 현실적인 경제의 존립기반이 되어야 한다는 말이고, 사찰경제의 토대가 되어야 한다는 뜻이다. '보시와 공양'은 불교의 핵심적 가치이고, 목숨과도 같은 불자들의 신앙생활이다. 참선이나 염불이나 간경이나 그 어떤 수행보다 못하지 않는 실천적인 증오행證悟行이고, 무아의 성스런 불행佛行의 실현이다. 오로지 이힘으로 불교는 존재해야 하고, 이 정체성을 면면히 유지해 나가야 하며, 인류사회에 다시 자리매김해야 한다. 결코 절을 유지하기 위해서 불사를 이루기 위해서의 미명하에 아무거나 닥치는 대로 해서는 안 된다. 불교를 떠난 비법이나 탈법, 무법을 저질러서는 안 된다는 말이다. 어떤 경우에도 가르침을 적당히 해석하여 아전인수해서는 안 된다.

작금, 손쉽게 할 수 있는 메주니, 차니, 물이니 등을 다수의 절에서 특산품처럼 팔고 있다. 절 살림에 한 푼이라도 보태기 위함이란다. 그러나율장은 우리에게 상행위를 해서는 안 된다고 못 박고 있다. 되레, 절에서아껴 쓰고 아껴 먹고 절약하여, 그걸 이웃에게 나누고 가난한 사람에게 돌려주어야 한다. 검소한 생활을 통해 사회로 되돌려 주면 절은 부의 분배자가 된다. 세간이 못하고 자본주의가 못하는 일을 일상적으로 소리없이 태연히 할 수 있게 된다.

만약 자신들만 잘 먹고 잘 산다면 어찌 정신적인 가치를 추구하는 전통적인 집단의 정통한 가풍이라고 말할 수 있겠는가? 한갓 노동하지 않는 불로소득으로 부귀영화를 누리는 추방되어야 할 신흥귀족일 뿐이다. 도무지 돈 되는 일이라면 가리지 않는다는 말을 들을 정도의 상행위가 절에서 왜 버젓이 이루어지는지, 만연해졌는지 모르겠다. 분명, 잘못 끼워진 단추의 볼썽사나운 옷매무새이다.

이제 과감하게 절 안의 가게를 절 밖으로 내보내야 한다. 절 밖의 사람들이 먹고 살 수 있도록 손대서는 안 된다. 옛날 선비나 군자들도 백성들이 먹고 사는 것은 아무리 자신의 삶이 힘들어도 넘보지 않았고 손대지 않았다. 출격장부들인 출가자가 선비나 군자보다 뛰어나진 못할지언정 나란하지도 못해서야 되겠는가. 절에서 상행위를 하는 것은 오늘날 대그룹의 빵집보다 지나친 일이다. 세금도 내지 않으니까.

따라서 절도 마냥 이대로 가다간 한갓 세간의 풍자거리, 조롱거리가 될 수도 있다는 말이다. '나꼼수'의 인기를 들은 사람이라면 두렵지 않은가? 언제 그들의 무서운 힐난이 닥칠지 모르지 않은가. 그들은 성역을 두지 않을 것이다. 예의주시하고 있는 건 그들만이 아니다.

이런 자신들의 집안은 방치한 채 밖에 있는 정치인이나 경제인들만 줄곧 나무라고 야단치는 사람들도 있다. 따로 나무라지 않아도 절이 바르면 사회는 저절로 따라올 것이다. 개인에게도 염치가 있고 체통이 있으며 위엄이 있다. 하물며 유서 깊은 수행집단은 더욱 그러해야 할 것이다. 비로소 해야 할 일, 해서는 안 될 일이 여기서 저절로 구분된다.

　　　　　　　바른 생각 바른 삶이 해탈행위다

그럼, "어떻게 먹고 사느냐?"고.

"오로지 신도들의 '보시와 공양'으로만 먹고 살아야 한다." 그게 불교의 가르침이고, 수행이고, 신앙이고, 생명원칙이다. '보시와 공양'의 부처님 말씀 속에는 계·정·혜, 삼학이 원만구족하다. 무엇보다 그 분께서 몸소 그렇게 사셨으니까.

이 대원칙에서 불교가 가야 할 길을 찾아야 한다. 절에서 상행위를 하는 시간에, 관리들을 만나러 다니는 전법자들은 시간에, 신도들에게 '보시와 공양'을 가르쳐야 하고, 그 공덕을 당당하게 설파해야 한다. 비록 시간이 걸리고 어렵더라도 허리띠를 졸라매고 원칙을 지키려는 굳센 각오로 우렁차고 당당하게 설법해야 한다.

불교에는 사찰경영, 효율적인 포교 등의 방법이니 비법 따위는 필요 없다. 오로지 원칙에 충실하면 된다. 부처님을 따라서 말이다. 비로소 '보시와 공양'은 불교를 되살리고, 나라의 국민성이 되며, 인류공존의 무문대로無門大路가 될 것이다.

세종대왕의 도움으로 헷갈리던 '나가수'와 '나꼼수'에 대한 생각을 마무리 짓고, 자비로우셨던 모범불자인 세종대왕님께 고마움을 표하곤 귀사를 서둘렀다.

약속

1. 삶은 약속이다

인간의 삶은 크고 작은 약속이다. 하루에 이루어지는 짧은 약속이 있는가 하면, 일주일이나 한 달의 단기적인 약속도 있고, 일 년 내지 일생을 통해 이루어지는 중장기적인 약속도 있다. 그 뿐 아니다. 심지어는 다음 생이나 세세생생의 약속도 있다. 물론 불자들의 약속이긴 하지만, 가히 초장기적인 약속이고, 시공을 초월한 어안이 벙벙하도록 엄청난 약속이다. 인간이 한 약속 가운데 가장 규모가 큰 약속일 거다. 호쾌하다.

또, 자신에게 하는 내적인 약속도 있고, 상대가 있는 외적인 약속도 있다. 범부중생의 약속이 있는가 하면 성인군자의 약속도 있다. 불보살이나 성현과의 약속도 있고, 신과의 약속도 있다. 어린이나 가족과의 약속도 있고, 친구간의 약속도 있다. 출가전법자나 성직자들과의 약속도 있으며, 종교적인 약속, 세속적인 약속도 있다. 나아가 단체나 국가 간의 약속도 있다. 그야말로 인간의 삶은 약속의 날줄씨줄로 촘촘히 짜여 있고 그 무대는 바로 이 세상이다.

2. 두 가지 약속

약속의 형태를 좀 더 자세히 들여다보면, 크게 두 가지로 나눌 수 있을 것이다. 내적인 약속과 외적인 약속이다. 이 두 가지 안에서도 형태에 따른 무형의 약속과 유형의 약속, 기간에 따른 장기적인 약속과 단기적인 약속 등으로 나누어진다.

내적인 약속은 자신이 자신에게 하는 스스로의 약속이다. 생활의 규칙이라거나 결심, 계획, 다짐 같은 것을 뜻한다. 자신을 향상시키는 수행도 내적인 약속에 바탕을 두고 있고, 또 부처님께 올리는 서원, 공양이나 참회와 다짐 등, 이른바 종교생활의 약속도 내적인 약속들에 속한다.

거기에 따라 외적인 약속은 사람 사이의 주고받는 일종의 거래계약이다. 이 외적인 약속은 크든 작든 개인이든 집단이든 그 자체로 사회성을 지닌다. 왜냐하면 약속을 지키지 않거나 소홀히 하면 남에게나 사회에 손해를 끼치고, 악영향을 미치기 때문이다. 그런 경우 개인은 허언자, 실언자, 망어자, 신용불량자, 불신자, 배신자, 배교자, 이탈자 등등……, 온갖 악의 구렁으로 전락하여 인간사회로부터 끝내 탈락되고 만다.

집단이나 국가도 마찬가지고, 무형의 약속과 유형의 약속도 이 외적인 약속에 포함될 것이다. 무형의 약속은 그 사회가 간직하고 있는 전통이나 관습에서부터 윤리와 도덕에 이르기까지 실로 광범위하다. 또 유형의 약속은 여러 형태의 계약이나 크고 작은 문서에 의한 일들이다.

3. 약속은 순서다

그렇다면 어떤 약속이 중요할까. 예를 들어, 물질적인 돈 되는 일은 중요하고, 절에 와서 정신을 새롭게 하는 일은 중요하지 않을까. 어른의 약속은 중요하고, 어린이와의 약속은 중요하지 않을까. 밖의 약속은 중요하고, 가족과의 약속은 중요하지 않을까. 처음 만나는 사람과는 중요하고, 가까운 사람과는 중요하지 않을까…….

결론은 절대 '아니다'이다. 모든 약속은 다 중요하기 때문이다. 약속은 그 자체로 이미 진리이기에. 다만 순서만 있을 뿐이다. 약속을 실천하는 순서는 단연 가까운 것에서부터다. 가장 가까운 자신에 대한 내적인 약속을 통해서 인격의 향상을 이루어, 가족과 친지나 벗, 나아가 직장이나 사회적인 약속, 민족공동체의 역사와 문화적인 약속 등으로 이어져 널리 퍼져나갈 것이다.

4. 약속은 진리다

우리의 삶은 숱한 약속들로 이루어져 마치 인드라망과 같다. 빠져나갈 길이 없다. 인간의지가 조작하여 형성하는 '약속의 완성판'은 바로 '연기·중도'다. 불교의 진리를 '연기·중도'라고 말하는데, 사람이 수시로 맺는 약속이 그렇고 그래야 한다는 것이다.

불교의 진리는 인생은 물론이려니와 우주의 자연현상을 망라하고 있다. 따라서 진리의 인간을 존중하므로 약속은 진리로 존중되고, 진리의 인간이 고귀하므로 약속도 진리의 실천으로 고귀하다. 약속은 자신이나 타인, 인간을 진리로 대하는 기본자세이고 실천이다. 그러므로 약속은 의당 진리이고, 사람의 인격이며, 생활의 일상이다. '신약·구약'을 내세우는 종교가 되기까지 했다.

5. 약속은 행이다

지혜의 완성이 행이듯이, 약속의 완성도 행이다. 가지가지 형태의 수많은 약속들이 있지만 그 공통분모는 꼭 지켜야 하는 '행'이다. 지킨다는 것으로의 약속에 대한 모범답안은 선각자 도산 안창호 선생이다. 선생은 일경에게 쫓기는 몸으로서 생일을 맞은 어린이와 약속을 했고, 정보가 누설된 약속장소는 이미 험지가 되었지만, 선생은 자신의 안위를 돌보지 않고, 어린이와의 약속을 지키기 위해서 기어이 약속장소로 갔다.

결국 선생은 체포되어 그 길로 생을 마감했다. 주변에서 위험하니까 가지 말라고 적극 만류했지만, 선생은 인간 삶에서 약속이 얼마나 중요한 것인가를 알았기에 물러서지 않았다. 이는 선생이 우리에게 남겨 준 인간 존중의 약속을 자신의 목숨과 바꾼 가르침이다. 선생은 어린이와의 평범한 약속을 지킴으로 참된 인간애와 우리 사회의 바른 질서가 무엇인지를 보여주었고, 목숨 건 실천으로써 약속은 행이라는 참뜻을 깨닫게 해 주었다. 선생은 약속에 대한 바른 길을, 살신성인殺身成仁의 교훈으로 우리에게 보여주었던 것이다.

6. 약속은 삶의 지혜다

인간의 체성은 진리다. 진리인간이 진리인 약속을 지키지 않으면 신뢰와 신용을 잃게 되고, 종내에는 모든 걸 다 잃게 되는 추방이나 배척을 당한다. 아마, 신神마저도 약속을 어기면 전지전능한 신의 자리에서 쫓겨날 것이다. 인간에게 약속은 자유의지의 결정체이다. 인간에게 자유의지가 중요함은 누구나 잘 알지만, 그 자유의지의 순수결정체가 약속이라는 건 잘 모르는 것 같다.

자유의지의 결정체인 약속은 '선택과 결정'이고, 이는 스스로 짓는 것이다. 따라서 '선택과 결정'에 심사숙고해야 한다. 책임과 권한이 따르기 때문이고, '연기·중도'의 진리이기에 그렇다. 그러하기에 선택할 때는 합당한 기준과 근거가 있어야 한다. 무엇보다 바른 판단이 필요하다. 어떤 경우에도 욕심을 앞세우면 안 된다. 지키기 어렵기에 말이다.

결국 약속에 대한 합당한 선택, 바른 판단과 결정은 지혜의 작용이며, 지혜의 실현이다. 그러므로 약속은 의당 지킬 수 있어야 하고, 지켜져야 한다. 비록 먼저 한 약속이 평범하고, 나중 약속이 특별하다고 해도 임의적으로나 일방적으로 순서를 바꾸고, 어기거나 없던 일로 해서는 안 된다. 인간성 위배이고 침해다.

7. 약속은 진화한다

그렇지만 약속도 사람의 일이기에 사안의 완급과 무게, 시간적인 변화와 공간적인 이동과 공사公私의 구분에 따라 순서가 바뀔 수도 있다. 진리인 약속은 펄펄 살아있어서다. 그 땐 역시 처음과 같이 합리적인 절차를

—— 원래로 고요하고 밝은데 왜 다시 멈춰 서야 하나

거쳐야 한다. 인간존중의 마음가짐, 진리실천의 경건함을 바탕으로 절차를 다시 형성하라는 말이다. 약속의 밑바탕은 사람, 거기엔 시종 인간존중을 의미하고 있어서이다.

이런 정신을 바탕으로 상호 양해하거나 동의, 합의하면 된다. 물론, 자신에게 한 내적인 약속도 마찬가지다. 시공을 초월하는 타당성과 보편성을 가지고 임해야 한다. 이렇게 상대에게 이해와 양해를 구하여 흔쾌히 동의를 받았을 때는 약속이 달라지거나 진화할 수도 있는 것이 사람의 일이기도 하고, 또한 살아 숨쉬는 진리인 약속이다.

그러나 물질적인 이익이나 상대가 갖는 지위의 높고 낮음, 세력에 따른 유·불리에 의해 약속의 순서를 임의로 바꾸거나 고치면 안 된다. 약속을 지키지 않는 것은 약속의 진정한 의미를 모르는 일이고, 나아가 존엄한 인간성에 대한 무례가 되고, 개인적으로는 결례, 사회적으로는 폐풍이나 위악이 되고 만다. 따라서 약속은 사람의 인격을 말해 주고, 인격의 성숙도를 재는 바로미터가 된다. 사회적인 약속도 마찬가지다.

'약속'은 도道, 즉 진리의 인격화다.

운현궁의 단상
철마다 '매주 정기법회'를 열어야 하는 또 하나의 이유

사무실에서 지척에 있는 운현궁을 둘러봤다. 점심시간을 이용해 시간을 냈다. 늘 그앞을 지나다니면서도 들어가 보지 못했던 곳이라 오늘은 작심하고 갔다. 궁이라고 해도 남은 건 별당 정도의 좁은 공간으로 오히려 양반 저택을 둘러보는 느낌이 들 정도다. 다 둘러본 나는 잠시 마당 한켠에 서서 대원군시절을 떠올려봤다. 이어서 제주도 해군기지 건설에 대한 죽기살기식 찬반투쟁과 작금의 사회현상을 에둘러 생각해봤다. 오늘의 이 상황들은 결국 우리들의 정신주소를 말해 주는 사건들이라는 생각이 뇌리를 스쳤다.

오늘의 우리들 모습인 정신주소를 찾아보면 시민정신이나 국민성이

—— 원래로 고요하고 밝은데 왜 다시 멈춰 서야 하나

라고 할 수 있고, 그 정신을 하나하나 분석해 보면 여러 요소가 포함되어 있을 것이다. 그 중에서도 아마, 종교적인 가르침이 가장 많이 녹아들어 있을 것이다. 종교의 가르침만큼 지속적으로 변함없이 인간에게 큰 영향을 주는 것은 없기 때문이다. 따라서 현재 우리 국민성 형성에는 고대사회에서부터 현대사회에 이르기까지 오랜 기간에 걸쳐 종교의 영향이 사뭇 컸을 것으로 본다.

각 종교의 본분사本分事는 공히 자신의 교리를 백성들에게 설명하고 실천하여 이상세계를 구현해 가는 데 있다. 그것은 종교가 벌이는 하나의 유구하고 폭넓은 사회교육이다. 오늘날 숱한 사회교육이 곳곳에서 시행되고 있지만 종교만큼 지대한 영향력을 떨치는 것은 별로 없을 것이다. 종교는 이처럼 자신의 교리전파인 사회교육을 통해 백성들이나 국민들의 마음에 자리하게 되고, 그렇게 자리한 가르침은 생활 전반에 녹아들어 삶의 철학이 되고 지표가 된다. 이런 철학의 유무와 심천강약에 따라 백성들의 생각이 달라진다. 쉽게 말해 민도民度가 달라지고, 국격國格을 좌우하는 국민성이 형성된다. 사회발전의 정신토대와 구국구세救國救世의 구체적인 행이 되기도 한다.

민심을 순화하고 인성을 바르게 하는 이런 종교의 기능을 위정자나 백성들이 일찍부터 알았기에 종교를 존중하기도 했고 적당하게 이용하기도 했다. 오늘날 우리 사회는 가히 종교백화점이라는 말을 들을 정도로 다양하지만, 각 종교의 가르침을 자유로이 선택할 수 있는 헌법적인 보장을 국가는 하고 있다. 또 종교활동에 대해서는 공히 면세혜택도 주고 있다.

이런 점만 따로 보자면 종교는 우리 사회의 무풍지대나 특권층이다. 문제는 바로 이 점이다. 이런 혜택을 국가로부터 받고 있으면서도 종교의 본분사인 사회교육을 소홀히 한 채, 화려한 의례나 일삼거나 세속의 인심을 순화하지 못한 채 되레 사회의 짐이 된다면 매우 부끄러운 일이 될 것이다. 또한 이처럼 자신의 본분사를 등진 종교는 일각의 우려나 비난대로 아편 같은 존재나 부패한 귀족십단으로 전락하고 말 것이다.

이런 우려를 불식시키고, 의로운 국민성을 확립하기 위해 각 종교는 본분을 다해야 할 것이다. 특히 우리 불교계는 신도뿐만 아니라 전 국민들을 대상으로 불교교리를 설해나가야 한다. 국민이 기대하는 사회교육의 책무를 다해야 한다. 불교철학을 국민들이 이해하고 학습하여 바른 삶을 살도록 온갖 노력을 기울여야 한다는 뜻이다. 이는 모든 불교도가 나서서 받들어야 하는 으뜸 불사佛事이며, 나라의 은혜에 보답하는 길이다. 이런 교리전파의 법회는 기도하는 일보다 의당 우선되어야 함은 말할 나위도 없다. 교리를 모르고 무턱대고 하는 기도는 영험이 없기 때문이다.

이처럼 국민이나 인류에게 불교교리를 전파하기 위해서는 사람들이 모이기 쉬운 날에 법회를 상설해야 한다. 국민과 인류를 고통에서 벗어나게 하고, 행복한 삶을 살 수 있도록 혼신의 힘을 법회활동을 통한 사회교육에 쏟아 부어야 한다. 프랑스 파리 중심부에 사찰음식점 개점보다 법당 개원을 우선해야 하는 주된 이유이다.

설령, 우리의 생존환경인 시대가 달라지고 세상이 바뀌었다고 해도, 교리전파의 사회교육을 소홀히 한 채 다른 것에 눈을 돌리면 곧 본분사를 등지는 일이 된다. 세상의 변화에는 오불관언으로 고집스럽고 미련하게 묵묵히 법회를 열어 나가야 한다. 이런 점에서만 본다면 불교는 철저하게 '꼴통수구보수(?)'가 되어야 한다.

삶이 어느 때보다 어려운 이 시기, 불교는 더욱 법회를 자주 열어 국민들에게 위로와 격려, 바른 삶의 길을 열어주고 바른 가치를 확립해 용기와 희망을 불러 일으켜야 한다. 그러기 위해선 저 산봉우리 인적이 닿지 않는 고적한 암자에서도 매주마다 법회를 열어야 한다. 참선을 가르치고 염불을 가르치기 전에, 법회를 열어 교리를 철저하게 가르쳐야 한다. 사람들의 마음을 오로지 진리로 감화감동시켜야 한다. 그래서 물질적인 온갖 어려움 속에서도 굳건히 설 수 있는 사상과 국민성을 확립해 개인을 구하고 국가에 보은해야 한다. 우리나라는 바야흐로 빛나는 진리국가가 될 것이고, 그것이 토대가 되어 인류사회에 공헌할 것이다.

우리 불교가 조선조 말기인 대원군시대에는 체제로부터 배척되어 사회교육을 제대로 못했고, 오늘에는 본분사를 소홀히 여겨 사회교육이 부족하다는 안타까움과 뉘우침이 일어, 나는 운현궁을 서둘러 나왔다.

불법[緣起·中道] 구현체로서의 도반회
새불교운동은 새로운 인간관계로부터

1. 불교의 도반, 세간의 도반으로

진리를 구하는 사람들, 진리를 실천하는 사람들, 그들의 상호 인간관계는 어떨까? 그들의 인간관계를 따라 배우면 세간 사람들도 곧 행복해질 수 있을까? 진리의 실천자가 될 수 있을까?

불교사상이 자타가 인정하는 뛰어난 진리, 훌륭한 가르침, 무비의 철학이라고 한다면, 분명 바람직한 인간관계가 있었을 것이고, 진리나 철학의 실천을 의미하는 인간 관계는 의당 지금까지도 면면이 이어져 올 것이다. 그렇다. 분명하게 진리실천으로서의 인간관계인 '도반'이 있다. 이제그것을 세간에 공개하여 현대인들에게 삶의 지침이 되도록 하고 싶다.

알려진 대로 '도반道伴'이 불교의 이상적인 인간관계라면, 불교는 그것에 관해 보다 충실한 설명을 해야 하고, 세간에 적극 구현해야 할 것이다. 바로 이 시대, 현대인의 인간관계가 겪는 불신의 고통 앞에 불교의 도반이 대안이 되고 해결책이 될 수 있도록 해야 한다는 말이다.

대저, 불자의 인생은 끝없는 자각과 성숙의 길이다. 부처님의 삶을 따라서 살아가기 때문이다. 해서, 불자의 삶은 축복이고 가능성이다. 고통마저 교훈이고 가르침이 된다. 부처님께서 우리에게 낱낱이 보여주시고 남기신 가르침은 간곡한 자비의 거울이다. 불자의 특권은 언제, 어디서나 그 '부처님 거울' 앞에 설 수 있다는 것이다. 이런 점에서 불교 고유의 언어인 도반의 진정한 뜻과 그 모습은 어떨까?

쉽게 말해 도반은 진리의 벗, 구도의 벗이다. 세상의 부모자식·부부·형제·친구 등의 모든 인간관계를 합한 것보다 더 뜻이 깊다. 도반끼리 이어주는 매개가 인간과 우주의 근원인 '진리〔緣起·中道〕'이기 때문이다. 혈연이나 지연, 학연 등의 인위적인 것이 아니라는 말이다. 다시 말하자면 불교의 도반은 인간과 우주의 실상實相인 진리가 연결고리고 본체이다. 그리고 모든 인연 중의 최상승인연, 법인연의 만남이 '도반'이다.

이에 우리는 불교진리를 함께 닦아가는 관계인 도반에서, 벽에 부딪친 오늘의 인간관계에 대한 새로운 길을 찾아야 한다. 즉, 인간관계를 진리성취의 수행과정으로 보고 이루어가자는 것이다. 어쩌면 이 일은 오늘의 불자들이 마땅히 짊어져야 할 하나의 책무일지도 모른다. 아, 진리를 닦아가는 최상의 삶을 살고자 스스로 원을 세웠기에—.

2. 인간의 불안

그러자면 인간관계 속에서, 불교의 진리가 여실히 드러나야 하고 증명되어야 한다. 인간과 자연, 자연과 자연의 관계보다 더 먼저, 인간일상의 삶을 통해서 인간과 인간의 진정한 인간관계, 그 인간관계를 위한 진리수행의 면모를 드러낼 수 있어야 한다. 이는 불교 가르침의 인격화를 이루어가는 과정에 있어서 도반 사이를 말한다. 도반은 본래 출가자들끼리만 썼던 이부二部의 말이었지만, 이제 세간에 넓게 펼쳐 사부四部의 말, 세간의 뜻과 말과 행의 삼업三業이 되도록 해야 한다. 모든 인간관계에 도반의 정신을 담아야 한다는 것이다.

오늘날 현대인들에게는 종교나 철학, 사상이나 이념, 물질의 풍요와 생활의 편리를 떠나서 하나의 공통점이 있다. '불안하다'는 점이다. 겉으로는 화려하고 떠들고 분주하여 즐거운 것 같아도 내면은 그렇지 않다. 오히려 내면으로 들어갈수록 더 큰 불안이 도사리고 있고, 거기에는 불안의 또 다른 모습인 가공할 공격성마저 감추고 있다. 불안으로부터 오는 공격성이고 경계심이다. 명상의 욕구와 그 수요가 이를 반증한다. 현대인들이 본능적으로 너도나도 명상을 찾는 것은 바로 이 불안을 떨치고자 하는 시도이고 몸부림이다. 이 점에 있어선 종교의 구분마저도 두지 않는다. 절체절명, 마치 굶주린 사람이 음식을 찾듯이—.

3. 보다 근원적인 불안

불안의 먹구름이 현대인을 뒤덮고 있다. 물론, 그 불안에는 이유가 있다. 가장 큰 이유는 인간관계의 흔들림이다. 인간의 삶은 인간관계에 좌우된다. 혼자서는 살 수 없기 때문이다. 이처럼 중요한 인간관계가 안정을 누리지 못하는 것은 대부분 이익과 감각에 의해서 관계가 결정되고 유지되기 때문이다. 따라서 현대인은 자신의 앞날을 예측할 수 없고 종잡을 수가 없다. 잠시도 마음 놓고 살 수가 없다. 이로 말미암아 인간과 인간의 관계는 신뢰와 안정을 상실한 채 마냥 흔들린다. 바람 앞에 촛불과도 같다.

자본주의가 추구하는 물질의 이익과 부추기는 감각은 안정과는 거리가 먼 끊임없는 변화다. 변화는 무한경쟁을 불러오고 인간을 그곳으로 내몬다. 사뭇 살벌하다. 서로를 대하는 선善과 친분의 인간유대는 거의 자취를 감추었다. 결국 홀로 된 생존은 종내 외롭고 슬프기까지 하다. 가슴이 뻥 뚫려 사람이 살지 않는 공동空洞이 되었기 때문이리라.

혹심한 변화의 주원인인 이익과 감각은 물질이고 표피다. 인간내면의 심화된 정신이 아니다. 해서, 인간관계는 마치 비바람에 흔들리는 갈대와도 같다. 이런 흔들림은 필경 불안을 낳게 마련이다. 의연함을 잃은 인간의 불안은 개인을 지나서 가정 · 사회 · 인류로 확산되어 현대인을 덮고 지구를 덮고 있다.

현대인의 이 불안은 전염병의 창궐이라든지, 도덕이 땅에 떨어진 말세라든지, 전쟁과 기근으로 생명이 위협받는다든지, 핵공포로 인한 대량살상이라든지, 그런 것들보다 더 격정적이고 근원적이다.

현대인 내면에 안개처럼 자욱하게 드리워진 이 불안, 인간이 먹고 살기 위해 만든 자본주의, 그것에 의한 지구 환경파괴로 인한 생존불안이 평화로워야 할 인간의 심각한 심층불안이 됐다.

4. 인간의 자업자득

경쟁적인 지구자연의 훼손과 파괴로 인한 환경재앙의 생존불안. 따지고 보면 인간의 이 불안은 그동안 이익과 편리만 추구해 환경을 함부로 해온 자업자득이다. 즉, 인간의 먹고사는 방식인 욕망에 기초한 자본주의가 주는 파괴와 모순이 원인이 되어 급기야 인간자신을 불안의 나락으로 밀어 넣었다는 뜻이다.

물론 자본주의가 주는 혜택도 있다. 풍요와 편리, 감각의 쾌락도 있고 거기에 따른 물질적인 삶의 질이 향상된 점도 크다. 그리고 오늘의 눈부신 과학기술문명의 혜택을 부정할 수도 없다. 그럼에도 욕망의 부추김을 토대로 한 자본주의는 처음부터 많은 문제를 안고 있었고, 이제 그 한계의 꼭지점에 도달했다. 어쩌면 말기적인 징후를 나타내고 있는지도 모른다. 그 하나로 자본주의가 가장 발달한 미국 뉴욕에서 인류가 먹고사는 생존방식을 새로 찾자는 '반反 월가' 함성이 솟아오르고 있다. 그들의 주장이 당분간은 일시적일지 모르지만 결국은 인류의 생존방식을 바꾸자는 것이다. 그건 기존체제의 모순에 치어 이대로 죽을 수 없다는 인간 본심의 절규인지도 모른다.

누군가가 앞장서서 이끄는 지도자가 있는 것도 아니다. 생존에 위협을 느낀 인간본능이 말없이 연대하여 어느 날 뉴욕 월가에 혜성처럼 나타났고, 세계로 번져가고 있다. 그들은 마치 메신저와도 같다. 잠시 수그러진다 해도 일시적일 것이고 언제인가는 복병처럼 나타날 것이다. 인류가 먹고사는 방식을 새로 찾지 않는 한 말이다. 인간의 새로운 생존방식, 그것은 새로운 인간해석과 인간관계를 전제로 해야 '가능하지 않을까, 바람

────── 원래로 고요하고 밝은데 왜 다시 멈춰 서야 하나

직하지 않을까?' 곰곰 생각해 보게 한다.

5. 오로지 자각自覺으로

이를 제대로 해결하려면 먼저 인간에 대한 해석과 이해가 달라져야 한다. 그 다음으로 인간과 인간의 관계가 다시 설정되어야 하고, 동시에 그에 대한 모델이 제시되어야 한다. '연기와 중도'인 '관계와 협력'으로 이해되고 해석될 것이고 그 실천의 모델은 '도반'일 것이다.

아쉽게도 현대에는 영웅이 없다. 예전 같으면 문제가 생기면 영웅이 해결할 수 있었는데—. 현대는 그런 시대가 아니다. 모두가 영웅이기 때문이리라. 매체의 '짱'들은 대중의 우상인 시대는 지났다. 우상이 아닌 한갓 영웅들의 기쁨조인지도 모른다. 모두가 영웅인 현대인들에게—.

따라서 각각의 자각自覺에 의해서만 새로운 인간이해와 인간관계의 재설정이 가능할 것이고 실천될 것이라고 본다. 또한 자각을 통한 인간관계의 개선과 향상은 자본주의의 한계를 극복하는 유일한 방법이 될 것이다. 진리에 기초한 인간애, 바로 공동체적인 인류애다. 소박하게는 대립의 긴장을 풀고 따뜻한 미소로 서로를 바라볼 수 있는 인간다움이다. 인간관계의 가장 중요한 점은 자신의 본모습인 불성佛性진실대로 사는 것이다. 인간본성의 회복이다.

그건 인간본성에 대한 통찰, 자각을 통해 비로소 삶의 방식이 새로워질 수 있다고 봐서다. 거기서 인류의 평화스런 생존이 다시 가능할 것이다. 사람은 마음가짐에 따라 불편을 참을 수도 있고 되레 즐길 수도 있다. 따라서 현대인의 마음에 깊숙이 자리한 이익과 편리의 마성魔性도 올바른 마음가짐에 의해 얼마든지 몰아낼 수 있고 극복할 수 있고 전환할 수 있다는 말이다.

불편마저도 되레 즐길 수 있는 것이 올곧은 정신의 힘이다. 비로소 진정한 인간관계에서는 가까울수록 져주고 이익에는 양보하고 공로는 서로에게 미룰 수 있는 여유와 아량의 힘이 생긴다. 결국 인간은 인간관계에 의해서 자가의 인간이 된다. 제대로 된 인간의 진정한 삶은 인간관계에 대한 진리성의 자각으로 비롯되기 때문이다.

여기서 반문한다. "오늘날 인류는 진리를 등진 채 오로지 이익과 편리와 감각적인 즐거움을 향해 이렇게 속수무책으로 마냥 흘러가야만 하는가? 모든 건 시간이나 아니면 누군가가 혜성처럼 나타나 해결해 줄 것인가?".

물론, 답을 찾기 위한 반문이다.

6. 인류의 안심입명安心立命을 찾아서

오늘날 우리 사회는 독일의 사회학자 퇴니스Tonnies의 주장대로 공동사회에서 지나친 이익사회로 급전되고 있다. 인류 공동체가 불성佛性을 등지고 오로지 이익과 편리성만을 지향한다는 뜻으로 그의 말을 해석하고 싶다. 이에 따라 끊임없이 생멸, 부침하는 것이 인간의 만남과 이별이다. 이 만남과 이별은 예측할 수가 없다. 보다 많은 이익과 보다 수월한 편리와 보다 짜릿한 감각을 찾아 방랑자처럼 떠돌아야 하기 때문이다. 인생이 자신의 것이지만 자신마저도 앞길을 모른다. 이것이 자신의 함정이고 현대인의 한계며 인간불안의 주된 원인이다.

——— 원래로 고요하고 밝은데 왜 다시 멈춰 서야 하나

과거에 비해 삶의 질이 매우 향상되었음에도 불구하고 현대인들은 더 깊은 불안에 빠져 헤맨다. 선진국일수록 불안이 깊고 위기감을 더 크게 느낀다. 인간의 욕망을 끝없이 부추기는 생존방식의 한계와 폐단 때문이라는 것을 말했다. 이런 상황에서의 인간관계는 한갓 껍데기를 벗어날 수 없다. 설령, 아무리 멋진 패션을 둘렀다 해도 그건 욕망의 패션일 뿐이고 자기 위안이고 만족일 뿐이다. 마실수록 더 갈증을 느끼는 바닷물 같은 인간의 욕망, 그런 인간 안으로 들어가 보면 불안이 켜켜이 도사리고 있고, 구렁이처럼 똬리를 틀고 있다. 멋진 패션이, 욕구의 충족이 인간을 구제하거나 불안의 해결책이 되지 못한다.

그러나 불안이 서린 거기에 안정을 희구하는 인간진실의 염원이 있고 절규가 있다. 훼손된 지구에 대한 염려와 아픔이 있다. '인성파괴·환경파괴'로 인한 인간과 지구, 둘이 동시에 내뱉는 단말마의 신음이고, 인류의 행복은 오로지 안심입명임을 다시 통각痛覺하게 되는 메세지다.

7. 불교의 역할

이제, 불교가 나서야 한다. 팔을 걷어붙이고 앞장서야 한다. 인간과 우주의 근원적인 진리라고 말하는 불교가 나서서 거듭 방안을 제시하고, 생존방식을 적극 개선해야 한다. 방안과 비전이 없는 사상이나 철학은 일고의 가치도 없다. 따라서 불교는 머뭇거리지 말고 새로운 대안을 내놓아야 한다. 이미 내놓았다면 다시 그것을 챙겨들고 거듭나서야 한다. 불교도들은 대비구세大悲救世의 간절한 신앙으로 인간욕망에 진리의 눈을 달아줘야 한다. 새로운 진로를 열어서 생존방식을 바꿔야 한다. 오늘의 과학기술문명을 잘 활용할 수 있는 참다운 인간정신의 눈을 달고, 보다 진실한 인간관계를 구현하여 인류에게 바른 길, 새 길을 열어 주어야 한다. 무엇보다 뛰어난 구세사상으로서 불교의 면모를 다해야 할 것이다.

지금까지 인간에 대한 역사적인 이해나 해석은 고작 '한계와 가능성'을 동시에 지닌 불합리한 존재라는 것에 머물렀다. 이런 인간이해나 해석에서 속히 벗어나야 한다. 또한 인간관계도 지금까지는 혈연을 기초한 학연·지연 등으로 외연을 확대했다. 거기서 종족이나 사회적·국가적 유연관계有緣關係가 형성됐다. 해서, 지금까지의 인간관계는 다분히 물질적이고, 원시적이고 물리적이다. 본능적인 욕망에 의한 비이성적이고 반진리적이라고도 볼 수 있을 것이다.

이런 기존의 인간이해와 해석에 따른 인간관계를 떠나 새로운 인간이해, 인간관계가 등장해야 한다는 것이다. 그것은 바로 불교진리, '연기·중도'의 가르침이고 그 실천이 될 것이다. '관계와 협력'의 인간존재성 만이 저, 뉴욕의 함성을 멈추게 하는 길이 될 것이다.

8. 진리로 구제한다

그것은 이성적이며, 지성적이고, 감성적이며, 창의적이고, 보편적인 인간성을 앞세운 매우 혁신적인 인간관계, 그 밑바탕엔 오로지 진리가 바탕이 된 인간의 이해와 해석, 그 실현으로서의 인간관계의 모델이 등장해야 한다. 이런 '연기·중도'의 진리적 관계를 불교는 설하고 있고, 그 인간관계를 '도반'이라고 말한다. 붓다께서도 '도반은 도道의 전부'라고 말씀했다. 불교는 이러한 정신을 우리 사회의 공유가치로 아낌없이 그리고 시급히 다시 내놓아야 한다. 거듭 말해 불교적인 인간이해와 해석, 그에 따른 인간관계, 이 양자는 '연기·중도'라는 진리를 바탕으로 하고 있다. 이 것이야말로 그동안 위세를 떨쳤던 혈연이나 지역을 단초로 한 모든 유연 관계를 떠난 새로운 인간관계의 폭넓은 재편성이 될 것이다. 이러한 새로 운 인간관계의 패러다임은 인간의 이성과 지성을 창구로 한 보편적인 불 교진리의 구현이다. 이로써 '도반'은 진리의 실천방법이고 그 구현체로 현재나 미래 인류에게 '관계와 협력'의 본상本相이 될 것이다.

9. 구국구세의 동지

남녀 간에 함부로 사랑한다고 말할 수 없듯이, 단지 행색이 같다고 해 서 쉬이 도반이라고 말할 수 없을 것이다. 도반의 참뜻을 아는 사람들이나 소중하게 여기는 사람들일수록 그렇다. 진리실천의 책임 때문이다. 도반 은 가장 진실한 인간관계, 어떤 이유로도 뗄 수 없는 불가분의 인간관계를 말하기에 책임 또한 거기에 따른다. 따라서 도반은 불법의 구현체고 구국 구세의 동지이며, 보살행의 동맹체다.

이런 불교 본래의 뜻을 넓혀 대사회의 인간구제 결사체結社體로 도반 관계를 형성해 나가야 한다. 불교의 원대한 이상을 구현하는 길이다. 나 아가 사회와 나라, 인류와 지구의 은혜를 갚는 길이며, 안으로는 개인의 성숙을 도모하는 길이다. 그러므로 도반은 한낱 친목이 아니고 취미가 아 니다. 절실한 수행이고 진실한 삶이며, '세계평화·인류행복'의 원대한 이 상인 중생성숙이고 불국토성취이다.

10. 진리의 실현자, 도반이 되자

이제 부부도, 친구도, 형제도 도반이 되자. 영욕榮辱과 훼예毁譽가 둘이 아닌 진정한 인간관계인 도반이 되자. 쓰면 뱉고 달면 삼키는 이익과 감각을 넘어선 참다운 도반이 되자. 위없는[無上] 진리인 무아의 실현자로서 영원한 도반이 되자.

이제부터 도반은 사부대중이 함께 해야 하는 진리적인 삶의 현장이고, 인류구제의 새로운 패러다임인 구세원력체이다. 해서, 도반은 모든 인간관계의 원형이고 혁신의 미래를 위한 사회의 모델이고 세계화의 터전이고 우주의 주인공이다. 도반은 뭇 삶이 스스로를 깨닫는 선방이고, 설법의 거울이고, 법당이고, 염불당이다. 도반은 붓다의 이상을 이루는 사람들이고, '지혜·자비'를 실천하는 이 시대의 의인義人들이다. 아, 도반은 세계평화와 인류행복을 향해 나아가는 꺼지지 않는 등불들, 또 다른 대비구세大悲救世의 무수한 부처들의 행렬인 것이다.(도반 관계를 형성하는 예시.)

예시 : 三 · 七不二道伴會 會則

第1條 道伴의 定義 : 道伴은 佛敎를 崇信奉行하는 信仰人으로서, 佛法修行과 인생의 울타리가 되어 서로 保護하고 서로 引導하는 관계를 말한다. 도반은 인간세상의 美德과 良俗을 존중하는 佛法을 바탕한 사회적인 관계이다. 따라서 도반은 세상의 對인 옳고 그름의 현상을 초월하여, 그 이전이나 그 이후인 본질을 지향하여, 大圓鏡上의 向上一路로 나아간다. 도반은 상호 거울의 역할을 自擔함으로 수행인생의 멘토로 不二之緣의 不二之行인 普賢行願과 常不輕의 尊敬을 현실에서 구현한다.

　　　　　　　　—— 원래로 고요하고 밝은데 왜 다시 멈춰 서야 하나

第2條 目的: 도반은 佛法修行의 진리인생을 원만〔相成〕하고 구현하기 위해 切磋琢磨한다.

第3條 名稱:「三·七不二道伴會」라 한다.(약칭, '三·七會'라 한다. 三은 세 가지를 말하고, 七은 일곱 종류를 뜻하며, 不二는 진리의 人格化를 말한다. 도반의 本來面目이다. 호칭은 상대의 법명, 혹은 성명을 앞에 부쳐 'ㅇㅇ도반님'으로 부른다.)

第4條 綱目: 三寶를 護持한다.

　　　　三藏을 奉戴한다.

　　　　(三空을 徹見한다.)

　　　　三學을 勤修한다.

　　　　三科를 明析한다.

　　　　三慧를 圓滿한다.

　　　　三印을 통찰한다.

　　　　三輪을 空寂한다.(緣起·中道를 了解 한다.)

본 7항을 日常에서 尊崇學行하여 은연중 회원의 신앙과 자질을 높이고 뜻과 행을 같이 하는 덕목으로 수행의 표준을 삼아 인격화한다.

第5條 資格: 위 항에 충실하도록 노력한다. 이 회는 出家와 在家, 男女老少, 어떤 구분도 두지 않고, 오로지 佛性 인격으로 서로를 대한다. 정원 제한 없이 언제나 회원가입이 된다. 入會者는 인간사회의 미덕을 존중하고 갖추며 사회발전에 기여하는 사람으로 悅衆이 회원의 추천을 받아 會合時에 상정하여 보고하면 박수로 입회가 완성된다.(단, 발기인 모집은 대표발기자가 담당한다.)

第6條 德目: 회원〔도반〕은 綱目을 奉持하고, 둘〔是非, 毁譽, 美醜, 善惡 등〕

을 넘고, 둘을 얼싸안는 同一生命으로 對하고 함께 修行한다. 회의 구성원인 도반은 도반의 삶을 받아들여 자신의 삶과 동렬에 둠으로, 도반의 스승은 스승에 준하고, 도반의 도반은 도반에 준하며, 내지 여타의 인간관계도 이에 준한다.(이는 오로지 한 편이 됨을 의미한다. 부모가 자식 편이듯, 부처님이 중생 편이듯, 도반은 철저하게 도반 편이다. 여기의 한 편은 도반과의 관계에서 無我의 실현을 뜻한다. 옳고 그름은 한 편 그 다음에 지이먹은 일이다. 예를 들어 도반의 지인과 舊怨이 있어도, 회원이 되면 즉시 舊怨을 푼다.)

第7條 所任: 會를 이끌어 가는 소임은 奉仕職으로 약간의 임원을 두되, '悅衆'이 필요사무를 관장한다. 임기는 따로 두지 않고 公議를 따른다. 自願에 의하거나 추천으로 선출한다.(미선출시나 궐임시에는 연소자가 봉사하되, 그 기간은 다가오는 회합시까지다.)

第8條 和合: 水月虛襟의 上敬下愛로 서로를 대한다. 회원은 상호평등으로 옳은 일로도 다투어 화합을 깨지 못한다. 각자의 수행과 교양, 수월허금의 안정과 광명의 진실로 인격을 삼고, 다만 출가는 승랍으로 재가는 연륜으로 상경하애의 기준을 삼는다.

第9條 會合: 연 중 2회로 하되, 1회는 국내 불적지 순례, 1회는 국외 불적지 순례를 실시한다.

附 則

본 회칙은 의무가 아닌 自覺이다. 회칙에 명시된 '도반'의 뜻에 동참, 실현하는 것으로 회원의 자격이 부여된다. 회원은 회비를 내지 않는다. 연중 모임에 참석하지 않아도 도반의 뜻을 구현하면 회원의 자격을 유지한다.

지구와 인류와 나
빙하와 빙산을 녹이는 인간탐욕의 불길은 태양의 힘을 넘는다

----

1. 시간

광활한 우주, 무한대로 텅 빈 허공도 나이가 있다. 따라서 그 허공 가운데 건립된 지구를 포함한 삼라만상에도 제각각 나이가 있다. 그 나이는 인간이 하나둘 셈하여 헤아릴 수 있는 그런 나이가 아니다. 말 그대로 천문학적인 숫자의 나이다. 천문학적인 숫자는 큰 덩어리의 윤곽은 말해도 그 하나하나 숫자에는 일일이 생각이 미치지 못한다. 다만 원리를 터득하여 총합을 얻는다. 그렇다고 해도 추정수치이지, 세밀한 확인수치는 아니다. 그래서 '약約'이라는 말을 숫자 앞에 붙이곤 한다. 하지만 실제와 상당히 근접해 있다. 원리를 발견하여 대입시킨 결과치기 때문이다. 그래서 위성으로 우주탐사가 가능한 것이다. 이 사실 하나만 봐도 대입의 정확도를 짐작할 수 있을 것이다. 그러나 여기서 말하고자 함은 우주허공을 포함한 삼라만상 모든 건 제 나이를 가지고 있고, 지구의 나이는 약 46억 년이라는 점이다.

2. 공존

이런 우리의 지구 위에 영장류가 등장한 것은 약 6500만 년 전이고, 두 발로 똑바로 서서 걷는 현명한 인간이라는 뜻의 호모사피엔스가 발붙여 살기 시작한 건 약 40만 년 전이다. 인간 100년을 일생으로 보면 40만 년이라는 건 대단한 숫자이지만 지구적이거나 우주적인 나이로 보면 너무나 미미하기 그지없는 찰나의 시간에 불과하다.

그때 이래 인간은 지구를 근거하여 살기 시작했고 차츰 발전해왔다. 인간도 처음에는 여러 생명체들과 뒤섞여 살았다. 공존이라고 말해도 좋을 것이다. 물론 죽이고 죽는 일을 당했겠지만 피차에 생사의 관계를 공평하게 두고 하는 말이다. 그렇지만 점점 시간이 지날수록 인간이 유리해졌고 끝까지 종을 지키며 살아남을 수 있게 되었다. 인간은 손발을 쓰며 머리를 이용했기 때문이다.

그러나 아이러니하게도 그 손발과 머리 때문에 만물과의 공존은 어려워졌고, 시간이 더 지나면서는 인간끼리의 공존도 어려워졌다. 손발과 머리를 이용한 힘[지배력]이 공존이라는 가치 위에 군림하기 시작한 것이다.

3. 군림

여기서 인간의 머리를 지혜라고 말하길 아낀다. 지혜라는 말을 좀 더 다른 차원에서 쓰고 싶어서다. 인간은 지구에 등장한 후 군림하기 위해서 뭉쳤고, 군림하기 위해 힘을 집중해서 살았다. 먼 훗날의 이야기긴 하지만 그로 말미암아 국가까지 등장한 것이다. 인류는 그간의 역사 속에서 군림을 가지고 서로 뺏고 빼앗기는 각축을 벌였다. 결국 이기적거인 탐욕이 군림의 동력이 되었던 것이다. 바야흐로 군림의 수단과 방법이 비약적으로 발전해 갔다. 군림은 근본적으로 약육강식이 토대고, 지금도 마찬가지다. 표면적으로는 달라졌지만 실지로는 달라진 게 없다. 어떤 형태의 힘이든지 힘 가진 자가 영향력을 가지고 군림한다는 사실에서다.

지구상의 다른 생명체들과 공존을 깨고, 인간끼리의 공존도 깨고, 그 위에 군림하려는 인간의 저의는 보다 지배적이고 풍요롭게 먹고살기 위함이다. 즉 보다 풍요를 누리며 먹고사는 이기적인 생존이 군림을 불러왔던 것이다. 인간은 군림을 유지하기 위해서 손과 머리를 이용한다. 이는 먹이에 대한 끝없는 탐욕과 집착, 더 직접적으로 말하면 생존에 대한 두려움과 불안을 벗어나기 위한 안타까운 몸부림이다.

4. 무아의 삶, 지구

인간은 그랬다 해도 지구는 지금껏 우주의 일원으로 이웃 천체들과 긴밀한 영향을 주고받으며 자기의 자리를 지키며 공존해 오고 있다. 항상 주변환경과 화합하고 적응하는 무아의 삶으로 존재해 오고 있다. 지금껏 무아의 삶을 살고 있는 지구는 아마 그 수명이 다할 때까지 그렇게 갈 것이다. 그러나 인간이 살 수 있을 때까지 지구는 헤아릴 수 없는 노고를 묵묵히 감내해 왔다. 그 모든 걸 한마디로 자연적이라고 말할 수 있다. 여기까지는 인간의 의지〔탐욕〕가 개입하지 않는 상태를 말한다. 그래서 지구는 오랜 세월동안 유유자적했다. 겁과 같은 엄청난 시간 속에서 자체 내의 생성소멸을 반복하면서 유유하고 담담하게 지내왔던 것이다. 이런 무아달관의 모습이 지구의 본성인데 인간에 의해 그 본성의 겉모습이 차츰 변해가고 있다. 그러나 지구라는 천체는 인간 욕망의 의지와 무관하게 자신의 진실인 법성法性에 따라서 새로운 안정을 찾아가고 있다.

이런 지구 자기안정화의 과정에서 인간은 그동안 자신들이 저지른 업보를 현재 받아가고 있는 것 같다. 인간도 과로를 하면 몸이 스스로 알아서 몸살을 앓는다. 물론 몸살은 몸이 살기 위한 자기 수단이다. 덩치만 더 클 뿐이지 지구도 그런 인간과 똑같다고 한다. 지구가 저 살기 위해서 몸살을 할 거란다. '인간·지구', 공히 살아있는 생명체이기 때문이다.

문제는 덩치 큰 지구가 제 살기 위해서 자신의 몸을 부르르 떨고 요동을 치면 그 안의 모든 생명체들은 생과 사를 가르는 절체절명의 순간이 될 것이라는 사실이다. 이 사실을 과학차들은 예고한다.

5. 자연질서의 교란

최근에 방송이나 신문에서 지구상의 빙하와 빙산이 심각한 속도로 빠르게 녹아내린다고 일제히 보도하고 있다. 이대로 가다간 어떤 결과를 맞이할지 모른다고 비관적인 전망을 내놓기까지 한다. 바로 지구의 몸살을 염려하는 것이다. 그걸 듣는 순간, 인간은 불안을 느낀다. 그러나 그것도 잠시, 듣는 그 순간뿐이다. 눈앞의 인간 현실이 그 생각에 머물도록 가만히 두지 않아서다. 연속으로 소용돌이치는 현실의 각박한 생존, 거기에 따르는 위기의식이 인간을 불안으로 몰고 가기 때문이다.

오늘날 현대인은 뭔가 하지 않으면 안 되고 남보다 월등하지 않으면 존재감을 가질 수조차 없다. 이런 상황에서는 인간 누구나 불안으로 인해 생각과 말과 행동을 멈추지 못하고 잠시도 쉬지 못한다. 어쩌면 변화무쌍한 현대문명은 인간 불안을 벗어나기 위한 몸부림의 산물인지 모르겠다.

앞서 가지 않으면 뒤떨어진다는 강박관념에 사로잡혀 있는 현대인. 곧 개인이든 집단이든 군림하지 않으면 살아남지 못한다는 위기의식이 인간불안의 근원에 잠재하고 있다. 이 밖에도 인간을 불안으로 몰아넣는 요소는 많다. 그렇지만 여기선 지구이야기로 한정하겠다.

6. 문명의 발달과 인간의 탐욕

결국 인간은 군림으로 인해 차츰 더 큰 탐욕을 가지게 되었고, 그것이 멈추거나 사라지기는커녕 계속 커 가기에 시간이 지날수록, 소위 문명이 발달할수록 인간탐욕의 속도는 더욱 눈부시다. 심지어 바른 정신을 가지고 모범이 되고 계도자가 되어야 할 종교마저 군림의 탐욕에서 자유롭지 못하다. 정신적으로 희망이 없어 보인다.

바야흐로 이제 그 인간의 탐욕의 불길이 빙하와 빙산의 얼음덩어리를 녹이고 있는 것이다. 자연의 힘인 햇빛으로 얼음대륙이 녹아내리는 것이 아니다. 지구, 70억 인간탐욕을 연료로 타오르는 불길은 저 어마어마한 태양보다 더 센 열화의 힘을 가지고 있나보다. 그 무서운 힘으로 자연의 질서인 지구의 면모를 무너뜨려 가고 있다.

인간탐욕의 거대한 불길이 지구 표면의 얼음대륙을 녹아내리게 만들고 있지만 그건 또 약과다. 인간은 지구가 가지고 있는 온갖 것을 자원이라 이름하고는 그걸 파낸다. 한 가지도 남기지 않고 저자거리의 매점매석하는 싹쓸이와도 같다. 예외가 없다. 이제 육지에 있는 지하자원을 다 파내어 쓰고는 바다 밑에까지 들어가서 파낸다. 가공스러울 정도다. 지구입장에서 보면 완전히 빈 껍질만 덩그러니 남고 쓰레기만 안고 있는 신세가 되었다. 지구는 본의 아니게 인간이 쓰고 버린 쓰레기만 잔뜩 안고 있을 뿐 아니라 제몸은 만신창이가 되어 가고 있다. 이제 지구는 아름다운 꽃동산이 아니고 악취 풍기는 쓰레기 동산이며, 건강한 몸이 아니고 병든 몸이 됐다. 심각한 자연의 파괴이고 질서의 교란이고 위배다.

결국 인간이 이 지구 위에 고맙게 살면서도 은혜를 모르고 지구를 완전히 끝장내듯이 망가뜨리고 있고, 어쩌면 그 끝을 향해 지금도 속도를 더하는 페달을 밟아가고 있다. 인간 스스로 문명체라고 자신을 규정하고, 그 문명의 발달이라는 이름 아래서 벌어지는 일이다.

천문학자에게 질문했다.

"이제 이 지구가 망가지면 인간은 어느 별로 가서 살아야 할까요?"

"인간은 이 지구별에서 끝나야 합니다. 또 어느 별에 가서 그 별마저 망가뜨리려고요?"

서운하지만 이 말이 맞을지 모르겠다. 이 비참한 일은 지구의 엄청난 나이에 비해 불과 인간이 과학기술문명을 이루어내기 시작한 약 몇 백년이라는 너무나 짧은 시간 내에 이루어진 결과이고, 지구는 눈 깜짝할 그

　　　　　——　원래로 고요하고 밝은데 왜 다시 멈춰 서야 하나

사이에 횡액을 당한 것이나 마찬가지다. 지구상에 인간등장이 축복이 아닌 재앙을 일으키고 있는 셈이다.

7. 인간의 재앙, 우주질서의 회복

그렇지만 거대한 우주자연은 질서의 이법理法인 불법佛法에 따라서 인간이 파괴한 자신의 질서를 무위적으로 되돌려 돌아가고 있다. 연기적 이법에 따라서 인간이 감지하지 못하는 사이에 자연은 스스로 평형상태로 돌아가고 있는 것이다. 그건 바로 지구생존의 무위적 회복 과정이고 우주적인 무위無爲의 이법에 순응이다.

그러나 인간의 입장에서는 자연의 재앙이라고 말할 것이다. 다분히 인간위주의 사고다. 그동안 자신들이 저지른 일은 생각지 않고서…. 인간의 탐욕이 자연 질서를 훼손하고 파괴했는데도 말이다. 그 과보로 인간은 결국 생존위기의 문턱에 서 있다.

바로 오늘의 나이고 우리들이다. 이걸 스스로 감지하고 있는 우리 인류는 앞으로 과연 어떻게 살아가야 할까?

8. 인간의 지혜는 안정에서 나온다

그렇다. 우리가 그동안 저지른 일을 먼저 인정하자. 특히 산업혁명을 도화선으로 전 인류가 탐욕의 불길을 거세게 불러일으켰으니, 이제 늦었지만 사실대로 인정할 건 인정하자. 인간 자신의 과오를 인정하면 안정을 찾고, 안정에서 다시 불안을 떨쳐버릴 용기가 나오고 활기가 솟을 것이다. 결코, 들뜸이 활기가 되거나 용기가 되어서는 안 된다. 탐욕의 불길 속에서 용기를 가져봤자가 아니겠는가? 열화의 불길로 밖에는.

인간의 정신이 안정되지 못하고 분주하면 지혜나 창의와는 거리가 멀어진다. 인간의 만덕은 안정에서 나온다는 사실을 스스로에게서 보고 인정하자. 그러므로 안정은 개인적인 것이 아니라 전 인류의 것이어야 한다. 결국 인류는 안정에서 지혜를 얻고 바름을 얻어야 할 것이기에 말이다.

지혜는 바름이고 바름은 모든 것에 통한다. 바름에 의해서만 바른 힘도 얻고 바른 길도 찾고 바른 행복이나 평화도 얻는다. 오로지 바름만이 인간을 구제할 수 있다. 비록 체념이 주는 안정이라 하드라도, 바름은 그걸 구실로 삼지 않는다.

9. 본성대로 살자

불안을 떨쳐버리고 안정을 되찾는 일이 최우선이다. 이제부터라도 인간은 만물 위에 군림하고 지배하려는 생각을 내려놓고 공존의 생명체가 가져야 하는 평등사상으로 돌아가는 일이다. 즉 인간이 지닌 이법의 본성으로 돌아가야 한다. 본성은 공존의 관계(緣起)와 협력(中道)의 평화다. 그걸 얼른 되찾는 일이 목전의 과제가 되어야 한다. 물론 안정에서다. 그러나 안정은 닦아서 얻는 것이 아니다. 이해하고 받아들여서 얻게 되는 본래적인 것이다. 따라서 언하에 행동이 나온다. 이미 자신이 가지고 있다는 거다. 다만 그걸 모르거나 외면하고 살아왔을 뿐이다.

안정적인 삶은 거창한 것이 아니다. 어쩌면 일상의 매우 사소한 일들이다. 설령, 자본주의 시장경제 원리를 거부하더라도, 한 장의 휴지를 반으로 나눠 쓰고, 구두쇠 영감처럼 음식을 남기지 않고, 일없는 한가한 사람처럼 사람을 만나 지극히 차분한 마음으로 대화하고, 음식의 성질을 음미하며 밥을 천천히 먹는다. 어느 때나 마음을 안정시켜 허둥대지 않는 삶으로, 나아가 매사에 '관계와 협력'의 마음을 갖고 살면 된다. 그리고 아무리 사소한 사물일지라도 그 속뜻을 살펴보아 함부로 대하지 않고……, 말하자면 본성적인 삶이다.

이제껏 살아온 것과는 거꾸로 사는 것, 안정된 삶을 말하고, 절약과 보시로 사는 걸 말한다.

그러나 이런 삶은 지구를 구하는 것과는 별개다. 돌아보면 우리 인류는 산업혁명을 팡파르로 대량생산 대량소비를 본격 시작했다. 이제는 생산이나 소비가 주춤하면 국가가 나서서 그걸 부추기고 조장한다. 심지어 국가에서 돈을 나눠 주며 소비를 권장해야 하는 경제구조가 되었다. 자각자의 안정된 삶은 분명 국가의 이런 입장과는 판이하게 다르다.

10. 되찾은 인간의 도리

이런 안정된 삶의 인간양심과 지구의 위기와는 무슨 관계가 있을까? 아무런 관계가 없다. 지구는 무자각의 법성을 지닌 생명체로서 언제나 무의지로 법성을 드러내는 방향으로 법칙에 의해 진화하고 있다. 인간 또한 스스로의 삶으로 지구가 벌이는 본성 회귀의 진화의 상태에 어떤 영향도 끼치려 하지 않는다. 그래서는 안 된다고 보기 때문이다.

왜냐하면 그동안 인간행위에 대한 중대한 결과는 어떤 형태로든 나타날 수밖에 없고 거의 피할 수 없을지도 모른다. 또 70억 지구의 인간이 일시에 다 나서도 이미 때를 놓친 일은 불가능할지도 모른다. 그게 지구의 힘이고 거대하고 광대무변한 자연의 인과법칙이다.

인간의 오만에 찬 군림은 우주의 법칙을 위배하는 한갓 탐욕의 불길에 지나지 않았다. 비록 문명의 비약적인 발달이니 인류행복이니 해도 말 그대로 불장난, 말장난에 불과한 것이다. 그러므로 그건 그거대로 둬야 한다. 운명을 받아들여야 한다. 아니, 원인에 의한 결과를 받아들여야 하는 자연과학적인 인과응보의 수용이다. 다만, 인간자신들 내면의 불길이라도 끌 수 있었으면 좋겠다.

이제, 인간 내면의 불길을 끄는 것으로 인간으로서 도리를 다해야 할 것이다. 그건 인간 본성의 도리에 따르는 것이다. 결코 인간을 위해서가 아니고, 더욱이나 지구나 자연을 위해서도 아니다. 그저 도리대로 양심대로 사는 것뿐이고, 그 길밖에는 없다고 믿어서다. 그게 일상이며 주어진 본분이고, 인간에게 남은 지구에 대한 유일한 감사이다.

지구에게 미안한 마음이고 참회다. 나아가 비록 소소한 일상의 삶일지라도 지구에 대한 겸손함이, 위없는 진리라고 믿기 때문이고, '지혜·자비'의 삶이라고 믿어서다. 인간은 여기서 다시 삶의 길을 찾아 나서야 할 것이다. 바로 지혜이고 생존이며 새로운 활로가 될 것이다. 군림의 과학기술문명이 아닌 공존의 과학기술문명이 될 것이다.

제3장

광덕스님

원력수생願力受生

광덕스님께서는 원력으로 환생하셨다. 나의 기도감응으로 살펴보면 한국 나이로 여섯 살이 되었다(2012).

스님께서는 생전의 불법원력이 있었다. 불광불사의 미진을 아쉬워했고, 다시 보리도를 원만하겠다는 수행의 뜻이 깊었다. 그 모든 일에 서원을 세웠기에 스님은 환생했다. 수미산 가슴에서 올린 나의 환생기도에 감응하신 대로 몸을 나투셨다. 그러하기에 다시 나투신 그 몸을 모시게 될 것이라는 믿음을 나는 가지고 있다.

환생 다짐
다시 만날 그날을 기다립니다

스님께서는 입적 당일1999.2.27, 떨어져 살고 있던 나에게 당신의 길 떠날 소식을 이심전심으로 전했다. 끝내 모습을 보이지 않자 두 줄기 긴 눈물만 유촉으로 남기고 먼 길을 떠나셨다. 나는 스님께서 마지막에 보이신 두 줄기 눈물의 유촉을 알고 있기에 그동안 다시 만날 스님을 기다리며 살아왔다.

스님은 말년에 거의 누워서 지냈다. 누워 있는 것조차 힘들거나 육신이 고통스러울 때는 더 큰 힘을 내어서 "난 다시 와서 불광불사를 지을 거야!"라고 다짐을 두곤 했다. 당시 주변의 권속들은 누구나 들은 말이고 곁에 있던 소임자들은 더 자주 듣던 말이기도 하다.

생전의 스님께서는 꼭 하고 싶은 일이 있었다. 불광의 전법불사를 당신의 처음 계획대로 짓는 일이다. 그런데 건강이 따라주지 않았고, 그래서 거의 평생을 안타까운 심정을 지니고 살았다. 마음 깊은 곳에 아쉬움을 지니고 살던 스님의 간절한 모습이 지금도 눈에 훤하다.

그때 곁에서 환생에 대한 다짐을 들을 때는 스님의 심정이러니 하고 짐작하고 지나쳤다. 그러나 막상 스님께서 입적하고 나자 다른 말씀은 하나도 떠오르지 않고 오로지 그 말씀만 귓전에 맴돌았다. '그렇지, 스님께서 분명히 오신다고 다짐 두셨으니 기왕 오실 일이라면 하루라도 빨리 오시도록 환생기도를 올리러 떠나자'라는 생각이 문득 일었다.

곧바로 행동에 옮겼다. 1999년 6월 6일 안성 도피안사에서 스님 입적 100일 추모재 때 『광덕스님시봉일기1』을 상재하고, 나는 보따리를 챙겼다. 티베트에 있는 수미산으로 불리는 카일라스로 스님의 속환사바 재명대사速還娑婆再明大事의 환생기도를 가기 위해서였다.

환생기도여행은 한 달여의 기간. 교통사정이 불편했던 곳이라 길에서 많은 시간을 보냈다. 무엇보다 경험 없고 준비마저 소홀했던 초행길이어서 온갖 어려움을 겪으며 겨우겨우 수미산에 이르렀다. 난 정말 이를 악물고 한 발짝 한 발짝 발걸음을 옮겨가면서 환생기도를 했고, 마침내 스님의 인도와 수미산의 자비로 기도의 감응感應을 전해 받고 무사히 돌아올 수 있었다. 그때 내가 받은 1차 감응은 스님 환생에 대한 굳건한 믿음이었다. 그로부터 만 10년 만에 시봉일기 11권을 완간했고, 그 기간 동안 두 차례 더 환생기도를 다녀왔다.(1999년 7월. 처음 내가 올렸던 광덕스님 환생기도 이후로 수미산길이 열려 그 다음해부터 한국불자들의 수미산 순례가 본격 시작되기도 했다.)

나의 광덕스님 환생 마지막 기도는 지난 2005년 7월이었다. 말하자면 스님의 속환사바를 거듭 재촉하기 위한 발걸음이었다. 그때 나는 수미산 가슴께까지 엉금엉금 올라가 그곳에 모셔져 있는 부처님 앞에 무릎을 꿇고 기도했다. 까닭을 알 수 없는 눈물이 폭포수처럼 쏟아졌다. 가슴에 쌓이고 간직된 수많은 사연이 말과 눈물로 함께 다 쏟아져 나왔다. 꽉 막혔던 가슴이 시원하게 열리는 감동과 환희에 온 몸을 떨며 '수미산 부처님'을 붙들고 통성기도를 올렸다. 모든 서러움이 녹아내리고, 한없는 그리움이 녹아내리고, 숱한 고뇌가 다 녹아내린 내 생명의 청정과 신성을 온 몸으로 느끼는 순간이었고 다시 회복하는 순간이었다.

수미산 순례를 처음 떠나는 날부터 나의 환생기도는 시작되었기에 그 기도에 대한 응답인 스님의 감응으로 그동안 가슴에 막혔던 것이 뻥— 뚫렸던 것이다. 나는 엉엉 소리쳐 울면서도 스스로 장부의 비장한 눈물이라는 것을 믿어 애써 감추지 않았다.

아, 스님께서는 당신의 원력에 의해 이제 환생하셨다. 그때 나의 기도로 살펴보면 이제 한국 나이로 여섯 살이 되었다(2012). 수미산 가슴에서 나의 환생기도에 감응하셨듯이 분명 다시 나투신 그 모습을 모시게 될 것이라는 믿음으로 나는 오늘도 두 손 모아 그날을 기다리며 산다.

스님께서 입적(1999년 양력 2월 27일, 음력 1월 12일)하신 지도 10년이 훌쩍 넘었다. 해마다 불광사에서는 음력으로, 이곳 도피안사에서는 양력으로 기일을 지낸다. 스님께서 이곳 청량도솔산에 절을 짓도록 허락하고 거액을 냈으며 절이름도 직접 지었다. 이어 이곳에 만 3년 동안 주석하셨기에 그 은혜에 대한 보답으로나 뜻으로나 반야바라밀다결사 법주의 상주도량으로 자리매김 하기 위해 도피안사에 개산조開山祖로 모셨다.

아, 스님의 환생……. 스님의 기일을 잊지 않고 지내는 일도 상좌의 도리지만 사실 얼마나 스님의 본뜻을 잊지 않고 실현하며 사느냐가 더 중요하다는 것을 때마다 통감痛感한다. 그러나 아쉬움이 크다.

스님으로 말미암아 나는 윤회전생을 믿게 되었다. 그 전에는 환생이나 윤회가 불교의 기본적인 신앙임에도 현재처럼 굳건한 믿음을 가지지 못했다. 선지식들이 윤회를 그렇게 강조하고 윤회를 믿지 않으면 불자佛子가 아니라고 나무랐어도 요지부동으로 그저 그러려니 할 정도였다. 그랬기에 스님께서 기회 닿을 때마다 환생을 그토록 다짐 두셨어도 사실 나는 깊이 받아들이지 못했던 것이다.

만약 그 사실을 스님 생전에 조금이라도 깊이 받아들이고 알았다면 좀 더 자세하게 환생에 대한 스님의 뜻을 여쭈었을 것이다. 어디로 태어나실 것이며, 언제쯤 다시 오실 것인지, 또는 어떻게 알아볼 수 있거나 찾을지를 세세하게 묻고 들어서, 거기에 따르는 준비를 했을 것이다.

이제, 돌아보면 아쉬움이 많다. 모두 내가 어리석고 부족하고 믿음이 제대로 갖춰지지 않았기 때문이다. 그러나 늦게라도 이렇게 윤회를 믿고 환생을 알게 된 것은 전적으로 스승이신 스님의 자비하신 은혜 덕분이다. 불자의 한 사람으로서 윤회전생을 확신하는 것에 대해 여간 다행스럽지

광덕스님

가 않아 자부심을 갖게 된다.

지난 2008년 11월, 꼬박 10년에 걸친 시봉일기 작업을 마친 뒤 나는 깊은 의문에 빠졌다. 스님 생전에도 더러 느끼긴 했지만 시봉일기 작업을 하면서 더 뼈저리게 느낀 점은 스님의 인격, 그 고아한 인품이었다. 도대체 스님이라는 한 인물의 그 대단한 인격형성이 어디서 비롯되었을까, 그 단초가 어디일까를 깊이 생각해보고 궁구했었다.

작업을 끝낸 나는 여유를 가지고 스님의 삶을 역추적으로 거슬러 올라가며 면밀히 찾아봤다. 그 처음 꼭지점에 스님의 어머니가 자리하고 있었다. 김씨 동랑金東娘이다. 난 스님과 어머니의 관계를 더 자세하게 알려고 여기저기 수소문하여 생존해 있던 손위의 사촌누이를 고양시 일산으로 찾아가 만났다. 비로소 나의 모든 의문은 풀렸다. 아니, 또 하나의 숙제를 해 마쳤다. 어머니와의 인연, 그 깊은 교류를 통해서 스님의 인격이 형성되었다는 사실을 세세히 알게 되었던 것이다.

그 순간 스님께서 환생하면 다시 그 어머니를 찾아서 의지할 것이라는 생각이 전광석화처럼 일었다. 도저히 두 분의 인연이 지난 한 생의 인연으로만 끝날 것 같지가 않았고, 삼생의 인연으로 한없이 이어질 것만 같은 예감이 들었다. 어느 곳, 어느 때에 태어나더라도 서로의 생을 돕고 보살행을 함께 받들어 보리도를 닦아나갈 것이라는 느낌이 들었던 것이다.

두 가지 요소

애시당초 스님 상像을 따로 말하는 것은 부질없는 일이 될지 모르겠다. 스님들은 태생적으로 누구나 부처님을 닮아가야 하는 지향점이 있어서이다. 출가자라면 모두 부처님을 닮아 자비로워야 하고, 모두 부처님 가르침을 실현하는 사상가가 되어야 한다. 결코 이론만 앞세우는 불교철학자에 머물러서는 안 된다. 그러나 만물에도 속성이 있듯이 부처님을 닮아가야 하는 스님들에게도 특장特長은 있기 마련이다.

그러므로 스님의 유형을 한 번 생각해 보는 것도 오늘이나 미래의 출가자 자신들의 앞길을 정하는데 참고나 도움이 될 것이다. 또 이에 대한 설명의 편의상, 스님들 개개인의 특장을 크게 두 가지 유형으로 나눠 스님 상을 한 번 생각해 보고자 한다.

광덕스님

즉, 자비로운 이타적인 유형과 엄격한 사상적인 유형이다. 이를 좀 더 구체적으로 말해 보면 보살승菩薩僧과 구도승求道僧이라고나 할까.

먼저 보살승은 가르침에 매우 신앙적이며 적극적인 실천가이다. 또한 만물이 지닌 뜻을 알기에 그 하나하나를 소중하게 대하고 매사에 가르침을 우선시 한다. 어느 하나라도 소홀함이 없어서 설령 무생물일지라도 차별을 두지 않을 정도다. 대자대비의 현발現發이라고나 할까, 매사에 정성이고 지극하다. 종문宗門의 종사宗師가 될 것이다.

구도승은 자신이 선택한 지고의 가르침이라고 해도 때로는 의문을 가지며 저항하거나 도전하여 그 의문을 해결할 때까지는 타협이 없다. 구도승은 그런 날선 대립과 도전 속에서 차츰 해결점을 찾아가거나 문제를 풀어낸다. 어쩌면 이는 누구나 거치는 오도悟道의 한 과정을 말하는지도 모르겠다. 숱한 갈등을 극복한 연후에 자신의 자리를 찾고 체화체득體化體得한 자신의 신념에 의하여 마침내 사상가의 새 길로 들어선다. 물론 자신이 사상가로 자처하거나 내세우는 것은 아니다. 대개 역사적으로 결사나 새로운 길을 걷거나 당시의 상황에 대해 개혁을 외친 스님들이 이 범주에 들 것이다. 대개 이런 사상가들에게는 먼지 하나도 용납하지 않는 엄격함이 있다. 여기서 개혁이라는 말은 시대적인 새로운 제도나 문물을 받아들이는 것이 아니다. 불교의 개혁은 항상 부처님 당시로 돌아가는 원칙의 수호를 말한다. 새로운 문풍門風을 일으킨 조사祖師가 여기에 해당될 것이다.

이런 두 가지 스님상의 유형에 대해서 가까운 실제 인물을 찾아본다면 아마도 동산스님과 제자인 성철스님이 대표적이지 않을까 한다. 물론 구분 짓는 자체가 모순이 있고 한계가 있지만 특장을 들어 말해 본다면 그렇다는 것이다. 그렇다고 전인격적으로 단정하는 것은 아니다.

그런 전제하에 보살승 격인 동산스님은 공동체의 모든 일에 솔선수범하고 매우 헌신적이다. 어느 것 하나 허투루 지나치는 것이 없고 소홀히 대하는 것이 없었다. 새벽예불을 해도 부엌에 있는 조왕단부터 대웅전까지 빠짐이 없다. 매일 그렇게 했고 평생을 그렇게 했으며 입적 당일 아침까지 그렇게 하고 살았다. 매사에 불같은 신심과 바다 같은 자비가 넘친다.

이에 비해 구도승 격인 제자 성철스님은 좀 다르다. 사뭇 역동적이다. 교단 내에 비불교적인 요소를 제거하려고 초지일관 노력한다. 칠성단이나 산신각, 조왕이나 용왕 같은 시간과 지역에 따라 부차적으로 형성된 신앙요소들을 없애려고 과감하게 행동했다.

시간과 장소에 따라 부처님 사상에 슬며시 달라붙어 있는 비불교적인 것들을 털어내려 했던 것이다. 따라서 사뭇 추상같이 엄격하다. 자신에게나 대중에게 공히 엄격하게 사상을 지키고 그 사상을 실천한다. 티끌하나 감히 범접하지 못할 정도다. 그런 입장을 평생 바꾸지 않았다.

동산스님이 1954년부터 주도한 '정화불사'를 복고적인 불교성佛敎性을 되찾는 청정성 회복운동으로 보기도 한다. 스승이 벌인 운동에 참여하지 않은 성철스님은 그런 복고적이고 물리력을 앞세운 일에는 조금도 동의하지 않았다. 자신의 사상과 달랐던 것이다. 그러므로 자신의 스승과 절친한 외우인 청담스님이 그 운동을 이끌어가고 있었는데도 끝내 불참했다. 불참했다기보다는 물리력으로 할 수 없는 내면의 정화운동을 혼자서 하고 있었다고 봐야 할 것이다. 사상가담다고 할 것이다.

이 두 특장이 만난 지점이 장소가 아닌 인물로, 광덕스님이다. 광덕스님은 개인적으로는 동산스님의 상좌이며 성철스님의 사제이기도 하다. 이런 문중의 입장 때문이 아니라 심성적으로나 행태적으로 대별되는 두 가지 요소를 다 포용하고 있다. 이는 의도적이거나 의지적인 일이 아니고 광덕스님의 천성에 가까운 일이다. 따라서 겉으로 드러난 일이라기보다 내면에 갖춰진 흉회胸懷의 일이다. 그것은 광덕스님의 성향이 매우 보살적이면서도 동시에 사상적이어서 현실에서는 안정감과 역동성을 동시에 가지고 있다. 말하자면 한국불교의 전통적인 분위기를 가지고 있으면서도 새로운 불교를 지향해 갔다는 뜻이다. 부처님 본래의 뜻을 시대적인 상황에서 끊임없이 묻고 찾았다는 말이다. 온화하면서 개혁적으로—.

이런 광덕스님은 자비의 보살승적인 면모가 두드러졌는가 하면 사상의 구도승적인 면이 특출했다. 광덕스님이 한창 왕성하게 지도하던 불광 초기의 모습을 보면 그렇다. 광덕스님은 불교의 전통을 잇는 일에 있어서는 옛 전거를 일일이 찾았고 임의로 뜯어 고치거나 바꾸지 않았다. 결코 근본을 여의지 않는 가운데서 다만 시대에 알맞게 호흡을 가다듬거나 겉옷만 살짝 갈아입었을 뿐이다. 그 대표적인 점이 불교의식에 관한 점이라고 할 것이다. 또한 불광을 한국불교의 새 물줄기로 자임하여 혁신적인 불교신앙운동을 펼쳐나간 것을 보면 사상가적인 특질이 사뭇 넘치기도 했다. 오늘의 한국불교, 그 미래를 향해 선두에서 눈 위에 처음 발자욱을 찍듯이 걸어갔던 것이다.

광덕스님과 책

불광佛光의 모태는 '책'이다

1.

사상을 학습하고 전파하는 가장 중요한 도구는 책이다. 유사 이래로 지금껏 그래왔다. 섬뜩하지만 군인이 전장에 나가며 휴대하는 무기와도 같다. 사상에서 도구인 책이 없으면 학습이나 전파는 불가능할 것이다. 불교사상도 마찬가지다.

따라서 일찍이 불교의 전법자傳法者나 구법자求法者들은 모두 책인 3 장三藏 : 經·律·論을 가지고 동토東土로 왔고, 책을 구하러 서천西天으로 갔다. 그들이 오고 간 길을 오늘날 답사해 살펴보면 그들은 진리가 담긴 책을 위해 목숨을 걸었다. 또한 그들이 목적지에 도착하여 가장 먼저 시작한 일은 '가져온 책'을 자기들의 언어로 역출譯出하는 작업이었다.

개인이든 거대한 문명이든 새로운 만남은 충돌과 변화를 동반한다. 언어와 언어의 만남은 사상과 사상의 만남을 말한다. 따라서 변화는 새로운 언어의 만남을 통해서 자신을 가꾸고, 새로 태어나고, 적절하게 조절하고, 방어태세를 갖추기도 한다. 결국 인간정신의 향상으로 이어진다. 언어는 곧 정신이기에, 정신은 새로운 만남을 통해 호령하고 타협하고 적응하며 마침내 새로운 정신으로 향상해 간다. 그러므로 크고 작은 정신의 만남은 개인이나 문명의 운명을 좌우하는 획기적인 사건이다. 새로운 지평이 열리기에 말이다.

인도불교의 동점東漸은 거대한 문명의 충돌을 야기했다. 두 기차가 서로 마주보고 빠르게 달려와서 부딪치는 것과 같고, 우주의 별들이 허공중에서 충돌하여 전혀 새로운 별들로 태어나는 것과도 같은 일이었다.

오랫동안 형성되어온 인도문명과 중국문명이 불교라는 매개를 통해 서로 만남으로써 거대한 빅뱅을 일으켰던 것이다. 제3의 정신이 탄생하는 계기가 되었다. 이 두 문명은 정신의 결정체이며, 새로운 영역인 불교를 통해 서로 만남으로 인해, 비범한 융합을 이뤄냈다. 마치 황량한 사막의 땅에 풍부한 양의 물을 댄 것과 같았다. 새로운 생명이 약동했던 것이다. 그것은 이미 인도의 것도 아니고 중국의 것도 아닌 말하자면 전 인류의 것이 되었고, 인류의 공유가치로 자리매김 되었다.

그 한가운데에 언어가 있고 언어의 보고寶庫인 책이 있었다. 책은 문명의 전파수단으로서 새로운 정신을 열어보임으로 문명발전의 토대로 적극 활용되었다. 이는 '인더스·황하' 문명의 일뿐만이 아니라, 여타의 문명이나 개인 간에 있어서도 같은 일이다. 인류가 형성해 온 각기 다른 삶의 문화, 곳곳마다 다른 자연환경에 순응해 가는 나름의 지혜, 그 전승과 발전의 한가운데 책이 있었고, 책으로 말미암아 문화는 끝없이 질적인 성장을 이루었고 마침내 오늘날 과학기술 문명시대를 열었던 것이다.

불교 역시 마찬가지다. 말과 글을 적극 이용하여 가르침을 입체적이고 총체적으로 담은 대장경만 봐도 불교에서 책을 얼마만큼 중요시했나를 알 수 있는 일이다. 이처럼 불교사상의 학습과 전파에 책이 없었다면 아마 오늘날의 불교도 없었거나 많이 달라졌을 것이다.

후대에 책을 소홀히 여기는 풍조가 다소 있는 것 같아도 실지로는 그렇지 않았다. 주지하다시피 선불교에서 책을 가까이 하지 말라고 경계했던 것은 초심 선자禪子들이 득력할 때까지로 못 박고 있다. 즉 공부에 진전이 있을 때까지, 참선공부에만 전심전력을 기울이라고 했던 것이지 책을 아예 버리라고 요구한 것은 아니다. 선사禪師들이 간행한 수많은 어록들이 이 사실을 잘 말해주고 있어서다.

불교는 어느 시대, 어느 곳에서나 책의 기능과 효용가치의 중요성에 대해 충분히 인식하고 적극 활용했다. 그로 인한 주목적의 달성은 말할 필요도 없고 부수적인 인쇄술의 발달이나 서체의 개발 등 인류정신문화사에 막대한 영향을 끼쳤다. 국가적 규모인 대장경뿐 아니라 각 절마다 경판을 두고 필요할 때마다 책을 간행했으니 이른바 법보시法布施이며, 책 불사佛事다. 요즘의 방식으로 보면 각 절마다 출판사를 운영하고 있었던 셈이다.

2.

광덕스님은 유년시절부터 호기심이 많았고 책을 좋아했다. 내가 찾고 조사한 여러 증언을 종합해 보면 단연 그 점이 두드러진다. 결론적으로 말해 스님은 타고났다고 할 만큼 책에 대한 깊은 이해와 소중함을 평생 간직하고 살았다. 다시 말하면 스님의 한평생 가장 절친한 도반은 책일 것이다. 시종 책에 대한 진지한 자세와 중요성을 잃지 않았고, 심지어 우리나라 각 절마다 도서관 설치를 간절히 바라기도 했다.

이 같은 스님의 책사랑은 어릴 때 어머니로부터 형성되었다고 보아진다. 어머니는 늘 책을 손에서 놓지 않고 살아왔다고 한다. 그런 어머니의 모습을 통해 자연스럽게 훈습되고 형성되었을 것이다. 그 후 스님의 청소년시절 불같은 독서열을 달래주었던 당시의 지식인이자 도서수장가였던 사촌 매형 최진영의 영향도 한 몫 했을 것으로 본다.

스님은 성장하면서 폭넓은 독서를 통해 자연스레 학문의 영역을 넓혀 갔다. 스님은 자신이 추구했던 분야를 거의 독학으로 이루어 갔는데 그 방법이 독서였다. 따라서 독서의 범위는 점점 넓고 깊어졌고 정치精緻해져 갔다. 한 번 빠져 든 독서삼매의 정진은 불철주야로 계속되었다. 소년시절, 서울 남산아래 한국은행 자리에 있던 당시 국립도서관에서 거의 살다시피 했다. 문학·철학·역사를 비롯한 인문학과 사회과학의 경제·법률·사회·행정 등에 이르기까지 독서를 통해 호한한 학문세계를 마음껏 유영했던 것이다. 스님의 정신세계는 책을 통해 스스로 질문하고 답을 찾으며 추구하고 형성해 갔다.

젊은 시절 스님은 시인이 되고 싶을 정도로 문학적인 성향도 강했다.

이 또한 독서의 영향인 것 같다. 청년시절의 스님을 철학적으로 사로잡은 책은 칸트를 비롯한 서양의 실존주의 철학자들의 저서였다. 니체의 저술도 즐겨 읽었다. 그의 대표작인 『짜라투스트라는 이렇게 말했다』는 스님이 젊은 시절 이상을 키웠던 책이고, 평생 곁에 두었던 애독의 장서였다. 그토록 독서에 열중할 수 있었던 또 하나의 이유는 스님의 이타심과 애국심이었다. 스님의 타고난 천성과 유년시절의 어머니와 청소년시절에 만난 당대의 석학들, 나라가 처한 상황 등이 책을 사랑한 직접적인 영향이 되었을 것으로 본다.

3.

불가에 귀의해서는 사회에서의 폭넓은 독서가 바탕이 되어 영원한 진리를 추구하는 새로운 출가수행자의 면모를 형성한다. 이는 그때까지 내려온 출가수행자들과는 사뭇 다른 면모였다. 출가 전까지의 독서를 통한 인간과 세계에 대한 궁극적인 문제의식의 제기, 그 답으로서 반야부 불교, 특히 역대의 선어록과 동산선사東山禪師의 선사상禪思想과 소천선사韶天禪師의 활공사상活功思想과의 만남이다. 이 계합이 스님의 일생을 좌우하고 출가인생이 갖게 되는 삶의 사상적인 지평을 열었으며, 한국불교의 축복인 새 물줄기를 자임하기에 이른다.

말하자면 스님의 불교적인 '인생관·세계관'이 형성되었고, 이는 한국불교의 새 물줄기 선언에 결정적 계기가 되었다고 보아진다. 사회에서는 그토록 추구했던 영원한 진리에 대한 답은 얻을 수 없었다. 스님은 자신이 제기한 궁극적 의문을 세속에서는 해결할 수 없었는데, 절에 와서 아니 불교를 만나서, 좀 더 정확하게 말하면 동산선사와 소천선사, 반야부 경전과 선어록을 만나고서야 해결의 길, 그 출로를 봤던 것이다. 이는 스님 스스로 고백했다.

어쩌면 세속에서 갖게 된 독서의 습관과 책에 대한 사랑은 스님을 절로 인도하기 위한 보이지 않은 뜻, 숙세에 세운 자신의 서원이었을지도 모르겠다. 아무튼 스님이 유년시절부터 청소년기에 이르기까지 독서를 통한 여러 사상의 이해가 없었다면 불교를 매우 다르게 인식했을 수도 있고 '불광식 불교'는 나타나지 않을 수도 있었다고 본다. 스님은 일생을 통해 자신의 불교공부에 대한 체험과 인류에게 불교가 기여할 역할과 책임을 '출판'을 통해 정리하고 확립해 나갔다. 그리고 도구로 썼다.

스님은 자신의 불교적인 삶의 출발을 소천선사의 불교사회과학적인 방법론에서 시작했고, 동산선사가 제시한 선불교의 몸소 체험을 바탕으로 했다. 스님은 선불교의 가르침과 체험을 자신의 입각처인 신앙생활로 확립하여 일생을 거기에서 벗어나지 않았다. 명실공히 불세출의 대선사大禪師다. 따라서 스님에게 선불교의 조사어록은 또 다른 반야부 경전이었다. 조사어록에 대해서 특별한 이해와 관점과 역해를 가지고 있었던 점이 이를 잘 말해준다. 뜻을 같이하는 도반들과 〈현대선학연구회〉를 결성하여 『벽암록』 등 선가의 중요 어록에 현토懸吐를 시작했고, 모임을 열어 공부를 지어갔으며, 이런 결과물을 〈대한불교역경원〉에서 간행했다. 〈동국역경원〉이 등장하기 전에 역경불사를 이미 서원했고 실천했던 것이다. 이런 입장에서 대장경 반야부와 선어록이 스님의 신앙적인 전거典據, 소의경전이 된 것이라고 본다.

4.

이처럼 불광의 시작은 책이다. 아마 월간『불광』간행이 없었다면 불광법회도 등장하지 않았을 것으로 나는 보고 있다. 스님은 일생을 통해 내외전을 비롯해 많은 책을 두루 읽었고 또한 많은 저술을 남겼다.

스님이 말년까지 항상 손에서 놓지 않았던 경은 대장경 반야부의 경전군經典群이었다. 한국불교의 소의경전인『금강경』만이 아니라 스님이 확립한 불교신앙운동을 주창한 새불교운동을 반야에서 근거했기 때문이리라. '반야바라밀다결사' 운동이다.

스님의 장년·중년시절 촌각을 아끼면서 종단불사를 받드는 사이사이에서도 새로운 책을 만나게 되면 그 당시 범어사와 해인사를 오가며 거주했던 홍교스님과 연락하여 책을 돌려가며 읽고, 토론을 통해 이해를 같이하기도 했다. 그리고 잠시의 틈만 나면 서울 종로 인근의 서점에 가서 새로운 책을 살피고 구했다.

스님은 책의 중요성을 일찍부터 알고 있었기에 책을 통한 문서포교를 자담하여 스스로 앞장섰다. 스님 자신의 공부에 대한 스승역할의 문답, 점검과 택미擇米는 경전이었고 조사어록인 책이었다. 요즘처럼 상업출판이 주가 아니라 새로운 불교운동의 전개, 그 방법으로 문서포교를 펼쳐 나갔던 것이다.

혹자는 그런 스님을 '지성인 스님', '스님 지성인', '사상가 스님', '스님 사상가'라고 불렀는지도 모른다. 사실은 진불자眞佛子인데ㅡ.

『선종무문관禪宗無門關』에 대하여

1

이 『선종무문관』은 교정자인 필자가 지인知人:이철교의 귀띔으로 처음 찾아내어 선사先師: 金河堂光德大禪師 생전 초판인쇄 때에 발생한 여러 곳의 오탈誤脫을 바로 잡았다. 무려 6개월 이상의 시간이 걸렸다. 『선종무문관』의 여러 전적을 두루 참고하여 일일이 수정하고 보완한 까다롭고 난해한 작업이었다.

필자는 이 교정작업을 하면서 내 나름의 원칙을 세웠다. 하루에 1칙一則, 그 이상의 진도를 나가지 않는 것으로 했다. 행여나 얼른 하고 싶은 조급한 마음으로 속도를 내다가 소홀한 구석이 생길까 염려가 되어서였다. 무엇보다 선사의 글에 대한 내 자신의 마음가짐을 엄중히 단속하고 경계하고자 했다. 그렇게 하여 본문만 한 번 살피는데 50일 이상이 걸렸고, 한 번으로 미진하여 같은 방법으로 두 번을 살폈기 때문이다. 그리고 나머지 기간에는 다시 문장과 문맥을 확인하고 주를 점검했다. 또 그 책[수록된 全集] 앞뒤에 나눠져 있는 관계된 자료를 모두 찾아 넣으면서 그것도 면밀하게 수정해서 실었다. 사실 교정자가 꼼꼼하게 살피지 않았으면 그 책 앞뒤에 붙어있는 자료를 못 본채 지나갔을 수도 있다. 전집에서는 별개로 취급하여 앞뒤로 나눠 놓았었기 때문이다. 편집상의 어떤 입장이 있었는지 본문과 따로 떨어져 있었다. 그런 중에서도 이미 역사적으로 밝혀진 내용을 잘못 인용한 것도 있어서 그것도 다시 확인검토를 거쳤다. 이런 일들로 꼬박 6개월이 좀 넘게 걸렸다.

처음 전집을 발간할 그 당시만 해도 활판인쇄로 책을 냈던 때라 지금보다 공정기간과 절차가 복잡했다. 까닭에 으레 발생하는 오탈은 다반사였다. 점차 판을 거듭해 가면서 완성본을 냈던 것이 그때의 출판관행이었고, 따라서 선사께서 역주하신 이『선종무문관』도 그런저런 사정과 이해로 보면 될 것이다. 그리고 교정작업을 해 나가면서 찬찬히 살펴보니 어떠한 연고인지 선사께서 책으로 인쇄하기 직전 최종 확인교정을 하지 않은 채 책이 간행된 느낌이 들었다. 선사께서 이 책 출간 전에 이미 출간하신 다른 책들, 즉『법보단경』이나『선관책진』등은 선사의 손길이 많이 닿았던 것에 비해 다소 의아한 느낌이 들 정도였다. 아마 선사 자신의 손과 의도를 떠난 당시에 유행했던 전집물이었던 것이 그 이유였지 않았나 생각해 보게 된다.

광덕스님

2

이 책을 처음 찾아서 살펴봤을 때 그런 점들이 먼저 눈에 보였고, 나아가 도저히 그것을 그대로 낼 수가 없었다. 해서 비록 교정자인 필자의 능력이 부족하지만 새로 교정을 처음부터 대조해 보기로 했다. 부족한 점은 노력과 정성으로 대신하려고 작심하고 작업에 착수했다.

우선적으로 전집에는 들어있지 않는 한문漢文 원문을 『대정신수대장경』에서 찾아 넣었다. 그 다음으로 여러 책을 펴 놓고 일일이 손으로 짚어가며 역주를 대조하여 확인하면서 오탈을 바로 잡아 나갔다. 인쇄상의 잘못을 모두 찾아 수정하여 선사의 원 뜻을 드러내고자 진력盡力했다.

특히 한문, 원문을 넣었던 것은 원문이 실리고 역譯이 있어야 글의 뜻이 더욱 명료하게 살아나기 때문이다. 학인들이나 독자들이 바로 원문과 역을 대조해 읽으며 이해할 수 있도록 도움을 주기 위해서였다. 이 점이 전집에 없는 한문을 교정자의 임의적인 판단으로 넣었던 이유다. 물론 이런 일련의 교정작업을 하면서도 교정자는 스승의 안목에 관계되는 일을 한다는 사명감과 책임감 때문에 매우 조심하여 주의를 기울였다.

3

그동안 필자가 해온 시봉일기 시리즈의 간행작업은 바로 선사의 뜻과 이룬 일을 기록으로 보존하고자 하였음에 이 글도 당연히 그 시리즈에 실었다. 앞에서 말한 것처럼 싣기에 앞서 전집 원본과 다른 여러 역본을 펼쳐 놓고 일일이 대조를 하였고, 나아가 시대에 맞는 어법을 찾아 고쳤다. 그 한 가지 예를 들면 '중'이라는 말은 '출가수행자'로 바꾸어 썼다. '중'은

근세 조선시대 억불훼불의 망발이 낳은 비속어이기 때문이다. 그러나 스승께서 책을 역주譯註 할 때에는 이런 말을 겸양지사謙讓之辭로, 또는 언어 습관으로 출가자 자신들이 그대로 사용했던 때다. 그 말의 원 뜻이 잘못되었다는 인식을 미처 갖지 못할 때였던 것이다.

그러나 지금은 그런 때가 아니다. 억불훼불의 때도 아니고, 혼란의 시기도 아니며, 인지미달의 시기도 아니다. 나아가 출가자 스스로 '스님'이라고 자칭하는가 하면, 출가자가 책을 출간시에는 자신의 이름 뒤에 스스로 'ㅇㅇ스님'이라는 호칭을 버젓이 내세운다. 그런가 하면 각 언론사에 불교의 출가수행자들을 '스님'으로 불러달라고 또는 불러야 한다고 공문을 보내기도 한다. 불교의 '출가수행자'를 지칭하는 뜻을 '스님'이라는 말이 담고 있다는 것이다.

따라서 교정자는 선사께서도 당시의 관행대로 '중'이라고 표현한 것을 지금 시대의 추세인 '스님'으로 쓰지 않고, '출가수행자' 또는 '수행자'라고 바꾸어 썼다. 원래 '스님'이라는 말은 자신의 스승을 일컫는 '스승님'이라는 존칭의 뜻이 들어있고, 또 어감상의 느낌도 존칭으로 다가와서다.

다만 여기서는 질문을 하는 학인의 스승 역할을 하는 선지식善知識들에게 본래 스승의 뜻으로 '스님'이라는 표현을 쓰기로 했다. 물론 교정자의 생각과 판단으로 내린 결정이다.

또한 그때 전집을 낸 출판사의 소재지를 두루 찾아봤다. 출판권에 대한 이해와 양해를 얻기 위해서였는데 찾을 수가 없었다. 출판협회 사무실을 방문하여 찾아봤어도 나타나지 않았다. 아마도 그 출판사가 폐업을 하지 않았나 생각하였고, 또한 원고 자체도 이미 많은 세월이 흘렀기 때문에 출판권의 소재도 소멸되었을 것이라고 보아 찾는 일을 그만 두었다. 또 한 가지 이유는 설령 원고를 그 당시 출판업자가 매절했다 해도 저작자의 전집을 낼 때나 사후 자료집을 낼 때는 출판권의 소재와 관계없이 양해되는 일이기 때문이었다.

4.

이 글을 찾아낸 일과 교정작업이 교정자인 나의 일이 되기에 앞서서 오로지 선사의 바른 선사상禪思想을 드러내야 불광운동이 온전해지는 중대한 뜻이 들어 있다. 또한 선에 대한 바른 이해를 후세에 전해야 하는 선전적禪典籍으로서 역할과 책임을 져야 하고, 또 선학先學·先師으로서 후학後學들에게 감당해야 할 안목전달의 의무가 있는 역사적인 입장의 자료이기 때문에 '시봉일기'에 넣기로 했던 것이고, 각별하게 주의를 기울였고 조심했던 것이다.

당시 선사께서 이 글을 탈고하여 출판사에 넘길 때 선사 곁에는 현 불광회주佛光會主인 상좌 지홍스님이 있었고, 그가 원고료를 받으러 선사의 심부름을 갔었기에 이 원고가 있다는 사실은 알고 있었던 것 같다. 그렇지만 어디에 들어 있는지 무엇에 포함되어 있는지는 모르고 있었다고 했다. 책 출간 뒤 본인이 불광사 회주실에서 교정자에게 그렇게 말했다. 그 당시 별 생각 없이 단순하게 심부름만 했던 지홍스님으로는 워낙 많은 세월이 흘러서 어느 출판사인지 기억하지 못했고, 그 출판사가 지금까지 남아 있는지도 전혀 모르고 있었던 것이다. 다만 그런 기억만 선사의 전집간행 담당실무자에게 말하면서 한 번 찾아보라고 했다고 한다.

어쩌면 실무자로서는 회주의 그 말이 모래밭에서 바늘 찾기였을지 모른다. 실무자도 끝내 찾지 못하고 있다가 내 책(시봉일기: 완간. 2008년 11월 16일)에 들어 있는 원고를 보고서야 그 소재지를 알게 되었다고 했다. 실무자에 따르면 그때서야 부랴부랴 동국대학교 도서관에 가서 전집원본을 빌려 서둘러 입력했다고 했다. 『시봉일기』를 완간하던 그 당시에는 불광에서 벌이고 있던 선사의 저술편찬 작업인 『광덕스님 전집』 일이 거의 마무리 단계에 이르렀을 때였다. 그러므로 막바지에서 자료를 급히 끼워 넣느라고 서둘렀을 것이다.

나는 시봉일기 봉헌법회를 맞이하여 사전에 그 실무자에게 내 책 한 질을 보냈다. 그에게 보낸 것은 그가 완간기념 봉헌법회에 즈음하여 축하 공양금을 보내온 고마움에 대한 답례였다. 사실 나는 시봉일기 자료집을 불광의 실무자들이 보면 필요한 부문에 대해 의논해 올 것으로 생각하여 내심 기다리고 있었다. 그랬다면 몇 가지 사항에 대해서만 말하고 선사의 전집에 고스란히 내가 작업한 내용을 넘겨주어 싣게 했을 것이다. 그것이 당연한 도리이기 때문이다. 그렇지만 내 예상은 빗나가고 말았다.

설령, 한 스승 아래의 상좌라도 스승에 대해 서로 알고 있는 부문과 간직하고 있는 것은 다르다. 충분히 다를 수 있다고 보고, 또한 달라야 한다고 믿는다. 어쩌면 다를수록 더 좋기에 크게 달라야 하리라. 풍부함 때문이다. 풍부한 그것을 인정하고 존중해서 거기서 추리고 선별하여 일을 지어나가면 그 일은 사뭇 뛰어날 것이다.

앞에서도 말했지만 승가의 화합은 법을 위한 것이고, 수행을 위한 것이며, 풍부한 것을 살려내는 데 필요한 일이지 적당히 나눠 가지기 위한 이해타산의 타협을 위한 화합은 아니다.

그러나 이 일을 계기로 무상도無上道를 닦는 출가인, 특히 나를 포함한 선사의 상좌들은 법에 대한 존엄성과 불광의 드높은 자부심, 선사의 위상과 인간의 양심을 되찾는 계기로 삼았으면 좋겠다. 전화위복시킬 수 있는 일도 지혜니까 말이다.

한 구절 읽고 쉬고, 한 행이 지난 뒤 고개 숙이다

『광덕스님시봉일기』 본책 11권 완간에 부쳐

광덕스님의 시봉일기를 11권의 책으로 완간한 것은 뜻을 세운 지, 만 10여 년의 일이다. 그 시간 동안 여러 일들이 끝도 없이 이어졌다. 그럼에도 불구하고 내가 이 일을 할 수 있었고, 무사히 끝낼 수 있던 것은 부처님의 인도와 가호가 있었기 때문이다. 만약 내가 불광사에 그대로 머물러 있었다면 다른 일은 했을지라도 이 일은 하기 어려웠을 것이다. 부처님께서 나에게 오직 이 일을 맡기려고 그동안 여러 가지 자비방편을 베푸시고 지혜로 인도해 주셨다고 생각한다.

생각할수록 만 10년 세월 동안, 아니 그 이전부터 이 일을 위해 온갖 방편으로 나를 인도해 주시고 가호해 주신 내 삶의 결정자인 내 안의 부처님께 너무나 감사하다. 감사하지 않을 수 없는 절실하고 지극한 대자대비이시다. 내 충성의 꼭지점이다.

이제 나도 나이가 들었나 보다. 조금씩 사물이 보이고 사람이 보이기 시작한다. 내 자신도 조금씩 보인다. 굳이 따로 생각을 지어먹거나 결심을 짓지 않아도 내가 나를 우두커니 바라보고 서 있을 때가 많다. 누가 손가락질하기 전에 나의 흉허물이 내 가슴에서 새록새록 느껴진다. 그럴 때마다 난 옷매무새를 매만진다. 만약 상대가 있는 흉허물이나 결례라면 우선 사과부터 한다. 그런 다음에 웃고 머리를 돌린다.

마음이 가볍다. 부끄러운 생각은 어느새 자취를 감추고 마음이 고요한 물처럼 밝은 달처럼 편하다. 이렇게 홀가분한 일을 그동안 왜 못하고 살았던가 하는 반성과 자책이 인다. 마치 고집을 보물이나 되는 것처럼 움켜쥐고 켜켜이 쌓아놓고 힘들게 살았다. 이제 보니 그것이 내 삶 가운데 도사리고 있는 잘 포장된 탐진치 삼독이었다.

마음에 거리낌이 없으니 '해야 할 일'과 '하지 말아야 할 일'이 더욱 분명해진다. 미처 판단이 잡히지 않을 때는 뭔가 어색하여 저절로 망설이게 된다. 이처럼 거리낌이나 망설임이 나의 언행을 붙들거나 가로막을 때는 조용히 다시 나를 살펴본다. 내 자신의 언행에 대해 더 생각해 보기 위해 판단이나 결정은 잠시 뒤로 미룬다. 자신 없는 일, 명쾌하지 않은 일은 주저하게 되거나 망설여져서 끝내 하지 않게 된다. 곁에서 보기에는 우유부단하거나 미적거리는 것처럼 보이지만 분명한 건 나도 잘 알 수 없는 자동

브레이크 장치가 내 안에 그렇게 만들어져 가고 있다는 사실이다.

그리고 마음에 거리낌이 없으니 무슨 일이나 누구에게나 태도가 분명해지고 인생을 바르게 살아야 한다는 기백과 용기가 은근히 솟아난다. 새로운 자신감인 내가 나를 이끈다. 이런 마음자리에 도달하게 된 것 역시 세월이 준 나이의 힘, 또 스승께서 특별히 나에게만 주신 시봉일기 임무수행에 대한 선물이라는 생각이 다시금 새록새록 든다.

그러나 마음 한 구석에는 또 다른 욕망이 도사리고 있다. 욕망의 존재를 느낄수록 왠지 쉽게 사라질 것 같지 않다. 육체의 나이는 들었어도 욕망은 나이가 들지 않음을 새삼 느끼고 깨닫는다. 잠시라도 경계심을 늦추지 않고 정신을 바짝 차려 몸과 마음을 더욱 세밀하게 살펴봐야 할 것 같다. 어쩌면 죽는 그 순간까지 말이다. 조금만 틈이 있으면 어느새 욕망이 솟아올라 살그머니 고개를 내밀고 밖을 내다보고 있다가, 내가 잠깐 방심하는 사이 순식간에 뛰쳐나와 수작을 부린다. 욕망, 제 놈의 뜻대로 될 성싶으면 안하무인 경거망동으로 마구 날뛰려 한다.

아차, 정신 차려 내가 나를 바라보면 아찔하고 무섭다.

요즘에 느끼는 욕망은 몸은 늙어도 마음은 변함없는 이성異性에 대한 호기심, 젊음에 대한 선망, 물질〔茶 등〕에 대한 소유욕 등이다. 그러나 어찌 이성이나 젊음과 물질에 대한 욕망뿐이겠는가. 온갖 것에 대한 욕망이 내 안에 뱀처럼 똬리를 틀고 있는데─. 다만 모를 뿐이다.

그것들이 호시탐탐 기회만 엿보고 있다. 잠시도 한 눈 팔아서는 안 되는 까닭이다. 자칫 방심하면 나이 들어가면서 나잇값도 못하는 추태를 부리게 된다. 그래도 내가 나를 감시할 수 있는 눈이 조금 열렸으니까 참으로 천행이다. 스님의 가호이시고 부처님 은혜이시다.

아, 분명 내가 나이가 들긴 들었나 보다. 비로소 고전이 눈에 들어온다. 재미있는 책들보다 마음을 파고드는 성철聖哲들의 언행言行이 담긴 책들이 좋다. 한구절 읽고 쉬고 한 행行이 지난 뒤 고개를 숙인다. 인생은 이렇게 나이를 따라 무게를 더해 가는 것인가? 아니 나이가 인생의 무게와 깊이란 말인가? 그렇게 되도록 노력해야 할 것이다.

이제 되레 나이 드는 것을 자랑으로 여기고 기쁨으로 삼고 싶다. 흰 머리를 감추지 않고 얼굴의 주름을 훈장처럼 당당히 달고 다닐 것이다. 나이가 든다는 사실은 육체의 노화老化가 아닌 정신이 점점 깊어진다는 뜻[深化]임을 알았기 때문이다. 나이의 가장 큰 힘은 뭐니뭐니해도 내 자신의 부족을 아는 것이다.

내가 살아온 나의 인생을 다 기울여서 나를 바라보기에 나를 안다. 이처럼 나이 듦은 밖이 아닌 안을 들여다보게 하는 힘이 있다. 젊어서는 밖으로 치달리기만 하던 것이 어느새 안으로 들어와 집안살림을 챙기고 있다. 바람난 사람이 제 정신을 차리고 마침내 집으로 돌아온 것처럼.

이제 나는 좀처럼 남의 흉을 보지 않고, 세상을 향해 욕도 하지 않고, 인생 앞에 좌절하지도 않는다. 너그러워지고 이해심이 깊어져 마치 성인이 된 듯한 착각마저 가끔 들곤한다. 이런 내가 때로는 대견하고 기특하고 흐뭇하다. 나이 듦에 대해 조금도 부끄러워하지 않고 한결 당당하고 싶어진다.

저 유명한 벽암록碧巖錄에는 '봄날의 온갖 꽃, 누구를 위해 피는가〔百花春至爲誰開〕'라고 했다. 이 고전을 화두처럼 떠올려 음미할 때는 홀로 유유히 미소한다. 동쪽 울타리에 핀 국화꽃을 꺾어들고 유연히 남산을 바라보는 심정 못지 않다는 호승심마저 인다. 이는 세상을 넓고 깊게 보아서인가? 아니다. 늦게나마 조금 철이 들어서이다. 오로지 나이 덕분으로, 세상의 은혜 덕분으로……

이제야 간신히 밥값을 조금이나마 할 수 있을 것 같다. 전적으로 고인古人과 고전古典, 삼라만상 우주만유의 연기자비緣起慈悲에 의해서 말이다.

필자가 벗하는 고전 몇 구절을 노트에서 소개해 본다. 출전은 빠뜨렸다. 고전이 아닌 나의 심전心典으로 혼자 읽으려고 적었기에.

1. 은사隱士의 맑은 흥취는 유유자적함에 있다. 그러므로 차는 권하지 않는 것으로 기쁨을 삼으며, 바둑은 다투지 않는 것으로 이김을 삼으며, 피리는 구멍이 없는 것으로 적합함을 삼으며, 거문고는 줄이 없는 것으로 높음을 삼으며, 모임은 기약이 없는 것으로 진솔함을 삼으며, 손님은 마중이나 배웅하지 않는 것으로 평탄을 삼으니, 일단 번잡한 형식의 자취에 이끌리면 문득 티끌세상의 고해에 떨어지리라.

2. 높은 곳에 오르면 사람의 마음이 넓어지고, 흐르는 물을 보고 있으면 사람의 뜻이 유장해지고, 눈이나 비가 오는 밤에 책을 읽으면 사람의 정신이 맑아지고, 언덕에 올라 휘파람을 불면 사람의 흥이 높아진다.

　 광덕스님

3. 늙어서 나는 병은 모두 젊었을 때 초래한 것이며, 쇠퇴한 뒤의 재앙은 모두 번성할 때 지은 것이니 그러므로 지혜로운 이는 가득 차 있을 때 더욱 조심한다.

4. 복福은 일 적은 것보다 더 큰 복이 없고, 재앙은 번잡한 마음보다 더 큰 재앙이 없나니, 오직 일에 시달린 사람만이 바야흐로 일 적음의 복됨을 알 것이요, 마음이 평화로운 사람만이 비로소 번잡한 마음이 재앙임을 알 것이다.

금강산 일만이천봉의 점입가경을 누가 마다하고 중도에 멈추리오.

5. 총명하기 어렵고 멍청한 척 하기는 더욱 어려우며 총명했다가 멍청하기는 더욱 더 어렵다. 그래서 큰 지혜는 어리석은 것과 같고 큰 솜씨는 졸렬한 것과 같다.

아아, 젊을 때부터 이랬으면 오죽이나 좋았을까? 가히, 만시지탄!

6. 모든 것이 돌고 도는 세상살이에서 제 혼자 돌지 않는 사실은, '손해를 보는 것이 복福이다'라는 명언을 모르는 것과도 같다. 손해 봄을 두려워 말라. 진 빚을 갚는 일이고 타의에 의한 강제적인 억울한 것이지만 분명 선善이다. 바야흐로 묵은 빚이 없어지고 복이 생기면 오로지 맑은 하늘아래 펼쳐진 가을 벌판, 이제 두 팔 벌리고 마음껏 활짝 살자꾸나. 호쾌하지 않으랴!

동양의 사고방식을 현대의 과학기술문명에 접목시켜야 인류의 살 길이 다시 열리리라.

7. 깨달음이 없는 젊음을 무엇에 쓰랴. 교만한 젊음보다 겸손한 늙음이 더 좋지 않는가. 아니, 더욱 향기롭지 않은가. 아, 젊을 때는 반드시 노인의 슬하에서 살아야 하리. 작은 것을 참으면 큰 것을 얻으리니. 대가족으로 엉겨서 여럿이지만 하나로 살아야 하리라. 조금 귀찮은 게 싫은가? 어두운 앞 길 보다 낫지 않을까? 함부로 날뛰는 방종은 위험하지 않은가?

이렇게 살다보면 '나이 들어서는 벗을 따로 구하지 않는다. 눈을 뜨면 만물이 벗이요, 귀를 기울이면 모두 오랜 친구, 막역한 이들인데……'
내가 시봉일기를 끝내고 가볍고 홍겨운 내심에서 은 감회를 몇 자 적어 봤다.

2008년 10월 27일 새벽 2시
청량도솔산 묘향대에서

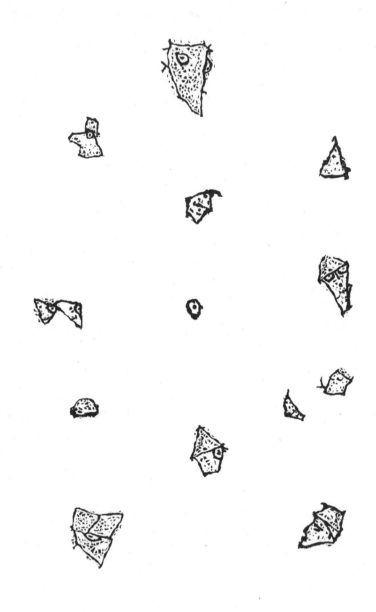

제4장

나의 삶

풀어야 할 화두들이 모인 내 인생

　나의 삶 자체가 화두話頭다. 순간순간 맞이하는 새로운 삶 속에서 그때 그때 일어나는 일들 모두 나의 절실한 화두다. 어느 한 가지라도 소홀히 할 수 없는 것들이어서다. 수많은 화두들이 모인 내 인생, 그걸 모은 나의 삶은 하나의 큰 화두임을 알았다. 이 커다란 화두, 잠시도 내려놓거나 떼어 놓을 수 없는 밀착된 이 화두를 들고 인생길을 나아간다. 화두와 씨름을 하며 살아간다. 난 이름 그대로 명실공히 선사禪師다. 내 삶은 끝없이 펼쳐지는 화두를 전심전력을 기울여 풀어가는 수행이기에 말이다. 불교신앙으로……. 불자는 모두 선사다. 삶은 선수행이다.

　다음 두 가지로 나를 보는 거울로 삼고 싶다.

나의 삶

1. 도 깨달은 뒤, 나중에 은혜를 갚는다는 생각을 짓지 말자. 한 가지 핑계를 대면 열 가지 핑계가 따른다. 양껏 배우고 난 뒤 은혜를 갚겠다고 말해서도 안 되리라. 실지로는 부처님 말씀 짧은 한구절도 감당하지 못하는 주제에 말이다. 이 어찌 부끄럽지 않은가! 이에 뭘 더 깨달아야 하고 뭘 더 얻고 더 배워야만 하는가?

부처님의 한 마디 짧은 말씀에도 원만행과 삼매와 지혜[三學]가 구족하시다. 부처님 말씀 한구절이 우리가 닦아야 할 삼학이고 도달해야 할 깨달음의 경지, 삶의 묘방편인 지혜이다. 저, 까마득한 무량겁 전부터 아득한 미래세까지 본래 원만구족이다.

2. 특히 출가자인 내가 번연히 세 끼 밥 먹으면서 세상의 은혜를 자꾸만 미루거나 저버리면 안 된다. 무엇보다 악도에 떨어질까 스스로 염려해서다. 오로지 부처님 가르침의 짧은 한구절이라도 잘 듣고 잘 생각하고 깊이 살펴 행하면[三慧] 따로 구하지 않아도 원만이다. 짧은 한구절에 계와 선정과 지혜[三學]가 잘 갖춰져 구족하시다. 오로지 각성으로 통관洞觀하자.

참된 보살승은 공성空性을 체관로현體觀露現하는 깊은 신앙으로 '법의 증거자가 되고 보살행의 중심'이 되어야 한다고 스승으로부터 배웠다. 이는 나뿐 아니라, 불자라면 특히 출가자라면 '지혜와 자비'를 끊임없이 개발해 자신의 몸에 가득 채워야 함을 말하고 있다.

본능本能과 본성本性

　본능은 생명의 원초적인 자기욕구를 의미하고, 본성은 생명의 근원적인 자기질서[관계와 협력]를 의미한다. 이 두 가지의 공통점은 움직임[作用]이다. 그러나 본능의 움직임은 가시적이고 본성의 움직임은 가시적인 것을 넘어서 은밀하다. 여기서 가시적이라는 말은 인간의 인식주체가 대상을 만나 변화, 작용하는 것을 단순 감지하는 것을 뜻한다. 은밀하다는 건 체용불이體用不二의 '관계와 협력'인 현묘한 작용, 묘용妙用을 말한다.

　본능에 대해 그 범위가 넓겠지만 우선 움직임이 적극적인 동물의 세계를 통해서 본다. 그리고 설명의 편의상 암컷과 수컷으로 나눠 살펴본다. 동물의 가장 큰 본능은 먹이와 번식이다. 사람의 본능에는 보다 안락한 생존의 바탕인 재욕財欲과 유전자 계승의 색욕과 명예를 앞세운 권력욕

등이 따른다.

사람의 이런 본능의 1차 특징은 매우 감각적이다. 깊은 정신작용이 아닌 원초적인 작동이다. 행동을 하기 전에 어떤 사유과정을 거치는 것이 아니라, 곧바로 행동이 튀어나온다. 이런 원초의 감각적인 행동은 인간정신이 갖는 심층적이 아닌 표피적이고, 원만하지 않고 치우쳐 자기중심적이다. 육체지향적이라는 말이다. 여기엔 '관계와 협력'의 인간 존재에 대한 사유과정이 거의 없다. 감각에 기인하기 때문이다.

반대로 본성은 '관계와 협력'을 바탕으로 하는 인간 존재는은 사유를 통한 이성적인 터전에서만 가능한 일이다. 동물이 아닌 사람은 모든 관계 속에서 평화가 있어야 한다. 의당, 사회의 구성원은 자유와 평화로 살아가야 하기에 서로 간의 표현에도 금도가 있어야 하고, 감각을 넘어선 절제된 내적인 품위를 가져야 한다. 본성의 아름다움이다.

정신을 가다듬어야 한다. 철학과 규칙이 필요하다. 가정에서나 사회에서나 확립해야 할 철학이 있어야 하고, 서로 간에 지켜야 할 규칙이 있어야 한다. 보다 세련된 품위와 체통은 진정한 평화와 자유를 확립하기 위해서다. 물론 혼자 사는 세상이 아니기 때문이고, 본성이 그러해서다.

그러자면 감각에 휘둘리지 않는 분명한 자기정신이 필요하다. 가슴에서 우러나는 규칙과 철학이 절실하다. 이는 자각으로 드러나야 하고, 가정에서부터 사회 구석구석까지 통하는 것이어야 함은 말할여지가 없는 일. 또한 그건 인간 자신의 본성을 배우고 이해하고 자각하여 현실 속에서 실천해 가는 것이어야 한다.

언급했듯이 본성은 자기질서이고 이 자기질서는 안심입명安心立命으로 정말 편한 것이다. 편한 마음이 되어야 인생을 제대로 살 수가 있다. 진정으로 자신이 편하기 위해서는 남에게 받는 것보다 베푸는 것이 훨씬 낫다. 내지 남의 것을 빼앗거나 훔쳐서는 편한 것과는 영영 거리가 멀게 된다. 되레, 절제가 남을 편하게 하는 일이고, 인욕이 상대를 배려하는 일이다. 결국 자신이 편하기 위한 절제와 의욕인 것임을 깨닫는다.

즉 바꾸어 말하면 절제와 인욕이 인간의 본성이고 자신의 덕성이라는 말이다. 본성에 어떤 모양[緣起와 中道]이 있다면, 그건 절제와 인욕 같은 개인의 덕성과 사회의 철학이고 합리적인 현실의 규칙, 시공을 초월한 통념의 문화전통일 것이다. 여기의 덕성은 일방적인 희생이나 손해를 감수하는 것이 아닌 모두에게 도움이 되는 항구적인 본자생명本自生命의 진실한 모습을 말하고 있다. 본성은 전적으로 이성적인 방법으로만 다루어진다. 근원적인 생명에 대한 통찰은 깨달음이고, 받아들이는 건 신앙이다. 그런 생명실상을 깨달으면 단박에 도달하고, 배우면 날마다 도달한다. 결국 본능 이상의 힘, 본능을 건설적으로 쓰는 힘[조절력]을 가지게 된다. 사회적으로 본능을 너무 숭배하거나 추켜세우면 이성을 수단과 방법으로 하는 본성은 점점 자리를 잃거나 마비된다. 본성이 둔감하여져 작용을 하지 못하면 결국 인간은 내적인 질서를 상실하고 만다. 근원적인 본질을 망각한 뿌리 없는 나무가 되고 말게 된다.

부디, 바다에 파도가 일면 파도만 볼 것이 아니라, 파도가 일지 않는 바다 속도 볼 수 있어야 한다. 사람의 이런저런 겉모양[본능:감각]을 보면 그렇지 않은 속 모양[본성:덕성]도 볼 수 있어야 한다. 비로소 바다도 사람도 온전히 볼 수 있다. 본능과 본성이다.

자성문自省文

1.

나는 세상을 향해 큰 소리를 뻥뻥 치기도 하고, 심지어는 나무라기도 하며 기세좋게 지금껏 살아왔다. 이 세상의 표준은 내 자신이고 모든 선행은 나 혼자서 다 하는 것처럼 오만불손하게 살아왔던 것이다. 출가자랍시고 온갖 교만을 떨었다. 졸부가 부귀영화를 거침없이 누리듯이—. 목불인견의 광대인 나였다. 머리 깎고 승복 입은 광대!

그런 내부를 가만히 들여다보면 이 나이가 되도록 황당한 생각을 하기도 하고, 위험한 생각을 하기도 하고, 심지어는 그런 생각들이 행동 일보 직전까지 가기도 하여 아찔한 적이 한두 번이 아니다. 남에게 들키기 전에 운 좋게 모면하여 체면을 겨우겨우 유지하며 살아가고 있는 실정이다.

이제 문득 생각을 돌려보니 내가 세상을 가르치거나 구제하는 것이 아니라 세상이 나를 가르치고 구제하고 있음을 깊이 알겠다. 난 이것을 거꾸로 알고 그동안 살아왔던 것이다. 이 세상을 통해 배우고, 세상으로부터 보호받으며 살아가고 있었는 데도. 적반하장도 유분수지.

배은망덕, 세상의 너그러움, 온갖 배려, 그 은혜 속에 사는데도 그걸 모르고 있었다니 말이다. 참 한심하기 그지없는 인생이다. 그런 난 아직 깨달음을 얻지 못했다. 이제부터는 이 점을 깨달음으로 신앙하며 겸손으로 살아가야 하겠다.

2.

늘 깨어 있도록 하자. 깨어 있음이 무엇인가? 어느 때나 안정되어 매사에 분명한 것이다. 무엇을 하든지 깊은 안정감에서 분명한 나의 판단과 의지로 하는 것이다. 결과를 떠나서 말이다. 그 일을 할 때는 오로지 그 일만 한다. 한 가지를 할 때는 한 가지만 한다. 한 가지를 깊이 생각하여 넓게 본다. 오랫동안 그렇게 연구하고 노력한다.

삶에서 한심한 일은 자신이 하는 일에 대한 가치와 의미를 모르고 있는 것이다. 자기 인생을 모르는 것과 같다. 안정감을 갖지 않아서이고, 분명하지 않아서다. 안정감에 의한 분명한 판단과 의지, 깨어 있음이 내 삶이다. 그래서 당당하게 모든 일에 책임을 진다. 결과와 관계없이 말이다. 남에게 핑계 대는 일이 그로부터 영원히 사라질 것이다.

3.

현대인들에게는 충성의 대상이 사라졌다. 나라도 회사도 그 어떤 집단도 아니다. 그럼, 그 충성은 어디로 갔나?

자신에게로 돌아왔다. 밖의 충성이 안으로 돌아온 것이다. 이제 누구나 자신에게 충성해야 한다. 잠시도 방심하여 신구의身口意를 놓치지 말고…. 삼업을 기울여 자신에게 충성하자. 명상이다.

푸른 초원을 찾아 밖으로만 떠돌던 유목민이 자신의 초원으로 돌아왔기에. 나는 유목주의, 내 자신을 찾아가는 드넓은 마음초원의 노마드다.

4.

이 세상에서 가장 무서운 것은 뭘까?

호랑이, 사자, 악어, 전염병, 독가스, 핵탄…, 그러나 이런 것들은 예방하거나 피할 수 있다. 피할 수 없는 것이 있다. 자신의 습관이다.

습관은 너무 가까워서 피할 수가 없다. 그리고 자신 속에 교묘하게 위장하고 있어서 여간해서는 발견하기조차 어렵다. 합리화 시키고 있다는 말이다. 자신도 모르는 허위의식이다. 따라서 여간 자신을 경계하지 않고는 피하거나 예방하기가 어렵다. 너무 가까워 피하기 어려운 위험물이 가장 무서운 것이 아닐까.

5.

뻔히 알면서 속는다. 매일 보는 TV 드라마가 그렇고, 우리들의 인생사가 그렇다. 그런데 문제는 사람들이 속고싶어 한다는 것이다. 심지어는 텔레비전을 틀어 놓고 앉아 넋놓고 속아 넘어감을 연일 즐긴다. 그걸 재미란다. '바보 상자'라고 하고선 그 상자를 마냥 좋아한다. '바보 상자'의 아비여서인가.

6.

앞이 보이지 않을 때일수록 멀리 내다보려고 발뒤꿈치를 한껏 들어올려야 한다. 역시 인생이 힘들 때일수록 발뒤꿈치를 들어올려야 한다. 희망을 바라볼 용기를 불러일으켜 자신의 마음을 평정하게 해야 한다. 비로소 앞이 보이고 미래가 보일 것이다. 발뒤꿈치를 들어올리는 거기에 희망의 태양이 떠오를 것이다. 용기와 안정 속에서 새 삶이 열리리라.

7.

좋은 만남을 갖고 싶어도 마음대로 되지 않는다. 그건 상대방 때문이 아닌 자신에게 원인이 있다. 정말 좋은 만남을 가지려면 우선 자신의 마음을 맑혀야 한다. 탐욕과 분노, 어리석음〔貪瞋痴〕의 세 가지 독〔三毒〕을 밖으로 몰아내 추방해야 한다.

그러나 몰아내 추방할 수만 있다면 얼마나 좋겠는가, 도저히 삼독을 몰아낼 수가 없다. 왜냐고? 삼독은 본래 없는 것이기 때문이다.

다만, 본래 없다는 사실을 철견徹見해야 한다. 비로소 거기에 계정혜戒定慧, 삼학三學이 의연할 것이다. 삼독이 본래 없는 곳. 고요와 밝음, 평화가 서리어 있다. 삼학이 있는 곳. 좋은 만남, 거룩한 만남이 본래로 거기에 있다.

8.

사람은 혼자 할 수 있는 일이 없다. 젊은이들이 이성을 좋아해도 혼자 되는 일이 아니다. 서로 호응이 있어야 하고 마음이 맞아야 성사된다. 맞지 않으면 노력해야 한다. 노력은 정당한 것이고 진실한 것이어야 한다. 그렇지 않으면 성사될 수 없다. 정당함과 진실한 것만이 사람의 진정한 관계, 오래간다. 생명력이 길다.

9.

상대에게 잘 해 준다고 했을 때, 결코 상대의 번뇌망상을 부추기거나 번뇌망상에 부화뇌동해서는 안 된다. 잘해 줌도 미리 잘 생각하고 심사숙고해야 한다. 비록 선의나 호의라 해도 생각 없이 울컥 해서는 안 된다는 말이다. 어디까지나 이성적이고 지성적이어야 한다. 자칫, 다섯 가지 욕망〔五慾〕을 만족시키는 것으로 인생이 참되다고 알아서는 안 된다. 번뇌망상을 조장하는 죄 짓는 일이다.

나의 이중성에 대하여

2012년 새해 첫날부터 며칠간 방안에 들어박혀서 내 자신의 성향을 면밀하고 솔직하게 살펴봤다. 마침, 다들 고향으로 돌아간 텅 빈 절간이다. 결과, 내 스스로와 대중에게 고백하자면 난 철저하게 '이중성의 인간'이라는 새삼의 발견, 그 고백이다. 여기, 열 여섯 가지를 솔직히 내민다. 한신이 친 배수진이 아닌 내인생의 배수진으로서다.

1.

나는 아주 성聖스럽기도 하고 매우 잡雜스럽기도 하다. 때로는 경건하고 진지할 때도 있는가 하면, 또 때로는 춤추고 노래 부르기를 좋아한다. 한량끼가 다분하다. 내 자신의 성향이 그래서인지 눈앞에 춤추고 노래 부르는 미희가 알씬거리면 금방 이성을 잃어버리고, 그 상황에 푹 빠져들어 사로잡히고 만다. 정신이 아찔하고 가물가물해진다. 그러나 '난 어쩔 수 없이 남자의 습을 가지고 있으니까'라고 아직까지 변명할 수 있을까. 문제는 내가 출가수행자라는 사실, 그리고 적잖은 나이 인데도.

2.

내 소년시절, 춤 잘 추고 노래 잘 부르는 여인을 만나 맨날 춤과 노래를 감상하며 살고 싶은 생각을 한 적이 있다. 난 어쩌면 감동과 감흥으로 줄곧 인생을 살고 싶었는지도 모른다. 그동안 수행을 하면서도 겉으로 드러내진 않았어도 난 은연중 감흥인생을 추구해 왔다. 출가의 엄숙함과 예흥의 '닐니리야'가 갖는 이중성, 그게 바로 나다.

물론, 감흥을 진리에 대한 정열로 바꾸면 다른 사람보다 월등한 신앙심을 가질 수는 있다. 그러나 감흥은 여간 조심하지 않고는 온전하기 어려운 위험요소인 것 또한 사실이다. 이번 생엔 그럭저럭 왔지만 다음 생엔 어떻게 살아야 할까? 미리 작정하여 철저하게 준비하지 않으면 안 된다. 자칫 출가에서 미끄러져 여항으로 이탈해서다. 남 돕는 삶이 좋다. 법으로-.

3.

좋게 말하면 풍류남아風流男兒나 한량閑良, 끼 있는 예인藝人의 기질을 가졌는지 모른다. 어쩌면 출가수행자보다 그 길로 갔으면 더 나았을지도 모르겠다. 근엄하게 살기에는 끼가 다분한 위험한 사내다. 그 위험물을 가슴에 안고 위태위태 산다. 모든 여자들에게 지탄 받고, 점잖고 진실한 사람에게 버림받을 수 있는 요인을 지녔다. 물론, 겉으론 사람들이 잘 모른다. 그러나 사람들을 오랫동안 속일 수 없다는 사실이다.

4.

그것만 아니다. 내 안에는 신명도 살아있다. 그것이 끼로 드러나 사람들에게 낭랑하게 보여진다. 신명神明, 한국인의 고유한 DNA라고 자위할 수 있을까? 아, 전생부터 내가 애써 다듬고 가꾸어 온 바로 '나', '우리'라고 둘러댈 수 있을까. 가사장삼으로 붉은 몸을 가린지가 그 얼만데.

누가 뭐래도 그런 끼 있는 나를, 신명 있는우리로 긍정하고 싶다. 사실, 신명은 우리의 종족적인 숙명이기도 한 한국인으로서 '나'이고 '우리'이기 때문이리라. 그러나 인간의지는 종족의 숙명을 앞서 있고 개인의 유전인자를 개선할 수 있는 위대한 힘이라는 사실을 더 깊이 인정하자.

5.

이 같은 나는 이성적인가 하면 잠깐 사이에 감성적이고, 이지적인가 하면 어느 새 감정적이다. 근엄하고, 고매하기도 하고, 또 철딱서니가 없으며 유치하기도 하다. 품격 높기도 하지만 매우 졸렬하기도 하다. 곧잘 좋아하기도 곧잘 싫어하기도 한다. 천방지축의 성향이랄까?

다만, 이런 점을 어느 정도 알고 있다는 것에 다소 안심이 된다.

6.

고상한 이야기를 하는가 하면 어느 새 시정잡배의 농지거리를 혀끝에

올려 놓기도 한다. 침묵의 인내를 갖춘 것 같기도 하지만 다변의 수다쟁이
일 때도 있다. 고집이 세기도 하지만 몹시 여리기도 하다.

눈치 빠른 사람은 감 잡았을 것이다. 나의 보이지 않는 안살림의 밑바
닥을, 인간됨의 주소를, 인품이 주는 인격의 높이를…. 항상 진실만이 안
심을 준다. 세속적인 그 모든 걸 떠나.

7.

시사평론을 좋아하기도 하지만 사실은 러브스토리 가득한 연애기戀愛
記도 좋아한다. 인간생리에 초연하기도 하지만 그걸 리얼하게 표현하기
도 한다. 절제이기도 하지만 욕망으로 쌍곡선을 이룬다. 숨기고 드러낼
것을 따로 분간하지 않으려 한다. 이성異性을 멀리하려고도 하지만 내심
그리워하기도 한다. 내 안을 들여다 볼수록 이렇게 복잡하다. 복잡한 것
이 인간심리이고 나란 말인가? 그러나 들여다 보는 또 하나의 눈은 복잡
하지 않고 단순하다. 볼 뿐이다. 이런 보배를 나는 가지고 있다.

8.

속만 그런 것이 아니다. 겉도 그렇다. 얼굴 생김새만 해도 이중적이
다. 더러 탈속해 보일 때도 있고 자주 저속해 보일 때도 있다. 걸음걸이나
몸가짐도 그렇다. 근엄하거나 인자해 보일 때도 있지만 개구쟁이 같을 때
도 있고, 장난꾸러기나 말썽쟁이 같을 때도 있다. 타인에게 예의를 갖출
때도 있지만 장난기가 발동해 상대를 곤란에 빠뜨릴 때도 있다. 사람들이
그걸 흉을 잡으면 다양성이라고 맞선다. 내 스스로도 어처구니없어 자조

한다. 상대방은 그런 내게 무슨 웃음을 지을까, 그게 걱정이다.

9.

이처럼 내 자신 안팎으로 성聖과 범凡이 혼재되어 한 몸에 고루 갖추고 있다. 무엇이든지 할 수 있는 큰 가능성이기도 하지만…. 대개는 위험물이다.

이는 엉터리인가, 아니면 천변만화千變萬化의 조화옹造化翁인가? 겉보기와 속보기가 사뭇 다른 이중 칸막이인가? 처음 볼 때와 익숙해져서 볼 때도 다르기에 분간이 안 되는 골치인간이다.

10.

입은 저만치 앞서 가고 손발[行]은 멀찍이 뒤떨어져 있다. 머리와 몸통이 따로 논다. 가관이다. 어쩌면 괴물 같을지도 모른다. 차라리 볼썽사납다고 해야 할 것 같다. 그런데 나는 그렇게 생각하지 않는다는 사실이다.

바로 이 점이 내가 풀어야 할 나의 인생과제이고, 진실과의 괴리를 좁혀가야 하는 수행의 이유다.

11.

나는 제법 의젓하게 승복 차려입고서 지하철에 앉아 있다. 미인을 보면 애써 눈길을 돌린다. 그러나 속으로는 생김새를 감탄한다. 여기에 어쩔 수 없는 내가 닦아가야 하는 인생의 목표인 성聖이 저 멀리 있고, 벗어나야 할 굴레인 타고난 범凡이 무릎아래 있다. 무엇으로도 나의 이 양면성을 다 설명할 수도 없고 대신할 수도 없다. 영락없는 양면성 인간이자 이중적인 대표 인성人性이다. 그런 '보통 인간'이 '보통 인간'을 넘어서려는 데 나의 고뇌가 있다. 아, 언제나 그 고뇌로부터 벗어날 수 있을까?

12.

내 이상理想은 출가의 길을 걷고 있지만 내 현실은 '잡雜', 그 자체다. 그래서 유난히 괴로운 길을 걸어왔다. 타고나기를 잘 타고 나서 무소의 뿔 같은 외통수 한 길을 걸어도 힘든 인생이고 벅찬 도道인데….

그렇지 못한 내가 여기까지 오느라 얼마나 많은 사람들에게 신세를 끼쳤겠나. 성범聖凡, 그 양면성을 한 가슴에 안고 두 길을 지금껏 오락가락 걸어왔으니 당연히 고뇌 속 형극의 가시밭 길이다. 그래서 내가 살아온 이 세상은 내가 만든 나의 고해라고도 할 수 있겠다.

난 스스로의 이 같은 이중성을 극복하느라, 아니 부족한 주제에 그 힘든 성聖의 길을 가려고 몸부림으로 살아왔다. 부족 덩어리 한심한 인생이다. 다만, 하늘 높은줄 모르는 겁없는 용기 하나는 돋보인다.

그래도 애틋하지 않은가? 힘겨운 일을 겁도 없이 무모하게 벌이고 있으니 말이다. 만용의 한 평생인가? 수시로 되묻게 된다. 세월이 깊어 나이가 쌓여갈수록…….

13.

누구나 자신의 삶을 남들이 다 알지 못한다. 출가의 삶을 겉으로 보기엔 매우 독특한 인생, 붓 터치가 분방하여 흥미진진한 한 폭의 그림같을 수도 있겠지만 당사자는 옹색함을 느껴 괴로울 때가 훨씬 많다.

누가 나의 이 고통을 다 알고 이해할까? 이해는커녕 아마 짐작도 못할 것이다. 해서, 이젠 이해를 바라지도 않는다. 인생은 철저하게 자신의 것이니까. 다만, 욕이나 바가지로 퍼붓지 말았으면—.

그러다가도 한 결으로는 이해를 바라고 싶고 위로를 듣고 싶으니, 이 또한 변함없는 이중성이고 어쩔 수 없는 중생살이, 따라서 사바는 언제나 자기가 만든 고해인가. 끝없는 자문자답이 인생인가 보다.

14.

내가 정월 초하룻날부터 며칠간 이런 글을 끙끙 써서 대중에게 공개하는 것은 부끄러움을 모르는 후안무치厚顏無恥여서가 아니다. 아니, 나도 부끄러움을 자주 탄다. 그럼에도 불구하고 공개하는 뜻은 나의 가까운 인연자들을 위해서다. 그들에게 일종의 선물을 마련하고 싶어서다. 그들이 올 한 해 동안, 아니면 앞으로 이러이러한 나에게 꼴까닥 속아 넘어가지 말라는 거다. 실망이나 낙담을 예방하려는 자비의 예방주사다.

즉, 나의 이중성에 나의 허상虛像에 속지 말기를 바라는 뜻에서 내미는 당부이고 선물이다. 어쩌면 나 아니면 발상하지 못할 나만의 엉뚱한 선물일지도 모르겠다. 받지 않으면 어쩌지!

15.

내 망아지 같은 양면성을 조련하기 위해선 서둘러 코뚜레와 고삐를 준비해야 한다. 코뚜레로 코를 꿰어 고삐를 걸어 내 망아지를 다스리기 위해서다. 망아지 다스리기에 성공해서 진정한 자유인이 되기 위해서다.

난 아직도 마음 다스리기 공부에는 목표와 거리가 먼 사람임을 숨길 수가 없고 감출 수도 없다. 그러므로 차라리 숨기지 않겠다. 거룩한 채 도인 흉내 내지도 않겠지만, 그렇다고 내 맘에 들지 않는 남을 실컷 욕하지도 않겠다. 무덤덤하고 싱거워도 그냥 평범하고 싶다. 내 자신에게 솔직하되 성실하게 노력하는 삶이 되도록 하는 것 말이다. 아, 이뤄지소서 사바하!

16.

결국 불교수행은 자신을 다스려 나가는 일이리라. 거칠고 들뜬 마음을 완전히 조복 받을 때까지 지치지 않고 잘 다스려 나가지 않으면 안 된다. 아니, 순간순간 일어나는 번뇌망상을 관찰하여 알맞게 조절하는 것이리라. 영원히 말이다. 모든 법칙은 무시무종無始無終이니까.

만약 내 번뇌망상을 내가 다스리지 못하면 두레박이 우물에서 반복으로 명을 다하듯이 내 인생도 육도六道를 그렇게 반복, 윤회하는 것으로 의미와 가치를 다할 것 같다. 딱하고, 슬프지 아니한가?

우러나는 내 양심의 울림, 양심선언의 공명현共鳴弦에서 울리는 진실 곡조를 새 해 선물로 가까운 벗들에게 드린다.

단상斷想

1.

수행으로 바꿀 수 있어야 한다. 내 자신의 얼굴을―.

수행하지 않으면 얼굴대로만 살게 되고 매사에 쓸데없이 표정이 심각하거나 일그러진 우거지로 번다하다. 수행을 통해 자신의 얼굴을 심각하지 않고, 번다하지 않게 만들어야 한다. 그건 늘 여여히 웃으면서 다소 모자라게 사는 것이다. 누굴 만나도 말 나오기 전에 웃음이 먼저 나온다. 바로 자신의 마음을 또 다른 자신의 마음이 경영하고 조절하고 성형한다. 바른 가르침과 훌륭한 사상의 학습과 뜻높은 수행으로―.

2.

이미 한 약속을 지키지 않거나 미루는 것은 이익으로 저울질하기 때문이다. 일상의 약속은 철저하게 순서에 따라야 한다. 약속에 경중은 없다. 정한 대로의 차례만 있을 뿐이다. 모든 약속은 나름의 의미가 있기에 그렇다. 약속은 모두 중요한데도 사람들은 자꾸만 저울질 한다. '여기가 더 중요할까, 저기가 더 중요할까, 어딜 먼저 가야 할까', 고개를 갸우뚱거리며 연신 저울질 한다. 번연히 순서가 있는데도 말이다. 대부분 "그때가서 일 없으면 갈게요"라고 말한다. 먼저 한 약속이 우선이라는 걸 모르는 철없는 아이와 같다.

어느 날, 굳게 믿었던 친구의 '약속 저울'에 내가 자주 올라간다는 사실을 알고부터는 인생이 서글퍼진다. 나나 그러지 말자.

3.

교육은 '보여주고, 사랑하고, 바라보는' 것이다. 아이에 대한 이해와 학습, 권유와 기다림은 매우 평화적으로 이루어져야 한다. 부모와 교사는 자식이나 피교육자를 전인격적으로 대해야 한다. 속성을 기대해선 안 된다. 옥박지르거나 강요하거나 재촉하는 거 말이다.

비록 시간이 걸리고 더뎌도 오로지 원칙으로 가야만 한다. 한 번 어긋나거나 잘못된 버릇이 생기고 허위의 습관이 붙으면 쉽사리 고치기 어려운 것이 인간의 성품이기 때문이다. 보여주고 사랑하고 바라보자.

4.

사람은 남의 뜻으로 산다. 어릴 때도 그렇고, 한창 젊을 때도 그렇고, 나이 들거나 병들어서도 그렇고, 마침내 전 인생이 그렇다. 자세히 살펴보면 자신의 뜻으로 오롯이 사는 경우는 거의 없다.

인생현실이 이런데도 남의 뜻을 받아들이고 받드는 연습이나 수행을 하려 하지 않는다. 자기 마음을 비우는 수행에 생각이 미치지 않기 때문일 것이다. 한 편생의 삶에서 자신의 뜻으로 이루어지는 일이 과연 얼마나 될까? 그런데도…?

도무지, 인간 삶의 맹점이고 허점이다.

5.

멀리 있는 사람에게는 호평을 받지 못해도 가까이 있는 주위 사람에게 호평을 받는 사람이라면 분명 믿을 수 있는 사람이다.

6.

매사에 딴 생각하지 않는 것이 중요하다. 오로지 한 번에 한 가지 일에 몰입하는 것이 건강한 정신이다. 올곧은 수행이다. 결정과 책임에도 딴 생각을 하지 않을 것이기에 .

7.

야구선수나 골프선수는 공을 친 뒤에 공이 날아가는 곳으로 눈길을 준다. 끝까지 공을 놓치지 않고 바라본다. 그래야 공이 의도한 대로 나아간다. 믿어지지 않은가? 그러나 사실이다.

이와 같이 인간은 자신의 말과 행위를 처음부터 끝까지 예의주시로 바라봐야 한다. 말과 행위의 중간에 시선을 거두어서는 안 된다. 두 눈 질끈 감고 언행을 마구 해서는 안 된다.

만약, 중간에 시선을 거두면 언행이 떨어진 곳을 몰라 언행을 점점 함부로 하게 된다. 원인과 결과의 법칙을 외면하기 때문이다. 예를 들어 신발을 벗으면 그 동작이 완성될 때까지 정신을 오로지 하여 행위를 살핀다. 물론, 자기가 자기를 살핀다. 다른 일도 그와 같다. 이것이 번뇌망상이 없는 경지, 무아無我와 무심無心의 실현이다.

8.

독재정권의 붕괴는 내부에서 시작된다. 정권 말기가 가까울수록 내부가 복잡해진다. 요즘 북한이 그렇다. 측근마저도 하루아침에 처형당한다. 복잡해지는 북한의 양상에 남한이 개입하거나 낙관이나 비관을 하거나 경거망동해서는 안 된다. 더욱 의연히 초지일관한 정책, 바름과 대의명분으로 나아가야 한다. 그들 내부의 소용돌이, 거기에 따라 일희일비하면 안 된다. 같이 우스운 꼴이 되고 만다.

그리고 어떤 하나의 사건에 전체적인 것을 걸면 안 된다. 사안을 분리해서 대처해야 한다. 예를 들면 북한이 포격을 하면 응당 포격이나 폭격으로 대응해야 한다. 그렇다고 굶주리는 주민에 대한 지원을 끊어서는 안 된다. 개성공단 같은 협력사업도 중단되어서는 안 된다. 이산가족 면회를 중단해서도 안 된다.

분명한 점은 남한당국은 사안별로 대응해야 함을 잊어서는 안 된다. 설령 북한에 의해 통로가 막혔다고 해도 복원하도록 설득하고 노력해야 한다. 그들과 같이 가면 안 된다. 작전에 말려들기 때문이다. 또 자칫 북한

주민을 구할 수 없고 외세를 불러들이게 되어서다. 오늘의 역사는 멀리 내다보는 안목의 힘에 의해서 결정된다.

역사 속에서 오늘의 일이 있다. 첫째, 통일자금을 모으되 정부와 민간이 동시에 나서야 한다. 이는 정부와 민간이 함께 통일의지를 다지는 일이다. 둘째, 국방을 튼튼히 해야 한다. 셋째, 외교에 힘써야 한다. 국민의 한 사람으로서 내 견해다.

9.

세계는 자본주의 시장경제를 바탕으로 하고 있지만 각국의 역사와 문화전통에 따라 차이가 있다. 그 차이의 대표적인 국가가 미국과 중국이다. 각기 자본주의 시장경제의 형태를 띠고 있지만 내용적으로는 다르다. 그것을 미국적 가치와 중국적 가치라고 부르기로 한다.

그 두 가치 사이에서 밀접한 영향을 받고 있는 우리 한국은 양측의 좋은 점을 알고 문제점도 안다. 이제, 두 가치에 우리의 뜻을 담은 제3의 가치를 창조해야 할 때가 왔다. 지리적 위치가 가지고 있는 점과 통일한국의 앞날을 내다보는 평화의 관점이 우리가 내세울 수 있는 제3의 가치가 지닌 핵심이 될 것이다.

특히 제3의 가치가 등장해야 할 시의적 필요성은 지구환경위기와 경제환경이 주는 위기 때문이다. 경제환경인 자본주의는 전적으로 인간의 감각에 연유하고 있다는 사실이고, 그 감각에 의지하여 여기까지 숨가쁘게 달려왔다. 브레이크 없는 자동차처럼. 그렇지만 이제 한계에 도달했음을 사람들은 부지불식간에 느끼고 있다.

자본주의로는 인간문제, 지구문제를 해결할 수 없다는 사실을, 그리고 보다 깊은 인간정신에 기초하지 않으면 안 된다는 것도, 그리고 이대로 방치하거나 계속 나아가면 지구의 피폐는 더욱 가속화될 것이고, 결국 인간생존과 생명체 보존은 곧 한계에 도달할 것이라는 사실을 사람들은 본능적으로 감지하고 있어서다.

우리의 뜻을 담은 제3의 가치, 그 밑바닥은 불교사상이다. 불교사상이야말로 보편성과 타당성을 동시에 지니고 있어서다. 대립을 넘어선 공존의 자유와 평화의 철학을 갖추고 있다.

이제, 우린 서둘러 자본주의의 한계를 벗어나 환경적인 모든 문제의 해결점을 찾아야 한다면, 그리고 지리적 위치나 인류평화의 단초가 될 남북평화통일을 목표로 한다면 제3의 가치를 창조해야할 것이다. 불교, 불교사상으로 말이다. 인류에게 남은 유일한 평화의 희망이 불교이기에.

10.

요즘의 신도들은 절에 오지 않을 이유와 핑계를 만드느라고 그토록 애를 쓸까? 왜, 부처님께 오지 않을 이유를 만드느라고 그렇게 골몰할까? 와야 할 이유를 만드느라고 골몰해야 하는데도.

절에 오는 일은 짜잘한 일이 아니지 않는가. 인간이 정신으로 산다면 그 정신을 바로 세우기 위해 오는 굵직하고 중차대한 일이다.

자기의 기분이나 잡다한 일을 핑계로 내세워 부처님께 안 올 이유를 삼지 말자. 대각행원구국구세의 올바른 사상을 외면하지 말자. 불교가 세상을 구제해야 한다. 아, 시시각각 공멸의 위험이 다가오고 있음을 느끼지 못하는가? 불자들의 책임이고 출자자들의 무한책임이다.

11.

아이들이 초등학생 때까지는 '엄마, 아빠'라고 부른다. 그리고 엄마나 아빠가 초등생 아들딸을 부르면 반드시 "예 엄마, 예 아빠"라고 대답한다. 중등생부터는 '어머니, 아버지'라고 부른다. 역시, 어머니나 아버지가 부르면 "예 어머니, 예 아버지"라고 대답한다.

이 단순 명쾌한 어법은 아이들의 정체성을 확립하는 일이다. 성장에 따른 합당한 언어대접이고 의식수준이다. 언어에 따라 정신이 발전하기 때문이고, 더구나 언어는 내면의 표현 아닌가.

매우 주의해야 할 점은 아내가 남편을, 남편이 아내를 부를 때에도 정당하게 불러야 한다는 사실이다. 결코 생략해서 부르지 말아야 한다. 알맞은 호칭을 불러야 관계가 정당해진다. 아내가 남편에게 "아빠!"라고, 꿈에서라도 그렇게 불러서는 안 된다. 반드시 "아무개 아빠!"라고 해야 한다. 그보다 더 좋은 건 남편과 아내 상호 "여보, 당신"일 것이다. 가정의 질서와 사회정의를 자신의 입에서, 말에서 먼저 본다.

12.

결혼은 각기 다른 인생이 동일한 인생을 살기 위한 약속이고 출발이다. 말은 쉽지만 언행은 몹시 어렵다. 따라서 뭐든지 함께 의논하고 서로 신뢰하는 삶을 열어가야 한다. 물론 아기를 갖는 것도 둘이서 미리 목표를 정해야 한다. 어떤 아기를 낳아서 키우고 싶다는 의견일치를 가져야 한다. 그 다음은 둘이서 그런 인품을 낳을 수 있도록 기도하거나 염원한다. 정신의 일치이고 일의 계획이다. 생각은 현실이고 미래를 만든다.

부부는 공동의 목표로 사는 삶이라면 아이의 인품도 공동의 목표를 정하고 함께 노력해야 한다는 것이다.

교육은 뱃속에서 시작하면 늦다. 갓 결혼한 부부는 100일 기도로부터 훌륭한 영식靈識을 맞이해야 한다. 새로운 식구를 맞이하기 위해 100일 기도를 가족이 다같이 하면 더욱 좋다. 삶은 정신의 현현이어야 하기 때문이다. 100일 기도로 잉태한 아기를 뱃속에서 잘 보살피는 건 두 말할 나위가 없다. 태어나서도 마찬가지다. 출발이 이미 그러했기 때문에.

13.
절밥 먹은 지가 어언 사십년이 넘었네.
아직도 새벽에 일어날 때는
후다닥 떨치고 허리를 세워야 하니
백세가 되어야 점잖게 일어날 수 있을까.

화를 내라, 느리거나 멈추지 마라!

'관계와 협력'을 위해서 때로는 화도 내고, 쉼없이 노력도 한다. 인간 사회에서 '관계와 협력'은 지고至高의 선善이며 자유이고 평등이며 평화다. 바로 그걸 지키기 위해서다.

인간人間이라는 말을, 한자로 사람 인人과 사이 간間을 쓴 것을 보면, 사람의 삶은 '관계와 협력'이라는 사실을 누구나 곧 알 수 있다. 인人자도 두 획이 서로 기대어 있고, 간間자도 서로의 사이라는 뜻임에랴.

'인간'이라는 말은 관계는 철저한 협력임을 잘 설명해주고 있고, 그런 '관계와 협력'은 공정하고 평등해야 함[公平]을 은연중 나타내고 있다. 개인과 개인, 개인과 집단, 집단과 집단, 그리고 사람과 자연 등, 모든 '관계와 협력'은 지극히 공정해야 함을 원칙으로 삼아, 이를 모든 의義로움 중에 가장 으뜸인 대의大義라고 일컫고 있는 걸 봐도 알겠다.

성인聖人은 '관계와 협력'의 인간존재를 위해 인격의 원만圓滿함과 그 인격이 자재自在해야 함을 가르치고 설한다. 원만은 인간관계에서 어느 한 쪽으로 치우치거나 집착하지 않는 것을 말한다. 모두를 감싸 안는다. 차별하지 않는다. 선善에도 치우치거나 집착하지 않고, 악惡에도 치우치거나 집착하지 않는다. 선악의 두 대립에서 벗어나 있고, 동시에 선악을 융합하고 있다. 선과 악, 어느 쪽에도 치우치거나 집착하지 않아, 일상日常의 자리에서 선과 악을 초월했으며, 동시에 선과 악을 융합해 현실에서 떠나지도 않았다. 해서, 차안此岸과 피안彼岸이 한 마음 가운데 두루했다. 원만자재한 거다. 이에 선과 악, 두 변을 동시에 넘어섰기에 원만이고, 두 변邊을 동시에 막고[雙遮], 두 변을 동시에 비추어[雙照], 쌍차쌍조로 원융했기에 원만구족圓滿具足, 자재해탈自在解脫이다.

선과 악을 초월하고 동시에 융합하고 있다는 건, 자신의 순수의지를 드러내는 일에 방해물이 없다는 것과 따라서 언제든지 필요에 따라 자신의 순수의지를 즉시에 드러낼 수 있다는 걸 동시에 말하고 있다. 어느 한 쪽의 능력이 아닌 초월과 융합의 양쪽능력을 다 갖추고 있다는 것이고, 그건 시공 초월과 융합의 즉입성卽入性을 말해주고 있다. 곧 세상의 필요에 따라 선과 악을 얼마든지 발휘할 수 있는 능력을 말해 준다.

해서, 언제든지 악인 화를 내야 할 때는 화를 낼 수 있고, 화를 내지 말아야 할 때는 화를 내지 않을 수 있음이다. 화를 내야 할 때는 인간관계가 부당했을 때고, 화를 내지 말아야 할 때는 인간관계의 훼손을 막기 위해서다. 진정한 인격은 이러한 때와 장소, 사안을 스스로 판단하고 행동하는 능력을 내재內在한 자재自在다.

'화를 내라! 화를 내지 마라!' 이 두 가지를 자유롭게 결정하고 행동하는 근거는 '지혜·자비'다. 관계를 직시한 자기 판단의 지혜와 관계는 바로 자신임을 전성적全性的으로 파악한 것이 자비이다. 자신으로부터 비롯되는 이 '지혜·자비'의 걸림 없는 무한능력과 무한자유가 결국 일체에 걸림 없는 무애자재無碍自在다.

사람은 어느 때나 어디서나 잠시도 멈추지 않고 활동하는 것이 천부의 생리다. 몸과 마음이 모두 그렇다. 잠을 잘 때도 육신의 기관은 활동을 멈추지 않고, 의식도 그 흐름이 끊어지지 않는다. 다만, 움직임의 활동 폭만 다르다. 따라서 궁극적인 진리는 멈춤과 작용이 둘이 아닌 것이다. 고요함과 밝음을 여의지 않는 묘한 작용, 자의적인 지음[作]이 없는, 대가를 바라지 않는 이타행을 무위행無爲行, 이타를 위해 자신의 선악에 구애를 받지 않는 초월과 현실의 선악에 두 발을 딛고 있는 융합의 원만구족행이다.

'관계와 협력'의 인간존재, 개인이나 사회의 모든 문제와 병폐는 바르지 못함이 그 원인이다. 따라서 '관계와 협력'인 바름을 위해서 싸움을 하고, 화를 내라. 그 가운데서 바름을 되찾고 깨달음을 얻는다. 사람의 정신적인 근본이 바르다면 활동하면서도 얼마든지 지혜롭게 판단하고 순수한 에너지를 내어 쓸 수 있다. 왜냐하면 인간정신의 '바름'에는 한없는 고요함과 한없는 밝음이 동시에 갖추어져 있어서다. '관계와 협력'이다

만약, 사람이 정신적으로 활동을 멈추거나 느려야 비로소 고요해지거나 밝아진다면, 그건 정신이 바르지 못해서라는 거다. '관계와 협력'의 상

실이다. 역설이지만 인간에게 따로 명상이 필요하다거나 수행이 필요하다는 건 바르지 못하다는 단적인 증거다. 그러니까 명상이나 수행은 마음을 바르게 하기 위한 한갓 수단이고, 그 과정에 지나지 않는다. 좀 더 쉽게 말하면 바른 사람은 명상이나 수행이 필요없다는 말이다. 이미 '관계와 협력' 가운데 있으니까.

그렇다면 자신의 내면에서 '바름'을 어떻게 찾아내는가? 여러 가지가 있겠지만, 가장 우선적인 방법은 자신의 마음에서 우러나오는 삶을 살라는 거다. 그것이 뭔가를 자신의 내면관찰을 통해 찾아서, 연후에는 오로지 그것으로 일생의 삶을 살아가라는 말이다. 저절로 즐거워지고 저절로 자유롭다. 누구나 자신의 내면을 관찰하면 지속적으로 하고 싶은 일, 원하는 일이 드러나기 때문에 어렵지 않게 찾을 수 있다. 일시적 즉흥이 아닌 끊임없는 자기요구사항이 노출되기에 저절로 보인다. 일시적 즉흥은 단순한 욕심이나 한갓 견물생심見物生心의 스쳐지나가는 욕구에 지나지 않는다. 그러기에 그걸 평생과업으로 알고 살면 안 된다.

그 '바름'에는 막대한 에너지가 있다. 한없이 고요하고〔大寂〕, 한없이 밝음〔大光〕이다. 그걸 미처 말로 다 표현할 수가 없어서 표현을 생략하거나 기피하기도 했지만, 그야말로 저절로 힘이 솟고 저절로 안온하고 저절로 기쁜 경지가 '바름'이기에, 불가사의 묘상妙相이고 해탈경지 묘용妙用이다. 따라서 '바름'을 통해서 이루어지는 일은 자기도 좋고, 남에게도 좋다. 일방의 좋음이 아닌, 일방의 승리가 아닌, 모두의 좋음, 모두의 승리이기에 진정한 공유共有이고 참다운 공존共存이다. '관계와 협력'의 진정한 인간존재다. 바로 이런 점을 청춘기에 찾아야 한다는 걸 말하고 싶다.

　나는 나의 언행을 통해서 내 자신을 보고, 관계를 통해서 나와 타인을 들여다보고자 한다. 그 속에서 협력이라는 숭고한 인간가치를 스스로 발견하고 체험하여 그 가치를 높여야 한다고 믿어서다. 거기에 삶의 진정한 가치, 공존의 기쁨과 안온의 즐거움이 있다고 본다.

　그리고 무엇보다 청춘들에게 관계를 통한 인생의 의미를 파악하여, 미래를 향한 자신의 인생조감도를 스스로 그리게 하고, 타인과의 협력이라는 인생과업을 통해 동일생명同一生命의 실상實相을 깨닫게 하기 위한 '청춘행동학'이 '관계와 협력'임을 말하고 싶다.

　청춘기의 자신에게 뿜어져 나오는 찬란한 빛이 아니면 스스로의 삶을 내다볼 수 없다. 자신의 앞길은 자신의 빛으로만 바라볼 수 있다. 자신의 빛이 아니면, 자신을 결코 구제할 수 없고, 자신의 가치, 인간 가치를 구현할 수도 없다. 그러므로 인생조감도를 그리는 일에도 때가 있다. 때를 놓치면 인생의 준비가 부족하고, 그 시작이 늦으면 어려움에 빠지거나 실패할 확률이 높다. 해서, 자신의 인생조감도를 그리는 일에 조급하게 서둘러도 안 되겠지만 차일피일 늦추거나 미뤄서도 안 된다.

　인간관계에서 수준 높은 양질의 협력을 이루기 위해서는 젊은 시절부터 많은 점을 미리 갖춰야 한다. 필자는 인간의 순수한 협력은 차원 높은 수련이고, 명상이며 수행이고 교육과 자각이라고 본다. 한마디로 지고의 협력〔無我行〕은 인간만이 할 수 있는 최고의 선행이고, 모든 것을 이루는 관건, 나아가 거룩한 행〔佛行〕이다.

이미 화의 본질이 텅 비었음을 '관계의 협력'을 통해 우리는 알았기에 그 바탕 위에서 화가 필요하면 화를 내면 된다. 그렇게 내는 화는 자신에게나 타인에게 이로울 것이고, 때로는 깨달음의 계기도 될 것이다.

'관계와 협력'의 대의를 지키기 위해서 화를 내기 때문이다. 그리고 우린 또 느리거나 멈춤에 대한 의미도 알게 되었다. 그러므로 느리거나 멈추지 못함을 걱정하지 말고, 오로지 바르지 못함을 염려하자. 오로지 '관계와 협력'을 호지護持하자.

다만, 산봉우리에서 산을 찾는 부족하고 못난 사람이 되지 말고, 바다에서 물을 찾는 어리석은 사람이 되지 말며, 나무에 올라가서 물고기를 구하는 엉뚱한 삶이 되지 말자.

배고프면 밥 먹고 졸리면 잠자는 사람이 되자. 거기서 고요와 빛이 이미 충만함을 볼 것이고 마음껏 자기를 누릴 것이다. '관계와 협력'의 인간 존재는 비로소 불가분으로 평화의 동지가 될 것이고, 일체사一切事가 남의 일이 아닌 자신의 일로 깨닫게 될 것이다.

누구나 고요의 삼매와 창의의 빛 가운데로 걸어 가는 자신을 스스로 보게 되리라. 자신을 구제하는 길이고 세상을 구하는 만인의 길이다.

성철큰스님과 불필스님

'영원에서 영원으로'의 독후감

성철스님과 불필스님은 부녀父女 사이다. 아버지 성철스님은 딸을 낳고 출가했다. 아버지 없이 자란 딸은 결국 아버지를 따라 어머니를 떠났고, 그 딸이 늙어서 낸 자서전이 『영원에서 영원으로』다.

난, 이 책 마지막 쪽을 넘기면서 문득 노래가 부르고 싶어졌다. 평소 내가 즐겨 부르던 애창곡이 있다. 그 노래를 다시 목청껏 부르고 싶었던 것이다. 조선시대 함허스님의 작사인, '수지왕사일륜월 만고광명장불멸 誰知王舍一輪月 萬古光明長不滅 - 왕사성 둥근달 만고광명이 영원히 멸하지 않음을 그 누가 알리오'이다. 난 내 흥에 겨워 노래를 마치고도 이곳 청량도솔산 너머의 하늘을 한참이나 쳐다보았다. 그러면서도 이 책을 다시 만

지작거리며 장면마다 주는 그 뜻을 헤아리고 있었다.

난, 책장은 덮었지만 좀처럼 이 책에서 벗어나지지가 않았다. 그건 대립이 주는 어떤 긴장감 때문일 거 같다. 그렇다. 손에 땀을 쥐게 하는 대립이 이 책에는 있다. 출가와 재가의 대립이고, 유년과 장년의 대립이고, 딸과 아버지의 대립이고, 세간과 출세간의 대립이다. 한갓 의견의 대립이 아닌 생존의 극한 대립이다. 그러하기에 서로가 양보할 수 없는 대립이고, 물러설 수 없는 한 판 치열한 대립이다. 서로가 절벽 끝에 서 있는 이 대립에는 화해가 없고, 중재가 없으며 양보도 없다. 팽팽한 실존의 긴장만 있을 뿐이다. 생명, 전무全無 아니면 전부全部 아닌가.

해서, 오직 시간만이 이 대립을 해결해 줄 수 있다. 시절인연 성숙의 시간 말이다. 시간은 어쩔 수 없는 인간에게 깨달음을 주기도 하고, 해결의 열쇠를 주기도 하고, 성숙의 길로 내몰기도 한다. 열세 살의 딸 수경에게도, 장년의 아버지 성철스님에게도, 서로가 양보 없는 팽팽한 대립에, 시절인연인 시간이 차츰 나서고 있었다. 1954년 아버지 큰스님 마흔셋, 딸 수경 열여덟 살 때, 두 번째 만남이 이루어진다. 시간의 중재로 이루어진 이 만남에서 수경은 바야흐로 깨달음으로 향하는 보리심菩提心을 일으킨다. 대립을 융합하는 생각의 전환이 다가오고 있었던 것이다. 부녀간에서 스승과 제자로 전환되는 극적인 순간, 아버지가 아닌 스승으로, 딸이 아닌 제자로의 일대 전기를 맞는다. 소녀, 수경은 불필스님이 되어서야 새로운 세계를 맞고, 여태껏 치열한 대립은 구도의 펄펄 끓는 용광로가 되기에 이른다.

오늘의 75세 불필스님, 그 대립을 뛰어넘어선 용광로가 만들어 낸 출가인격이다. 이 점에서 이 책은 한 편의 연극을 관람하는 것 같다. 절집이나 세간이나 삶은 인간관계다. 결국 인간관계에 의해서 개아의 성숙도 있게 되는 셈이다. 이 책은 절집의 여러 인간관계를 조목조목 보여주고 있다. 도반의 관계, 스승과 제자의 관계, 존장과 학인과의 관계, 세간과 출세간과의 관계를 은연중의 상황에서 모두 내비치고 있다. 물론, 의도적인건 아니지만 배경의 상황이 그걸 말없이 전해주고 보여 주고 있는 것이다.

특히, 불교의 도반은— 여학교를 갓 졸업한 두 인생풋내기들, 옥자와 수경이 함께 도를 찾아다니는 광경을 통해 처음부터 그려진다. 마치, 그들의 행각은 선재동자의 구법행로처럼 여겨질 정도다. 옥자와 수경, 둘은 수계 후 백졸百拙스님과 불필不必스님. 이런 인간관계는 세속에는 없다. 그래서 정녕, 도반道伴이 맞다. 도반은 도를 함께 구하는 벗이고, 액면 그대로 말하면 도道이다. 그냥 친한 것이 아니다. 도를 구함에 격려가 되고 채찍이 되고 길잡이가 되고 도우미가 되는 전천후 토탈의 인간관계다. 철저하게 도로써 고리 지어진 인간의 관계와 협력 말이다. 혈연, 지연, 학연이 도저히 흉내낼 수 없는 세간에 없는 인간의 '관계와 협력'이다.

그래서 생각 깊은 사람은 아무에게나 도반이라고 말하지 않고, 그렇게 말하는 사이에서는 반드시 그 책임을 진다. 달면 삼키고 쓰면 뱉는 것이 아닌, 도를 이룰 때까지 모든 난행고행을 같이 해야 하는 무한책임 말이다. 이 책에서 옥자와 수경, 곧 백졸스님과 불필스님의 사이를 보면 나도 그 둘 사이에 끼고 싶은 생각마저 든다. 인간관계를 오로지 유, 불리로만 대하는 오늘의 뭇 삶들에게 두 사람의 '도반'은 많은 의미를 느끼게 할

나의 삶

것이다. 물론, 스승과 제자의 관계에서도 '스승의 그림자도 밟지 말라'는 엄한 가풍이 모든 걸 여실히 전해주고 있음에랴.

이 책이 주는 또 하나의 긴장감은 딸 불필스님과 아버지 큰스님과의 시종여일한 관계설정이다. 한마디로 인간적이기도 하고 비인간적이기도 하다. 그건 세간의 혈연을 출세간의 법연法緣으로의 향상을 말해주고 있기 때문이다. 이런 관계는 불교 태초부터의 유풍遺風이기도 하고, 불국토 성취의 대업을 상징하기도 한다. 그러나 읽는 사람의 심정은 아슬아슬하게 벽을 타고 있다. 그렇지만 '아버지 큰스님'이라는 말에 마침내 쾌재를 부르며, 무릎을 친다. 몹시, 적절한 표현이라고ㅡ. 넘치지도 모자라지도 않는 이 책만의 단어, 언어의 묘미를 보며 출가자로서 자긍심마저 든다.

또한 이 책은 기록장이다. 한 시대의 흐름을 담고 있는 기록물이다. 일제강점기의 참혹, 한국전쟁의 비극, 불교는 언제나 시대와 세간과 같이 했다. 아픔과 슬픔도 기쁨과 영광도 고난과 안락도 우리 민족과 같이 했다. 이 책이 점하고 있는 시대도 불교는 그렇게 가고 있다. 압제를 당하고 동족의 상잔을 당하고 다시 일으키려는 고뇌와 정진을 맞는다. 마치 불교가 민초를 말없이 위로하듯이 그렇게 어우러져 가고 있는 모습을 담아내고 있다. 연꽃이 진흙에서 곱게 피어나듯.

세상이나 불교가 어려울수록 공히 벗어날 길은 한 가지다. 원칙을 지키는 일이다. 이 책에서 성철스님이라는 한 수행자를 통해서 그 일은 너무나 잘 보여지고 있다. 천고만고의 사표師表로서다. 원칙을 철저하게 지켜서 출가사문의 길을 오롯이 가고 있고, 최고의 무소유적인 삶을 여실히 보여주고 있다. 그렇다. 출가자가 가는 길이 인간적이어서는 안 된다. 그렇다고 비인간적이어서도 안 된다. 오로지 진리적이어야만 한다. 거기엔 일체의 타협도 없다. 그대로, '영원한 진리를 향해 나 홀로 가리라'다.

어느 시대나 삶은 어렵다고 한다. 단 한 번도 어렵지 않은 적이 없고, 힘들지 않은 시대가 없고, 말세 아닌 적이 없다. 어려운 이 세상을 한마디로 고해苦海라고 말한다. 따라서 선각자들은 어려운 시대를 구제하고 위로하기 위해서 항상 원칙을 지키고 살았다. 거기에 뭇 삶의 기준이 있고, 어려움을 해결할 수 있는 길이 있으며, 용기를 얻게 하는 힘이 있어서다.

그런 원칙의 삶을 살아가면서도 도무지 상相이 없다. 원칙이면서도 원칙인 줄도 모르고 일상을 법대로 여여하게 산다. 무심無心의 삶 말이다. 이 무심의 삶을 살아가는 사람을 출격대장부라고 말한다.

그 한 예로, 성철큰스님은 시를 잘 쓴다. 그렇지만 한 번도 큰스님 자신이나 사람들이 시인이라고 생각하거나 말한 적이 없다. 무심의 삶을 살았다는 단적인 증거이리라. 되레, 그런 모습이 세간에 비칠까 싶어서 주의에 주의를 기울였던 분이다. 오로지 '스님'이라는 칭호 이외엔 그 어떤 것도 곁에 두지 않았다. 그렇지만 필자는 일찍부터 해인사 백련암 종정큰스님을 당대 최고의 시인으로 생각해서 법어가 발표되면 몇 번이고 줄줄 소리 내어 읽곤 했다. 그리고 광덕스님[先師]이 번역한 세 권의 책에 유일하게 쓴 큰스님의 서문도 무비無比의 명문이다. 한 편의 시같은 글이다. 뭐라고 말할 수 없는 감동이 일어서다. 그런데도 사람들은 글 잘 쓰는 분으로 법정스님만 알고 성철스님은 모른다. 무위의 삶이다.

아무쪼록 이 책은 한 단락 한 단락이 독자들의 눈길을 붙잡고 감동을 불러일으킨다. 생생한 체험의 진솔한 고백과 돌아보고 또 돌아보는 조심성 때문일 거다. 정녕, 이 시대 수행자의 자서전으로 손색이 없을 뿐 아니라 단연 백미다. 그리고 자서전이라고 해서 흔한 신변잡기도 아니다. 그러나 걱정이 앞 선다. 앞으로는 출가대중이 자서전을 내려면 상당히 어렵게 되어서다. 이 책이 말없는 기준이 되고 있으니 말이다.

무엇보다 그동안 사람들이 성철스님을 그려왔고, 앞으로도 그릴 것이다. 문학으로 논문으로 그림으로 조각으로 뮤지컬로 교향곡으로 판소리로…. 이 모든 성철큰스님의 그림에 이 책은 눈동자를 찍어주었다. 실로 다행이다. 이제부터 더욱 마음 놓고 누구나 큰스님을 그려도 될 수 있어서다.

마지막 책장을 덮고 난 앞의 노랠 불렀다. 홀연히, 글을 쓴 불필스님은 간데없고 우리 시대의 부처, 성철 큰스님만 올연히 내 가슴에 다시 남았다. 아니, 그 분은 우리들 곁 해인대도량을 떠난 적이 없으시다.

'막위자용난득견 불리기원대도량莫謂慈容難得見 不離祇園大道場 - 자비로운 모습 뵙기 어렵다고 하지 마라. 기원대도량을 떠나신 적 없으시니—.' 야보스님의 이 한구절이 큰스님에 대한 나의 생각을 다시 이렇게 정리해 주었다. "큰스님, 원하옵나니— 자비드리우사 속환사바 재명대사 하소서!"

나의 얼굴 생김새

변명

1.

어느 날, 출가수행자인 불초 송암은 단박에 전미개오轉迷開悟하는 이 대단한 불법佛法을, 어떻게 사람들에게 곧장 전할 수 있을까? 머뭇대지 않고 한달음에 전하여 바로 안심입명安心立命하게 할 방법이 뭘까, 어렵게 말하지 않고 중간에 복잡한 단계를 두지 않고, 단박에 전할 방법은 과연 뭘까? 꿀을 한 스푼 가득 떠서 사람의 입에 바로 쑥— 집어 넣어줄 방법에 대해 깊이 고뇌했다.

이런저런 궁리를 연일 하다가 문득 선사先師; 金河堂光德大禪師 생전에 안목으로 삼았던 육조문풍六祖門風 일구一句가 떠올랐다. 선종禪宗, 육조六祖인 혜능대사惠能大師의 법문法門: 菩提自性 本來淸淨 但用此心 直了成佛

이다. 그렇지만 불초는 선사가 아니어서 육조 간명직절의 높은 법문을 쉽게 말하려고 노력했지만 힘이 미치지 못했다.

그럼에도 용기를 내어 생각을 다시 일으킨 까닭은, 작금의 한국불교계 선지식들이 너도나도 팔을 걷어붙이고 나서서 불법에 과한 치장을 하여 점점 사람들과 멀게 만들고 있기 때문이었다. 말하자면 불법과 사람들 사이에 복잡한 수행절차를 곳곳에 촘촘 설치하고서는, 반드시 그 과정을 거쳐서야만 불법에 다가갈 수 있다는 것이다. 아마, 일반인들이 이런 수행절차를 대하면 불법이 좋기는 해도 '그림의 떡'이라고 생각하거나 '올라가지 못할 나무'라고 생각하여 일찌감치 포기할지도 모른다.

물론 사람들의 근기〔수준〕는 다양하기에 거기에 따른 불교이해와 믿음의 방법이 다양하게 설치되어 있어야 한다. 그렇지만, 이것 아니면 안 된다거나 다른 것은 다 잘못하는 일이라거나 또 과정이 복잡하여 혼란스럽게 하는 일련의 일들은 불법이 사람들에게 가깝게 가려다가 오히려 더 멀어지게 하는 장애물이 되고 만다. 실로 이런 우후죽순의 행동들은 매우 위험하다. 그리고 수없이 자기식의 방편을 내세우거나 만들어가는 행태도 사람들을 번거롭게 하므로 구차하다.

자신들의 노선만이 바른 수행이니, 수행법이니 하는 나름의 명분과 이유를 내세우면서 대對의 차별을 넓혀가는 유행 같은 일들은 스스로 누에고치가 되는 것이어서 결국 본질과 멀어지는 허물을 짓는 일이 되고 만다. 거기에는 인류가 공유해야 하는 가치인 불교진리를 선점한 사람들이 독과점하려는 의도가 다분히 깔려 있다고 본다. 그렇기 때문에 기득권자들은 혼신의 힘을 다해 점점 과정과 절차를 복잡하게 두는 것이 아닌가 하는 의구심마저 일게 한다.

이 점을 교계 형안炯眼의 구안지사具眼志士들은 개탄해 마지않고, 매사에 둔감하고 아둔한 불초마저도 피부에 닿는 위기의식을 느껴, 급기야 이 글을 써서 경각심을 일깨우고, 나아가 부처님 교법을 곧바로 전해야겠다는 각오와 용기를 새삼 다지기에 이르렀다.

2.

지금 이 시간에도 지구 위에서 벌어지고 있는 인간의 온갖 불행, 매 15분마다 1종씩 사라져가는 멸종과 멸종위기에 처한 숱한 생명체들, 인간의 훼손으로 지구 자체가 앓고 있는 격심한 지구몸살 등, 이런 일들을 바라보고 있노라면, 수행이니 수행법이니 하는 일들은 한가로운 사치 중의 사치라는 생각이 든다. 어쩌면 한 편의 코메디나 쇼를 보고 있는지도 모르겠다는 생각이 들 정도다. 그것도 특수 안경을 자신들만 둘러 쓰고서.

대다수 사람들은 먹고살기도 힘들어 일터에서 꼼짝 할 수도 없는데, 유한계층들을 불러 모아놓고 벌이는 광경을 생각해 보면 말이다.

이 급박한 작금의 지구적 상황에서 우리 불자들은 자신의 존재감을 자신에게 캐묻는 일쯤은 생존 다음의 일로 해야 한다. 이미 존재에 대한 답을 불교가 내놓았기도 하지만 더 급한 일이 벌어지고 있기 때문이다. 저 거리에서 콩나물을 파는 할머니는 자신의 존재감을 자신에게 캐묻거나 느끼려 하지 않는다. 그에게는 더 절박한 생존의 보장이 확보되어야 하기에 말이다.

콩나물 파는 할머니를 안심하게 하는 일, 지구상에서 사람들과 생명체가 온전히 살아남는 일—, 이 일에 대해 심지어는 불교를 모르는 과학자들도 수없이 경고하고 인간의 진정한 각성을 촉구하고 있다. 하물며, 부처님의 가르침을 닦는다고 하는 불자들이 이 상황에서 수수방관 할 수 있을까? 기껏 자신의 존재감이나 만끽하려고 하면서—.

이제 우리가 이 시점에서 실행할 수 있는 방법은 오직 한 가지, 자본주의를 역행해야 한다. 자본주의가 갖고 있는 어두운 면의 폐해를 감연히 거부하고, 모두가 나서서 물자를 절약하고 검소하게 살고 최소한의 생활을 꾸려나가도록 지금까지의 생활행태를 확 바꾸어 나가야 한다. 다시 말해 경제체제를 재편해야 한다. 개량된 선행자본주의를 다시 만들어야 한다는 뜻이다. 이 시점에서 자본주의 시장경제체제를 유지하는 것보다 더 중요한 것은 인류와 생명체가 지구상에서 살아남아야 하는 일이다. 물론 지금까지의 경제체제를 일신하자면 큰 진통이 따르겠지만 그래도 속수무책으로 공멸하는 것보다야 나을 것이다.

그런데 이 자본주의를 역행하고 생활을 바꾸는 일은 아무나 못한다. 정치인은 못하고 사업가도 못하고, 시대의 흐름을 읽지 못하고 좁은 안목으로 창조피조의 대對만을 초지일관 내세우는 적지 않은 신교의 원리주의자들도 못하고, 경고음을 발신하고 있는 과학자들도 못하고, 또 둔감하거나 모르는 사람은 더 못하고, 설령 알고 있어도 용기 없는 사람은 못한다. 결코 누구나 할 수 있는 호락호락한 일이 아니다.

그러나 이 일의 중대성을 심각히 깨닫는 사람들은 할 수 있다. 지구위기의 경고를 알아듣고 실천할 수 있는 양심적인 사람들은 가능할 것이다. 나아가 인생과 우주의 비밀에 대해 깨달음과 믿음을 가진 불자佛子들은 의당 할 수 있는 일이다. 불교의 성불행成佛行은 절약하고 검소하고 나누고 모두가 일에 책임을 지고 일에 주인 되어 사는 거니까….

그렇다. 인연은 책임이고 창조다. 가장 가까운 인연은 가족이다. 불자는 당연히 지구가족인 인류와 생명을 위해 기도하고 절약하고 나누어야 한다. 이제 70억 인류는 지구의 모든 생명체가 한 가족이라는 사실에 다시 크게 눈 떠야 하고, 모든 것을 떠나 서로가 서로를 인정해야 하고 서로가 서로를 가족으로 책임져야 한다. 이것이 오늘날 위기에 처한 지구의 급박한 요구사항이고, 나아가 부처님의 대비구세를 받드는 대각행원구국구세大覺行願救國救世 운동의 본령이다.

이렇게 절약과 근검, 나눔을 통해 자본주의 폐해를 극복하는 일을 하면서도 한편으로 과학기술을 지속적으로 발전시켜 인간이 그동안 망가뜨린 지구를 인간의 힘으로 치유하는 인간양심의 책임하에 두어야 한다. 또한 어딘가에 있을지도 모르는 우주의 또 다른 문명체와도 협력체계를 미리 대비할 수 있어야 할 것이다. 따라서 과학기술의 발전은 철저하게 인간의 양심과 이성, 불성의 신앙에 바탕되어야 할 것이라고 본다. 바로 이 점이 인간은 본래로 청정심을 쓰고 사는 면모이기도 하고, 불교는 지구만이 아닌 전 우주적인 가르침이기도 한 때문이다.

3.

이 일에 비해 한때의 자존自存에 대한 자기체험의 존재감을 기쁨으로 삼는 정도의 일은 한갓 정신의 유희에 지나지 않는다. 일시적 자기만족이고 한계를 그은 자아도취이다. 이것을 법열法悅이라고 해서는 안 된다. 법열은 느낌의 충만에서가 아닌 법의 실천인 보살행에서만 온다. 진정한 법열은 희로애락우비고뇌喜怒哀樂憂悲苦惱의 레슬링에서 오는 대비大悲다.

여기에 비해 우리가 처한 작금의 지구적인 생존상황의 위기는 훨씬 더 절박하다. 존재감에 대한 일시적 자기 느낌이나 체험은 부처님의 구세대비가 빠진 나약한 정신과 그 척도를 드러내는 수준에 지나지 않는다. 따라서 기껏 자신의 무경계無境界를 체험하는 수행 따위는 현재의 절박한 상황에서는 배척되어야 한다. 최상의 무경계인 구국구세의 과업이 눈앞에 당도해 있으니까….

바야흐로, 이제 불교는 인간의 정신과 인생의 궁극적인 관심을 생존, 그 자체에 바짝 밀착시키도록 정진해야 하고, 둘이 아닌 것으로 접근해 나가도록 신앙적인 입장을 다시 확립해야 한다.

그렇지 않으면 불교는 지구에서 영영 사라질 수도 있을 것이다. 후세 인간에 의해 생존에 무용한 가르침이라고 판단되었을 때, 지구를 구하는 일에 아무런 대책이나 방침과 행동을 내세우지 못했을 때, 지구에 함께 살고 있는 생명체 이웃에 대한 하등의 자비나 배려가 없었을 때다.

말하자면 깨달음이나 믿음, 그 행위의 표현완성은 존재의 규명이기에 앞서 생존의 확보가 되어야 한다는 뜻이다. 존재는 존재 자체로서 이미 훌륭한 일이고, 완벽한 규명이며 해명이고, 지고의 가치를 지니고 있다.

의심이 되거든 자신이 살아온 삶의 과정을 돌아보라. 분명하지 않은가. 더 이상 그 무엇도 어떤 말도 필요하지 않다. 이에 불교는 생존에 대한 자신의 정체성과 노선을 분명히 확립하고, 구세의지를 거듭 천명해야 하리라. 단 존재감은 연기적인 생존을 전제前載한 현실의 실재, 즉 기쁨과 고통 속에서 탐색되고, 인정되어야 한다는 사실을 강조하고 싶다. 존재를 통해 또 다른 존재가 발견되고 확인됐을 때, 비로소 진정한 기쁨〔法悅〕을 느낄 수 있어야 한다는 말이다. 개공성불도皆共成佛道이다. '모두 함께 성불하여지이다'는 한갓 레토릭이 아닌 생존의 법칙이다. 따라서 개별적인 체험에 안주하거나 호사를 구하거나 즐기거나 좋아하지 말아야 한다는 뜻이다.

4.

이러함에 문득 생각 한 번만 고쳐먹으면 될 일을 가지고, 일부 무리들은 까마득히 높은 계단을 만들고 두꺼운 벽을 만들고, 층별 방들을 따로따로 만들어 자물쇠를 꼭꼭 채워 놓고, 과한 자기주장과 짐승들처럼 영역표시를 하고, 나아가 아지트 같은 집단에서 독단을 일삼고 있다. 온갖 방법을 내세워 불법佛法의 원수인 차별을 넓혀가고, 겉으로는 '소통과 화합'이라는 현수막을 내 걸어놓고 안으로는 번뇌망상과 벗하여 안일과 나태의 탐진치 놀음을 일삼고 있다. 이 일은 그야말로 평지풍파를 일으키는 일이다. 사람들로 하여금 아득하고 막막하게 만들고, 중도하차와 무기력無氣力을 양산하는 어둠의 무용無用한 길일 뿐이다.

물론 당사자들은 스스로 체험해 봐야 확신이 되고 문제가 풀린다고 앞질러 말한다. 중생이기 때문이란다. 스스로 자기를 합리화하기 위해 중생임을 자처하여 안주하고 있다는 사실을 애써 외면하고 숨긴 채─.

안타깝고 한심한 생각마저 든다. 사람의 정신은 그런 것이 아니기 때문이다. 백보 양보하여, 만약 그런 정도라면 불교적인 수행을 하지 않거나 못하는 불교권 밖에서 어찌 현인이 나타나고, 인간을 이익되게 하는 과학자가 나타나는가? 되레 수행자 못지 않는 고매한 교양인이 나타나는가? 분명 이점 깊이 생각해 볼 일이다.

또한 역으로 불자가 수행을 해도 인격의 향상과는 왜 무관한가? 심지어는 도를 깨달아 가르친다는 사람들마저도 신념을 넘어 아상我相의 한 극치를 보여주고 있다는 생각이 들 정도다. 말을 들어보거나 차린 행색을 보면 너무나 근사하여 겉모양의 도가 저렇게 높으면서…, 실상 하는 짓을 보면 이율배반감에 온 몸이 떨린다. 탄식을 금할 수 없다.

예의나 교양을 떠나고 일상의 범절을 무시하고, 전가의 보도처럼 내세우는 '도道', 그 하나면 다 되는가? 도는 인간 밖 어디 특별한 곳에서 왔는가? 과연, '도' 이외에 다른 것은 깡그리 쓸어버려도 되는 일인가? 소위 선지식들이 신도나 수련생들을 아랫사람 대하듯 하는 것은, 교만한 판검사들이 재판 받는 사람들을 함부로 대하는 것과 같은 맥락일 것이다.

불교 집안에 삼보에 예경하여 오체투지五體投地하는 삼배의 전통이 있고, 스승과 존장을 존경하는 미풍양속이 있다 해도, 당사자는 더욱 겸손한 마음가짐과 언행으로 임해야 하지 않겠는가? 그러므로 수행을 통해 얻은 인격향상을 찾아보기 어려운 오늘의 현실에서 겸손이야말로 인간세상의 상도常道가 아닐런가.

5.
사람이 가진 생각의 힘은 참으로 크다. 현재 인류가 이룩한 문명을 봐도 그렇고, 심지어 불법을 모르는 세간의 현인군자를 봐도 그렇다. 하다

못해 '공산·사회주의'의 운동에서도 단지 사람의 생각을 바꾸게 하는 사상운동을 통해서 목표를 달성했다. 사람을 붙들어 말뚝처럼 앉혀놓고 수행을 시키고 수행법을 가르쳐서 비로소 사상개조를 이룬 것이 아니다. 그들은 특별한 치장을 따로 하지 않았다. 비록 그들의 일이 오래가지는 못했지만 그때 사상개조로 생각을 바꾼 사람들 중에는 자신의 목숨까지 내놓기를 주저하지 않았던 경우도 부지기수다.

거기에 비해 우리 불교계의 전문수행인들 중에서 자신이 받드는 가르침을 위해, 언필칭 자신이 목숨 걸고 추구하는 가치를 위해, 자신이 가진 모든 것을 내놓으려는 사람이 과연 얼마나 될까?

그들의 사상이나 역사나 모든 면에서 불교보다 훨씬 못한데도 그랬고, 항차 불교처럼 여러 수행법은 존재하지 않았는데도 그들은 그랬다. 그러므로 사람이 가진 생각의 힘이란, 쓰기에 따라 이렇게 다르고 이렇게 대단할 수 있는 것이다.

결국, 사람이 가진 생각의 힘을 제대로 쓸 수 있으면 되고, 바르게 쓰면 된다. 제대로 쓰고 바르게 쓰기 위해서는 먼저 그 '생각'이라는 실체를 바르게 알아서 순조롭게 받아들이게 해야 한다. 법회를 통해서다. 연후에 생각이 전환된다. 쉽게 말해 생각을 바꾸거나 고쳐먹는 것이 전환이다. 그건 설법이 중요한 계기이고 방법이다. 설법을 통해 누구나 순수하게 불법을 받아들이면 앉은 그 자리에서 바로 전환이 된다. 이렇게 오래 주기적으로 반복하면 된다. 따로 욕심 가질 일이 없다. 전환된 생각이 자각생명自覺生命이다. 비록 습관의 질김에 의해 전환의 유지가 어렵다고 해도 신념을 가지고 꾸준히 정진하고 노력해 나가면 된다. 이것이 소위 일상의 향상일로向上一路다. 아마도 이렇게 평생 닦아나가면 죽을 때쯤은 상당한 경지에 도달해 있을 것이다. 도가 저절로 몸에 배어들게 익혀야지 일확천금을 노리듯이 한꺼번에 탐욕을 부려서야 되겠는가? 한 번에 펑 터지는 것 말이다. 단계적인 몸과 습관을 가진 이 엄연한 현실에서—.

6.

사람의 생각은 근원적으로 불교의 가르침과 같다. 따라서 불자들은 구국구세의 사명을 본래부터 짊어지고 태어났고, 생득적으로 그 임무를 자담한 것이다. 자, 보라! 오늘날 현대인들이 생각의 전환을 통해 얼마나 기상천외한 일들을 벌여나가고 있는가? 소위 타성이나 구습에 젖은 생각으로는 따라가지 못하는 일들, 불과 100년 전까지만 해도 상상할 수조차 없었던 일이 부지기수로 눈앞에 속출하고 있지 않은가! 황홀할 지경이다.

이렇듯이 누구나 망설이지 말고 부처님 원력에 곧바로 뛰어들면, 마치, 천년 동굴의 캄캄한 어둠에서도 촛불 하나면 순식간에 어둠이 사라지게 되는 것과 같은 결과를 갖게 되리라. 그러기에 생각을 바꾸어야 하고, 생각을 전환해야 한다. 보리도 성취의 가장 확실한 방법이고 빠른 방법이다. 설령 도를 닦아 깊은 대적대광大寂大光의 경지에 이르렀다 해도 순간순간 생각의 전환인 자각생명이 드러나지 않는다면 무용한 일이 되고 만다. 이러하기에 생각의 힘, 여여한 대적대광의 현전한 경지가 그토록 대단한 것이다.

7.

앞서 말했던 수행이니 수행법이니 하여 온갖 치장을 하고 수많은 단계를 지나는 일보다 더 우선해야 할 소중한 일이, 바로 생각의 전환이다. 바른 생각에는 계단도 없고 벽도 없고 두 가지로 차별을 짓는 대對의 방들도 없음을 분명히 알아야 한다. 생각의 전환―, 정법正法 앞에 조금이라도 자신을 내세우지 않고 순수하게 덜썩 무릎 꿇으면 된다. 아니, 허심탄회하게 받아들이면 된다. 자기 목숨으로 흔쾌히 안으면 된다. 오로지 일상 속에서 목표를 향한 꾸준한 노력과 신념이면 족하다.

만약 앞으로도 불교가 지금까지 해오던 방식으로 그대로 가게 되면, 불교는 몇몇 사람들, 특수 계층의 불교가 되고 말 것이다. 특수 계층을 위한 불교, 도대체 말이나 되는 소린가?

앉아서 수행하거나 학문할 수 있는 사람들만의 계층적인 귀족불교, 역사의식과 사회의식을 저버린 행동을 상실한 관념불교, 설령 앉아서 수행한다 해도 자신의 인격향상과는 아무런 관계가 없는 습관적인 취미불교, 또 앉을 여건이 형성되지 않는 사람들에게는 하등의 영향도 미치지 못하는 아득히 먼 타방불교, 현 위기의 지구상황을 방치하고 눈감아 외면한 장님불교, 진실은 먼저 자기 안에서 찾아야 하는데도 승복입고 거리를 활보하며 밖에서 구하는 외도外道불교나 구걸불교, 또는 이름을 내세우기 위한 명위불교名爲佛敎… 등등, 이런 불교로 전락하고 말 것이다. 이에 이르러 어찌 뜻을 가진 자가 목하의 일들을 통탄하지 않을 수 있겠는가?

8.

그러므로 불교를 수행이나 그 어떤 틀에 가둬 형해화形骸化 시켜서는 안 되고 이리저리 구불구불한 골목에 계단을 두어서도 안 된다. 굳이 불교의 수행법을 거론해야 한다면 일상 가운데서 생각을 전환할 수 있는 집에서의 일과정진, 법회동참의 삼혜三慧를 닦는 일 정도다. 일과는 집집마다 아침저녁 예불을 올리고 경을 읽고 삼매를 익히고 자기를 돌아보는 참회 시간 등을 갖는다. 삼혜는 문聞: 가르침을 듣고 보고, 사思: 듣고 본대로 생각을 바꾸어가고, 수修: 바꾼 생각을 따라 실천하고다. 일과와 삼혜를 일상 가운데서 닦아가는 중에 모든 것이 잘 갖추어져 두루두루 원만할 것이다. 그러므로 모든 일의 방법은 불교 안에서 찾아야 하고 불교방식으로 해야 한다. 불교의 가르침은 사람 생각의 근본이기 때문이고, 불교의 이상은 삶의 가치 실현이기 때문이다. 두루두루 일체의 원만구족은 법의 위력이다. 부디 이 점 명심할진저—.

이에 불초는 영원히 육조의 문손門孫이기를 자처하여 그 사상에 거듭 귀의하고, 법휘찬란한 조종祖宗의 법령法領에 우뚝한 거봉巨峰인 선사先師의 문인門人임을 귀히 여겨 대각행원구국구세의 광작불사를 이루기 위해 오로지 저 육조대사의 가르침을 '문·사·수'할 것이다.

이것으로 불초의 얼굴생김새로 삼고자 하기에 제현의 아량과 관서를 먼저 구하고, 부족하나마 육조六祖 문풍門風에 대한 뜻을 다음 장에 설명해 보기로 한다.

육조문풍六祖門風

보리자성菩提自性

1.

보리의 본체本體:諸法空相는 불생불멸不生不滅, 불구부정不垢不淨, 부증불감不增不減이다.

불생불멸不生不滅―, 생도 멸도 없다는 뜻은 생과 멸이 둘이 아니므로 절대영원이고, 불구부정不垢不淨―, 구도 정도 없다는 뜻은 더럽고 깨끗함이 둘이 아니므로 절대청정이고, 부증불감不增不減―, 증도 감도 없다는 뜻은 늘거나 줄어듦이 둘이 아니므로 절대원만이다.

절대영원, 절대청정, 절대원만― 대對를 초월한 말이다. 상대相對를 초월했다는 말은 절대絶對이고, 절대는 언어사량言語思量과 분별계교分別

나의 삶

計較로 온전히 이르지 못한다. 행동으로만 가능하다.

2.

자성은 보리와 둘이 아니다. 보리가 자성이고, 자성이 보리이다. 그러므로 보리자성이다. 이러한 사실을 따로 깨닫거나 챙길 일이 없다. 저, 우주자연이 우주자연을 스스로 깨닫지 않듯이···. 진리가 진리를 안다거나 깨닫는다거나 챙기는 일은 불필요하고 무용無用한 일이다.

인간자성의 현현하고 기묘한 작용만이 보리와 자성을 깨닫거나 실천하거나 믿어 알 수 있다. 인간자성은 기기奇機의 현묘玄妙한 작용이기 때문이다. 그 작용은 작게는 티끌을 지나 소립자보다 더 작고, 크게는 우주허공을 지난다. 이에 기묘한 용用은 가히 능소능대能小能大하고, 살활자재殺活自在하며, 무엇으로도 비유하여 말하지 못하고, 무슨 생각으로도 형체를 그려 표현하지 못한다. 이런 어마어마한 능력을 가졌기에 가히 천겁동안 집착도 하게 되고, 그 집착을 순식간에 벗어나 만겁동안 자재를 누리기도 한다.

억지로 말하여 우주의 그 처음이나 그 끝에 이른다면, 과연 무엇이 있을까? 거기에 자성이 있을 것이다. 처음과 끝, 전부를 거머쥔 일체를 초월한 주재자主宰者 아닌 주재자로···. 그러면 자성이 일신교의 창조주인 신인가? 단연코 그렇지 않다. 이 자성은 끝까지 설명이 가능하고 설명에 따르는 체험이 가능하다. 그러므로 처음부터 굳이 창조·피조의 대對를 세우지도 않았다. 저, 신이 자성과 동격이 되려면 창조주라는 신의 자리를 버려서 새로운 이치를 세워야 하고 말씀의 책을 다시 고쳐 써야 한다.

3.

허공虛空은 텅 비었고, 삼라만상森羅萬象은 그 텅 빈 허공에 의지하여 건립되었다. 우주宇宙는 삼라만상森羅萬象을 담고 있는 허공이고, 허공과 만상을 동시에 초월하고 한꺼번에 말하고 있다.

허공은 천연 그대로 대적大寂이고, 만상은 본래로 대광大光이다. 이 연기관계에서 대적은 체體이고 대광은 용用이다. 의당, 체용불이體用不二다. 이에서 질서있는 작용이 비로소 가능하다. 이 질서는 본체와 작용, 상호간 수수관계授受關係의 질서다. '연기緣起·중도中道'이고 '관계와 협력'이다. 따라서 헤아리거나 지켜야 지켜지는 그런 인위의 지어먹은 질서가 아니다. 이에 이르러 일체의 사람도 만물도 대적을 바탕으로 대광을 작용으로 삼고 있다.

만상은 허공에 의지하고 허공에 건립되었다. 까닭에 허공이 만상이고, 만상이 곧 허공이다. 허공에서 만상의 생멸이 있기에, 다시 만상은 허공으로 돌아가고, 또다시 허공은 만상을 낳는다. 끝이 없는 성주괴공成住壞空의 되풀이다. 사람의 육신에게는 생로병사生老病死이고 생각에는 생주이멸生住異滅이다. 사람의 생로병사와 생주이멸, 만물의 성주괴공은 연기의 법칙을 따르고 있다. 법칙에 내재된 성품을 법칙성이라고 한다면 법칙성은 곧 한마음(一心)이다.

4.

번뇌니 무명이니 업은 원래로 텅 비어 없는 것인데, 있다는 착각과 강박관념, 집착하여 허깨비를 붙들고 야단들이다. 있다면 본질의 법칙인

'연기·중도'만 있다. 그런데도 텅 빈 것을 있다고 착각하여 그만 집착의 병통이 생겼다. 그것을 다시 떼어내고 털어내고 닦아내어 없애는 일들을 분주히 하고 있다. 평지풍파를 일으키고 있는 것이다.

잠깐 앉아서 털어내든 오랫동안 털어내든 털어내야 할 전도몽상의 착각, 그로인한 번뇌가 미세하게라도 남아 있다면 본질과는 십만팔천리의 상거이고, 문밖의 일이며 거추장스런 군더더기일 뿐이다. 어처구니없게도 하고 있는 부질없는 일에 또 집착한다. 물론 이름은 다르다. 정법이니 신념이니 근기에 맞는 수행법이니 시대에 맞는 새로운 방편이니, 등등……. 온갖 사설邪說과 마설魔說의 망발을 늘어놓으면서 말이다.

그 부질없는 일을 하면서도 하나같이 부끄러워하기는커녕 서로 자기가 하는 일이 바른 이치, 바른 길이라는 주장을 펴고 있다. 힘 있는 자들일수록— 견강부회를 더해가고 있다. 마치 한쪽 다리 아픈 사람이 건강한 다리에 힘을 더 주는 꼴과 같다. 균형을 잃는 줄을 모르고선—.

5.

바야흐로 생각의 전환이 필요하다. 전도몽상顚倒夢想의 착각을 척파하고, 여실지견如實知見의 제법실상諸法實相을 용기있게 받아들이는 커다란 전환이 있어야 한다. 이 전환에 대해 일숙각 존자—宿覺尊者 영가현각 대사永嘉玄覺大師는 증도가證道歌에서 일초직입여래지—超直入如來地라고 노래했다. 가히 구름을 벗어난 달 같고, 만리무운萬里無雲에 찬란히 빛나는 영겁의 태양 같도다.

전환의 기준점은 부처님 가르침이다. 우선 부처님 가르침을 살펴보면 크게 두 종류로 나눌 수 있겠다. 하나는 고苦, 번뇌 등의 말씀인데, 이것은 현상에 대한 분석과 중생의 무실성無實性을 평가하신 것이고, 또 하나는 팔정도, 육바라밀다 등의 말씀인데, 이것은 진리 실제를 그대로 설하신 것, 대각大覺의 각행覺行을 바로 들고 나오신 것이다. 사람들은 이 후자를 대승의 입장이라고 말하지만, 신앙인은 부처님의 본심[本懷]으로 바로 봐야 한다. 따라서 앞의 부처님 말씀은 뒤의 말씀을 하기 위한 앞 단계에 불과하다. 여기서 일대전환은 부처님 말씀을 단계를 거치지 않고 바로 부처님 본심으로 가는 것을 말한다. 이에 초기불교에서 대승의 가르침을 보게 되고, 대승에서 초기불교의 면모를 고스란히 보게 된다. 대해일미大海一味다. 다르게 봄은 마설魔說이 된다.

따라서 대승은 부처님의 이 뜻을 바로 계승한 것이며, 신앙의 핵으로 삼아 전환을 통한 행과 믿음을 강조했다. 생각의 일대전환, 결국 한마디로 '깨달음'이나 '믿음'이라는 말이 된다. 불교가 북방으로 뻗어나가며 이런 점을 종합적이고 실천적으로 더욱 간결하게 요약한 것이 선불교의 육조사상이고, 그 사상의 요결과 전모가 생각을 바꾸는 일대전환이다. 중생성衆生性에서 불성佛性으로, 아니 중생성은 본래 없는 것임을―, 누누이 간곡하게 천명한 것이다. 부질없이 에둘러 빙빙 둘러가지 않았다.

6.

허공과 만상이 서로 다르지 않고, 작용을 통해 둘이 아닌 긴밀한 수수관계授受關係를 여여如如하게 맺고 있다. 둘이 아닌 이 수수관계를 '연기緣起·중도中道'라고 말한다. 즉 이러한 허공과 만상의 지극한 관계가 연기인데, 그 연기의 근원을 애써 말한다면 연기성緣起性이고, 한마음[一心]이고, 이는 구유본성具有本性을 말한다고 하겠다. 이 본래의 면모는 우주는 우주를 스스로 깨닫지 못하지만 사람의 마음은 그 마음을 스스로 깨달을 수 있는 것, 그 주체적인 당처를 말한다. 이 깨닫는 마음이 곧 연기성이고 본래 마음이고 한마음이다. 본자구족本自具足의 면모이고 살활자재殺活自在의 능력이다. 이 한마음은 허공이 능히 싣지 못하고 만상이 어루대지 못한다. 또한 이 한마음은 허공의 본바탕이고 만상의 근원이므로 저 허공과 만상도 어쩌지 못한다. 이 한마음은 교칙敎則의 근원으로, 성주괴공成住壞空, 생주이멸生住異滅, 생로병사生老病死와 만법萬法의 어머니다. 다시 말해 허공과 만상, 그의 근본이 한마음이고, 허공과 만상이 서로 다르지 않아, 둘이 아님을 믿고 있는 것이, 또 둘이 아님을 깨닫는 것이, 보리심, 자성, 한마음의 현묘한 작용이다.

허공은 허공 자신을 깨닫지 못하며, 만상은 만상 자신을 깨닫지 않는다. 오로지 사람의 마음만이 마음 자체를 알고 깨닫는다. 그래서 한마음은 근본 중에 근본으로 일체의 대對가 끊어졌다. 그러므로 억지로 이름 붙여 '한마음'이라고 말한다.

허공이 능히 싣지 못하며 만물의 근원인 한마음, 삼계의 주인이며 연기성인 한마음, 한마음은 원융이다. 치우치지 않아 대對가 끊어져 초월했기 때문이다. 이 여여한 사실을 능지지能知持한 상태가 보리자성이고 다시 한마음이다. 성적불이醒寂不二의 경지를 말하고 있는 것이다.

7.

허공과 만상과 법칙, 이 세 가지를 한꺼번에 말하면 우주다. 그러한 우주는 법계연기法界緣起다. 불가사의한 질서, 촌탁되지 않는 규칙, 형언을 절한 법칙이 있기 때문이다. 곧 한마음이다. 한마음인 우주는 대적대광大寂大光이고, 무시무종無始無終이다. 다시 대적은 허공이고, 대광은 만상이다. 무시무종은 연기의 변함없는 생명력이고, 현상법칙의 여여한 본래 모습이다. 한마음은 불공不空의 창조와 현상의 공空, 유무有無의 근원이다.

인간은 본래부터 대적이고 대광이며 무시무종이라는 사실이다. 이 대적대광은 둘이면서 둘을 여의었기에 둘이 아니고, 물론 하나도 아니다. 하나는 없기 때문이다. 둘이 아닌 오로지 원만구족이다. 억지로 말하자면 한마음, 곧 일심一心이고, 천변만화千變萬化의 조화옹造化翁이며, 우주삼계에 불생불멸의 실상이고 주인공이다. 따라서 우주의 실체는, 우주의 중심은 이 한마음이고 일심이며, 일심연기이기에 법계法界다. 우주만상의 상호 수수관계, 이것의 모양이 연기緣起이고 법계라는 말이다. (일각에서는 이 일심을 인격화한 것이 유일신이라고 말한다. 그렇다면 무임승차고 견강부회다. 또한 일신교에서는 최초 원인이라고 하는 신의 존재에 대해 납득할 설명을 못하고 있다. 또 피조이니 창조이니 하여 대對를 내세워 근원적으로 자기모순을 극복하지 못하고 있다. 어디까지나 발달신학에서 주장하는 진보된 변화이지 처음부터 일이관지一以貫之로 끝까지 설명하고 있는 것은 아니다. 설령, 오늘날 그들에게도 마음이 열린 신자들이 더러 있다고 해도 근본부터 바뀐 것은 아니다. 최후의 뭔가를 남겨둬야 하기 때문이다. 어쨌거나 설명의 불충분은 사실과 존재의 불충분이다. 그러므로 엄연히 불교의 일심과 일신교의 신이나 신앙심과는 차이가 있고 불법의 주인공과 유일신과는 분명히 다르다.)

일심은 허공처럼 텅 비었고, 법계는 기가 막히게 잘 짜여졌다. 삼라만상은 텅 빈 허공에 의지하고 있으므로 그 체성體性이 청정이다. 일심법계는 본래청정本來淸淨이다.

허공과 삼라만상森羅萬象을 진리각성眞理覺性: 깨침이나 신앙심, 한마음으로 대할 때, 본지풍광本地風光이고, 그 당처는 보리자성菩提自性이다. 보리자성이 일심이고 법계이고 우주의 근본이라는 말이다. 여실지견의 제법실상을 자신의 내면으로 돌려보면 본지풍광이고 향상일로다.

8.

이 이치는 가히 생각하고 또 생각하고, 계산하고 또 계산하고, 찾고 또 찾아도, 형체도 없고 흔적도 없다. 끝이 없고, 종말이 없고 내지 창조나 말세라는 그 어떤 대對의 이름마저도 두지 않는다. 종국에는 생각이 이르지 못하고, 말로 표현이 되지 않는다. 감각과 촌탁忖度의 있고 없고, 그 너머의 세계다. 대가 아니기 때문이다. 마음 그 자체이고, 인간 그 자체이고, 우주 그 자체다. 육근과 육경의 화합, 그마저도 아닌 그 너머의 일이다. 마치 사람이 자기 눈으로는 자기 눈을 도저히 볼 수 없는 것처럼……

참으로 불가사의하고 신비하다. 부처님의 가르침은 인간의 한마음을 보게 하고 알게 했다. 말하자면 자기 몸에 지니고 있는 눈[眼精]도 거울을 통해서야 볼 수 있는 것과 같다. 인간의 한마음[一心: 不二: 中道: 부처님 가르침]을 통해서야 우주의 전모를 볼 수 있고, 인간의 한마음은 부처님의 가르침을 통해서야 깨달을 수 있다. 바야흐로 거울[佛敎]로 자신이 자신의 눈[인간]을 보는 일이다.

그 한마음, 일심은 우주의 근원이다[心境不二]. 즉 거울을 통해 인생의 문제와 우주의 비밀을 동시에 풀어냈다. 아무런 차별이 없다. 마음과 중생과 부처, 이 삼자는 그 어떤 차별도 없다[心佛及衆生 是三無差別; 華嚴經].

9.

저—, 불가사의 중중무진不可思議重重無盡의 우주법계! 한마음인 일심은 인간의 표현이 미치지 못하도록 고요하다. 밝고도 밝다. 여기서 고요하다는 말은 정지된 것을 말하고, 밝다는 것은 움직임을 말한다. 그렇지만 정지됨 속에 움직임이 있고, 움직임 속에 또한 정지됨이 있어서, 밝고 고요함도 둘이 아니다[寂光不二]. 이것이 모든 것의 본래성품이다. 신앙인은 이것이 둘이 아닌 사실을 알아차려야 한다. 둘이 아닌 거기에는 헤아림으로는 도달하지 못한다. 감각이 아니기 때문이고, 감각이 아니기 때문에 신비하여 미묘하기 그지없다.

불가사의 난사해不可思議難事解의 일심법계다. 해탈열반의 보리자성이다. 본성품인 보리자성은 둘이 아니다. 대적대광이 둘이 아니고, 체용이 둘이 아니며, 허공과 만상이 둘이 아닌 것을 구원겁이 다하도록 말하고 일깨우고 있다.

본래청정本來淸淨

10.

서로 다르지 않고 둘이 아니기에 일심一心이고, 청정무구淸淨無垢다.
당연히 일심청정一心淸淨 · 일심광명一心光明인데, 따로 나눠 부르지 않고
일심청정이라고만 한다. 대적대광이 청정淸淨: 순수: 자기극복이 된 상태이고
광명光明: 사려 깊음이다. 따라서 사람은 일상생활에서 순수하되 사려 깊어
야 한다. 이것이 불자 인격이다. 청정은 선입관념이나 고정관념을 갖지
않고 바로 불성을 보며, 광명은 타인에 대한 배려를 통해 안심과 평화를
이룬다.

보리자성菩提自性—, '본래청정本來淸淨 · 본래광명本來光明'이다.

이 한 물건은 부모를 의탁하기 전부터 한마음인 본심本心이다. 이 본
심인 한마음은 우주에 미만彌滿해 있지만 사람만이 알아차린다. 아니, 각
자覺者나 신자信者만 알아차린다. 식물이나 동물들 나아가 저, 만상마저
도 본심에서는 차이가 없지만 알아차리지 못한다. 마치, 우주가 우주 자
신을 스스로 깨닫지 못하듯이……

그러나 사람도 깨닫지[배우지 않으면:不學] 못하고 믿지 않으면[不信] 모
른다. 아예 모른다. 그저 우주일 뿐이고 자연일 뿐이다. 이것은 명백한 한
계다. 바보를 도인이라 할 수 없고, 불자佛子가 신자信者나 유자儒者, 신선
이 되어서는 안 되는 이유다. 한 걸음 더 나가야 한마음의 본래면목에 이
르리라. 비로소 창조의 당처, 주인공을 보게 될 것이다.

11.

사실 인간은 본래로 대적대광의 우주를 안고 걸림 없이 살고 있다. 그러므로 그대로 대적대광, 일심법계이고 '본래청정·본래광명'의 한량없는 신통묘용神通妙用이다. 아, 본래부터 대적대광에 파묻혀 대적대광을 무진장 쓰면서 만고태평 속에서 너무나 잘살고 있다.

다만, 병통病痛은 대적대광에 푹 파묻혀 살면서도 따로 대적대광을 구한다는 것이다. 마치 물고기가 물속에 살면서 따로 물을 찾는 것과 같다. 본래청정을 몰각하고는 다시 본래청정을 구한다. 참으로 어불성설의 어리석고 안타깝고 한심하기 그지없는 일이다. 그러나 어쩌랴!

결코 방책이나 방편을 따로 구하지 말아야 한다. 애써 구하거나 찾지 말고 다만 눈을 활짝 뜨고 자신을 바라보면 된다. 직시하면 되고, 그 직시는 깨달음이고 믿음이고 일대전환이다.

보라! 대적대광을 고요히 바라보라. '본래청정·본래광명'을 그대로 바라보라. 이미 우리는 태연히 잘살고 있지 않은가? 아무런 불만 없이 웃으면서 살고 있지 않은가? 때로는 울 때가 있어도 괜찮다. 울 수 있는 것도 표현이고 능력이기에 그 또한 원만구족이다. 겁전겁후에 원만구족으로 늘 여여하지 아니한가? 아니, 자기 자신이 일찍이 대적대광의 '본래청정·본래광명'의 원만구족圓滿具足, 그 주인공이 아닌가.

사실이 이런데도 굳이 따로 찾아야 하는가. 왜, 다시 찾아야 하고 얻어야 하고, 왜, 다시 깨달아야 하고 구해야 하는가? 저때에 우리 부처님께서 보드가야 들판 보리수 아래에서 두 손을 활짝 펴 남김없이 다 드러내 보이지 않으셨던가? 그러면 다 된 것 아닌가.

12.

그 분의 깨달음이 바로 나의 깨달음, 우리 모두의 깨달음이 될 수는 없는가. 반드시 그 분처럼 억겁의 시간 속에 모든 과정을 천신만고로 고스란히 거쳐야만 하는가. 수백 생을 거치고 백천만억의 난행고행을 지나야만 하는가? 그렇다면 무슨 까닭으로 무슨 권리로 그 분이 삼계의 대비성존大悲聖尊이시고, 또 그 분의 지극한 은혜는 무엇으로 삼아야 하는가?

부디, 속지 말자. 그 분은 억천만겁 전에 이미 성불하셨다. 아니 본래구원, 본래성불이다. 짐짓 몸을 드러내심은 대비교화의 방편임을 알자. 우리에게 보여주기 위한 구세대비의 현현이심을 알자. 비로소 지극한 은혜 아님이 없는 도리를 알 것이다. 눈을 활짝 열고 부처님 생애를 바라보자.

그러므로 꼭 자신이 깨달아야 받아들이고 뭔가 와 닿아야 은혜를 느끼는 건 본 뜻과는 거리가 멀다. 손에 잡히는 것만 있고 보이지 않는 것은 모르는 건 범부의 알음알이다. 아, 그렇게도 둔한가. 언제나 어느 때나 소소영령昭昭靈靈의 신령스러운 한 물건은 어찌하고?

그렇다. 병통은 불자신앙佛子信仰이 확립되지 않아서이다. 생각이 전환되지 않아서이다. 제대로 된 '본래청정·본래광명'의 불자신앙, 거기에 대한 바른 믿음〔正信〕이 없어서이다. 바른 믿음은 곧 '아뇩다라샴먁삼보리'의 본래성취-, 그 자각이다. 제대로 된 불교신앙은 부처님의 대각大覺을 자기 목숨 안으로 전성全性적으로 받아들이는 일이다. 순수하게 목숨으로 받아들인다. 아, 그 분과 둘이 아닌 생명으로, 동일생명同一生命으로, 쭉— 한입으로 단숨에……, 받아들인다. 한강 물을 한입에 다 마신다. 아, 가히 '본래청정·본래광명'의 천진면목이다.

13.

'보리자성'은 한마음이다. '본래청정·본래광명'은 한마음이다. 이 한마음을 곧장 써라. '행하라!'는 말은 '쓰라!'는 말이다.

성중성聖中聖도 이 한마음을 썼다. 세존의 구세대비救世大悲 한마음은 본원행本願行이시고, 관음의 구고자비救苦慈悲 한마음은 구제행이시고, 보현의 법계원만法界圓滿 한마음은 대행원大行願이시고, 문수의 불이원만 不二圓滿 한마음은 지혜행이시고, 지장의 대원성취大願成就 한마음은 육도만행이시다.

이에 대성大聖의 혈손인 우리는 원만구족이니까 곧 바로 쓰자. 바로 묘행으로 나가자. 원만구족에 대한 믿음의 한마음을 가지고 대행으로 나가자. 의심하여 따로 찾지 말고 부족감이나 낭패감으로 새로 구하지 말자. 자기훼손이 된다. 마음을 닦지 말고 부디 써라. 법을 쓰지 말고 이 마음을 써라. 팔정도를 쓰고 삼학을 써라. 오계를 쓰고 보현행원을 써라. 한마음의 다른 이름인 보살심을 쓰고 일체법을 써라. 다만 일체법이 없는 가운데서 일체법을 써라. 간절히 바라노니 마음 놓고 마음껏 써라. 심지어는 잘못 속에서도 써야 한다. 쓰는 것이 잘못보다 앞선 본분이기 때문이다. 그러므로 죄를 짓고도 써야 한다. 더욱 힘들여 써야 한다. 오로지 한결같이 써야 한다. 쓰는 것으로 정진을 삼아야 하고, 가행정진·용맹정진이 되어야 한다. 종내 쓰는 자가 임자고 쓰는 자가 창조주이며 주인공이다. 쓰지 못하면 종이고, 미래겁이 다하도록 끝내 그 종의 신세를 벗어나지 못하리라. 다만 씀이 없이 써라. 그것이 진정한 주인공의 면모고 종의 신분을 벗어 던지는 일이다.

쓰는 방식이 '내생명 부처님무량공덕생명'의 직관이고, 쓰는 것이 '마하반야바라밀다' 염송이다. 직관과 염송, 푸른 하늘 찬란한 태양이 그렇게 빛을 뿌려댈 뿐이다. 모르겠는가? 언제나 어디서나 고개를 들고 바라보는 것, 시시처처 직관이고 염송이기에 불자일상佛子日常은 직관이고 염송이다. 물 긷고 나무하는 것이 직관이고 염송이며 신통묘용이다. 그것이 공성空性의 노현露現이며 체공體空의 본 면모인 자아실현이다. 모든 존재는 이로써 정당성을 갖고 철학적인 당위의 토대를 완성한다.

부디, 아침저녁 일과를 지키고 법회에 빠짐없이 앉아서 고요하게 살펴라. 이것이 직관이고 염송이다. 바야흐로 생각생각이 보리심이고 곳곳마다 안락국임을 알리라. 여기엔 오로지 상상력이 있을 뿐이다. 있는 것은 아이디어와 착한 생각, 이에 무엇을 버리고 무엇을 취하랴. 이 좋은 생각 앞에 번뇌는 일찍이 꼬리를 내렸고 그 몸을 감춰 자취조차 없다. 그러니 어느 때나 좋은 생각을 쓰는 것이 중요하고, 불자는 당연히 그럴 능력을 갖추어야 하고, 아니 본래부터 가지고 있다.

생각의 전환이다. 짐짓 실타래를 헝클어놓고 헤매지 말라. 그것을 수행이라고 하면서 시간 낭비하지 말고 헛된 수고하지 말라. 일대전환—. 생각 일으키기 전, 바로 진면목이다. 이것이 자신의 전생명으로 받아들이는 부처님 가르침을 체화하는 무상無上의 수행법이다.

다만 정진하여 자각생명으로 시시처처에서 써라. 쓰면 되고, 배우는 족족 쓴다. 믿으면 쓰고, 몸에 닿으면 쓴다. 생각 이르는 곳마다 시시처처

두두물물時時處處頭頭物物에 직관과 염송의 바른 면모가 두렷이 현전하리라. 아, 참으로 놀랍지 아니한가. 자각생명의 내면을 통해서 우러나는 소식을 순간순간 콕콕―, 집어내어서 적시적소에 쓰는 이 일이, 한 푼도 어긋나지 않는 이 일이 놀랍지 아니한가.

쓰면 된다. 쓰고 또 쓰면 전문가가 되고 달인이 되며 도사가 된다. 백천 분야마다 도사가 나와야 하고, 개개인인이 달인이 되어야 한다. 넓고 넓은 강에 끝없이 흘러가는 무진장한 물을 필요한 만큼 자기의 역량만큼 그릇으로 퍼서 쓰면 된다. 이유가 왜, 필요한가. 생각이 바뀌면 체질과 습관, 습관에 따른 행동이 저절로 바뀐다는 사실이다. 이 얼마나 다행인가, 이 얼마나 큰 기쁨인가.

14.

내지 삼학三學: 戒定慧을 배우면 된다. 공부를 꾸준히 하면 된다. 계를 지키면 된다. 육바라밀다를 행하면 된다. 무수한 교학을 배우고 몸에 익히면 된다. 순간순간 환희심에 젖어 살면 된다. 따로 어디에 차곡차곡 쌓아둘 일도 없다. 오로지 창고문을 활짝 열고 내어 쓰면 된다. 감당이 되지 않는가, 배포를 두 배 세 배 열배로 키워라. 사실, 마음을 쓰기 위해 그동안 온갖 이름을 다 동원한 것이다. 인생은 보배창고에 가득 쌓인 보배를 마음껏 꺼내어 마음으로 쓰는 것이다. 허무가 아니고 왔다 가는 헛된 도로徒勞의 과정이 아니다.

진실한 삶은 쓰기에 여념이 없다. 결코 따로 구하지 않는다. 그래서 '마하반야바라밀다'이다. 뜻은 '위대한 지혜, 그 완전한 성취'다. 마하반야바라밀다의 공능功能을 믿으면 되고 쓰면 된다. 삼강오륜을 받들고 예의범절을 지키며 도덕과 윤리를 우러르면 된다. 하나도 취하거나 버릴 것이 따로 없다. 선현을 닮고 배우고 오늘의 신사도를 함께 하면 된다. 같이 밥 먹고 잠자고 앉고 서고 뉘우치고 참회하고 말하고 웃고 슬퍼하면 된다. 이 모두가 쓰는 것, 무진장한 그것을 무진장 쓰는 것이다. 이제 됐는가? 이것이 인생이고, 나아가 번뇌가 없는 순혈을 이어받은 청정인생이다. 그러면 됐지 않은가? 그런데도 도대체 뭘 더 구하고 찾아야 할까? 더 구하고 찾으면 그 즉시 사치나 욕심이 아닐까?

이처럼 그때 그때 필요에 따라 내어 쓰면 된다. 아, 필요에 따라 모두 써라. 무진장 마구 퍼 써도 된다. 아무도 간섭하는 사람이 없다. 누구의 허락도 눈치도 받을 일이 없다. 모두가 이 마음을 쓰는 것이고, 쓰느라 여념이 없다. 언제나 어디서나 누구나 마음껏 마음을 쓸 수 있다. 스스로가 쓰도록 모든 걸 잘 갖춘 무비의 권능자이다.

부족 가운데서 쓰면 된다. 아쉬움 가운데서 쓰고, 어려움 가운데서 쓰고, 인간사 온갖 희로애락 가운데서 쓰고 또 써라. 못난 것은 본래 없기에 물러서거나 타협이나 흥정의 대상도 아니다. 그러므로 머뭇대지 말고 타협하지 말라. 그럴 사안이 아니다. 부디 더 채우려고 하지 말고, 닦으려고 하지 말고 다만 쓰도록 노력하고, 쓰는 일에만 전념하면 된다. 다만 그 마음을 마음으로 써라.

15.
만약 갖추어야 되는 일이라면 배우지 못한 사람은 인권도 없게. 꿈꾸지 말라. 망발하지 말고 죄짓지 말라. 이미 원만구족으로 갖췄기에 다만 쓰는 것이 도이고, 쓰는 것이 수행이며, 쓰는것이 '도 닦음'이고, 쓰는 능력과 힘이 도력道力이다. 쓰는 것이 삶이고 쓰는 것이 인생이다. 아무리 쓰고 써도 부족함이 없다. 부족해서 부족함이 없다. 마음이기에.

따라서 조금도 부족하지 않고, 해조음으로 영원하고 화수분으로 넘친다. 본래로 어둡지 않고, 일찍이 몽매함이 없다. 써야 하는 인간진실은 한 구절, 3박자다. '만고광명·본래청정·원만구족'이다. 그런데 굳이 닦을 것, 복福 지을 것이 어디에 따로 있겠는가? 당연히 대적대광이 개개인인의 본 주소고 우주의 본상本相: 본모습이다. 한마음이다. 한마음을 써라. 부디, 만들지 말고 닦지 말고 써라. 부르지 말고 일으키지 말고 새로 짓지 말라, 개념화시키지 말고 발전시키지 말라.

즉시에 꼬리에 꼬리를 물고 즉입하리라. 직관이랄 것도 없고 이름 붙일 것도 없다. 제발, 마음을 닦고 복을 짓는 엉뚱하기 그지없는 일 일랑 사양하라. 사치부리거나 헛된 망상부리지 말고, 공연히 구름도 없는 날 비 부르고 고요한 하늘에 바람 일으키지 말라. 세상 시끄러워 다시 또 헤맨다. 오로지 마음을 힘껏 써라. 쓰는 것이 번뇌 없음이고 위없는 지혜다〔無上菩提〕.

16.

만상은 대광이기에 쓰면 된다. 쓰는 당위가 이에서 비롯하여 번뇌는 낱낱이 보리이고 망상은 이름조차 없으며, 있다면 드높은 푸른 하늘 혁혁한 태양의 창조성만 눈부시게 현전한다. 업業은 특성이라는 왕좌王座를 되찾고 무명이라는 말은 햇빛 가운데 이슬이로다. 진화론이니 창조론이니 하는 분별은 낮도깨비가 한바탕 분탕질하는 것이고, 진보니 보수니 하는 놀음도 사자 앞에 여우가 꼬리를 내리고 몸을 감추는 꼴이다.

부디, 대광이 본적本籍이니 다만 이 마음을 내어 쓰라. 행하는 일마다 대성大成이요, 도모하는 일마다 달인이 되어 70억의 달인이 등장하고, 개개인이 전문가가 되어서 하나도 버릴 것이 없고, 따로 취할 것도 없다. 아, '평화·자유'의 태양이 빛을 마구 뿌리는 신천지의 대자유인이여!

17.

사람은 배움이 곧 깨달음이고, 깨달음이 씀이다. 마음의 일이다. 불교의 배움은 축적이 아니고, 자격증이나 허가증도 아니어 자랑꺼리도 못된다. 오로지 깨달음과 믿음, 그 자체이기에 배우고 또 배우고 한없이 배운다. 자기생명의 끝이 없기에—. 마음을 말한다. 아니, 쓰기 위해 배우고, 쓰기 위해 깨닫는다. 따라서 쓰고 또 쓴다. 거울 앞에 선 사람은 저절로 안다. 씀에 굳이 말이 필요없다는 사실을. 보면 저절로 깨닫고, 보면 저절로 그 사실을 안다. 더 배워야 할 것이 따로 없다.

무엇을 해야 할 것인가? 시키지 않아도 저절로 행한다. 누가 시켜서 하는 것이 아니다. 무엇을 얻기 위해서나 복 받기 위해서가 아니다. 구차하다. 깨달아서 저절로 하는 일이고, 우러나서 스스로 하는 일이다. 각행원만覺行圓滿이다. 삼천위의 팔만세행, 이 모두가 깊고 넓은 우주의 대적大寂: 대삼매에서 드러난 낱낱 대광이다. 이 사실을 직시하라. 대적대광이 불이不二라는 사실을—.

대광大光, 그것은 각행, 이 원만구족은 대적삼매 가운데서만 드러나고 나타난다. 이미 드러났다. 눈을 뜨고 보라. 기회가 왔고 시절인연이 도래했으니 이미 대광이다. 잽싸게 낚아채어 써라. 솜씨 좋은 목수는 굽은 나무건 곧은 나무건 그냥 두지 않는다. 마파람에 게눈 감추듯이…… 알맞게 재단할 줄 안다. 어디에 이유와 불만이 있으랴! 모두가 쓸만 한 걸.

18.

세간을 보라. 불교를 전혀 모르는 사람도 힘써 배우고 때때로 옳은 말을 한다. 신통기적인가? 아니다. 그는 이미 이 우주의 대적삼매를 안고 살고 있기 때문이다. 다만 자신이 그 사실을 모른다. 자신이 자신의 보물을 쓰고 있다는 사실을 모른다. 모르기 때문에 쓰고 있으면서도 감사를 모르고. 쓴다는 사실을 모른채 다른 것에 쉽게 사로잡힌다.

결국 그렇게 모르면서도 배움을 즐기고 착한 것을 따르는 것은 우주의 본상本相, 본성本性의 힘 때문이다. 그걸 무연자비無緣慈悲라고 일컫는다. 그는 다만 그 사실을 모르고 과정을 모르고 원리를 모르고 그 밑바닥 근원을 모르는 무자각無自覺일 뿐이다. 그래서 제대로 쓰지 못한다. 종처럼 겨우겨우 눈치껏 쓸 뿐이다. 한 번도 자신감 있게 쓰지 못한다. 불쌍하지 않은가? 주인으로서 제 물건을 당당하게 써야 하는데…….

불자신앙들이여, 불자지성들이여, 주인공으로서 오로지 그 마음을 써라! 모름지기 힘껏 써라. 위풍당당하게 써라. 무애자재로 써라.

19.

불초가 지금껏 한국불자들 너나없이 그 좋아하는 수행을 말하지 않아 혹시 섭섭하다면, 이제 최상의 공부법 딱 한가지만 말하리라. 사실 말할 필요도 없지만 억지로 말하는 이 심정을 십분 헤아려 달라.

불자가 일상에서 닦을 수 있는 진정한 수행은 뭐냐? 간단히 결론을 말하자면 삼혜三慧, 문사수聞思修다. 듣고〔聞:법문을 듣거나 말씀을 읽거나〕, 생각하고〔思:또는 생각을 바꾸고〕, 실천〔修:바꾼 생각을 생활 속에서〕하면 된다. 삼혜의 수행은 전적으로이 마음을 쓰는 것이다. 결국-.

삼혜는 부처님 말씀으로 자신을 비추어 보고 개선시켜 향상向上으로 나가는 일이다. 말씀을 거울로 비추어보는 자기반조는 많은 구절이 필요한 것이 아니다. 단 한구절로도 자기를 비추어 볼 수 있다.

만약 아무리 많이 배우거나 오랫 동안 앉아 있어도 비추어보지 않으면 부처님 말씀은 영험이 없어진다. 그러므로 한구절로도 충분하여 남을 수도 있고 다 감당이 되지 않을 수도 있다.

법을 듣고 자기반조가 있으면 곧 생각이 바뀌어 인격 전환이 된다. 인격 전환은 행동이 바뀜을 말하고 습관과 내지 업을 벗어나는 일이다. 이 자기반조가 수행이고 최상의 공부이다. 비록 많이 배우고 오래 닦아도 인격향상에 변화발전이 없는 것은 자기반조가 없었음을 말하는 것이다. 이 점이야말로 부처님 가르침을 사문서死文書로 만드는 일이며, 무량한 은혜를 소용없는 일로 만드는 것과 같은 배은망덕의 소치다.

부처님 말씀으로 자기반조를 하면 자연히 도가 깊어진다. 불자가 일상에서 꾸준히 이 삼혜를 닦아 가면 저절로 계정혜 삼학이 무럭무럭 증장

되고, 불자인격이 굳건히 확립될 것이다. 아니, 시시처처에서 향상일로의 길을 걷게 된다. 만약 진정으로 도가 깊어지기를 원하는 사람이 있다면, 그러기 위해 수행을 바란다면, 이 삼혜를 닦는 수행보다 더 좋은 방법은 없으리라. 과연 어디에 이보다 더 뛰어나고 손쉬운 수행이 있을까. 이 세상 어디에 이것 말고 따로 정해진 수행법이 또 있을까. 아아, 이 삼혜 가운데 모든 것이 갖추어져 두루 원만하다. 날마다 좋은날인 까닭이 삼혜의 향상일로이기 때문이리라.

따라서 삼매를 따로 닦을 필요도 없다. 이미 우주 자체가 대적〔대삼매〕이기에,. 우린 거기서 너무나 잘살고 있지 않은가? 무량한 은혜 가운데 참으로 잘살고 있지 않은가? 이 밖에 따로 선정을 구하고 지혜를 구할 까닭이 무엇인가? 이미 대적대광, 그 불이不二의 신묘神妙함으로 잘살고 있으니 필경 원만구족 아닌가.

문·사·수, 오로지 이 한 길로 일관성 있게 가면 된다. 헐떡이지 말고 차분하게 가면 된다. 저절로 깊어진다. 바닥도 끝도 없는 본래 자기 자리이다. 짐짓 부질없이 따로 노고를 짓지 말고 문사수로 가면 된다. 간절히 바라노니 모름지기 헐떡이지 말라.

직료성불直了成佛

20.

이제 간추려 말한다. 이미 우리는 우주라는 대적대광 속에 잘살고 있기에 따로 대적대광을 찾거나 구하지 말아야 한다. 환언하면 대적대광은 보리자성이고 본래청정이다. 이 사실을 똑바로 알아차리면 대적대광을 써야 한다. 여기서 쓴다는 것은 곧 이 마음을 쓰는 것이다. 어떤 수행법을 의지해 따로 마음을 찾거나 구하는 것이 아니다. 일상의 충실한 삶을 말한다. 따로 마음을 찾거나 구하는 것은 수행법에 매달려 마음을 쓰려고 하지 않는 것, 도피를 말한다.

마음을 바르게 쓰는 것은 매주 법회에서 청법聽法하여, 법으로 마음을 가지런히 하면 법이 곧 이 마음이다. 이는 법과 마음의 계합契合이다. 그 마음으로 일상에 임하여 산다. 다시 또 법회에 나가 법을 듣고 마음을 가지런히 하여 살아간다. 이와 같이 하기를 쉬지 않고 평생을 계속하여 정진하면, 중생격衆生格이 법과 나란하여 어긋나지 않는 법격法格이 되고, 중생성이 법성이 되어 현실에서 법력法力을 발휘하며, 누구나 차별없이 손쉽게 법을 가까이 하는 성불행을 이루어 정불국토淨佛國土를 성취하게 된다. 결국 불자에게는 마음을 쓰는 것이 가장 큰 수행이 되고 수행법이 된다.

대적대광이 본지풍광이고, 대적대광의 본지풍광을 쓰는 것이 향상일로이다. 본지풍광은 법이고 향상일로는 이 마음을 쓰는 것이다. 향상일로는 다함없는 마음, 보살심이다. 보살심의 보살행, 이것이 '곧 그 마음을 써라'이다. 이런 마음을 쓰는 일을 삼혜, '문·사·수'를 쓴다고 한다.

대적대광의 여여如如한 본지풍광本地風光, 한없는 자기표현의 시공 속에 순간순간 은현현隱現現의 자재한 그 모습이 향상일로向上一路이고, 보살행이며, 보현대행이다. 저, 화엄경의 주인공인 보현대사의 대행은 '보현행원으로 보리이루리〔以普賢行悟菩提〕'다. 진실생명의 모습은 허공계가 다하고 중생계가 다해도 끝이 없다. 중생을 성숙시키려는 보살의 서원이 다 할 수 없다는 것을 이렇게 말하고 있다. 씀이 곧 진실생명의 특성이라는 것이다. 최고의 가치, 일체법을 쓰는 것이 성불행이라는 사실을 간곡히 설하고 있다. 따라서 유사 이래 인간이 쌓아온 모든 학문이나 생활의 지혜는 소중하다. 때에 맞게 곳에 맞게 적절하기 때문이다. 도덕과 윤리와 예의범절, 일상日常마저도 중요하다. 하나도 버릴 것도 없고 다시 더 취할 것도 없고, 시공에 어긋나지 않아 적절하기 때문이다.

본래로 본자원만本自圓滿, 본자청정本自淸淨, 본자해탈本自解脫이다. 오로지 내어 쓰면 된다. 마음 생긴 대로 그 마음 편히 쓰는 것이 성불행成佛行이다. 쓰면 곧바로 대적대광의 우주 속에서 불쑥 솟아오른 찬란한 지혜의 태양이 된다. 끊임없이 내어 쓰는 것이 지혜, 자비이고 상서광명이다. 이에서 따로 무엇을 더 구한단 말인가? 도무지 부질없는 일이다.

아, 쓴다는 이 말처럼 가슴 벅찬 말이 어디에 또 있을까! 씀이 지혜고 행이고 완성이다. 깨침과 믿음은 지혜고 행이기 때문이다. 행주좌와어묵동정行住坐臥語默動靜, 일거수일투족이 깨침이고 믿음이고, 지혜이며 행이다. 따라서 살아있음의 본질적 표현은 씀이다. 이는 말할 필요도 없이 주인공의 위풍당당이다.

21.
사람은 끝없이 쉼 없이 배운다. 아니, 쓰고 또 쓴다. 생명의 특성이다. 이 특성을 사실 그대로, 극적으로 발휘한 곳은 북방의 선가禪家다. 대장경

반야부의 핵심인 반야안般若眼을 씀으로 삼은 선가, 육조대사 혜능의 활안活眼인, 바로 이 네 구절이다.

선가의 우뚝하고 유일한 언어[活句]는 본지풍광 향상일로本地風光向上一路다. 선가의 본지풍광은 대적대광이고 향상일로는 대승의 보살행이고, 꽃화엄의 일화一華인 보현대행普賢大行이다.

저, 언어도단 심행처멸言語道斷心行處滅의 가없는 우주, 거기의 대적대광은 본지풍광本地風光이다. 결국 인간의 삶은 말로 다할 수 없는 본지풍광 속에, 역시 말로 다할 수 없는 향상일로다. 결국 이 말을 하고 싶었던 것이다.

다만 불교의 원만구족 가운데서, 이 시대를 읽고 이 시대에 필요한 것을 찾아내어 쓰면 된다. 굳이 다른 것이나 남을 거론하여 비교하거나 비판하고 참고하고 비난할 것도 없다. 괜히 없는 번뇌 만들지 말고 필요한 관심사만 말하고, 드러난 것만 솔직하게 거양하라. 매우 간결하여 군더더기 없고 초출하여 훌륭하지 않은가.

미래나 과거에 사로잡혀 거기에 포로가 되지 말라. 이것이 참으로 번뇌를 벗어난 사람의 태도다. 구름을 벗어난 달처럼 탕연자적蕩然自適하라. 여기가 불자입각처佛子立脚處이고, 삶의 중심인 숭신봉행崇信奉行하는 불자신앙의 주소이다. 이로써 곧 바로 성불해 마치리라.

22.
禪은 全性的인 직관, 자신과 세계를 禪으로 파악한다.

낱낱이 자취 없음이여, 大寂大光이로다.

낱낱의 드러남이여, 無空笛沒絃琴이로다.

낱낱의 본래면목이여, 太平歌安樂舞로다.

낱낱의 普賢大行이여, 大覺行願救國救世로다.

낱낱의 諸法實相이여, 三千威儀八萬細行이로다.

이 밖에 따로 두지 않는다.

불기2554(4343 ·2010)년 8월 15일

조국 광복절 새벽 1시 30분

70억 인류의 佛性光復과 병든 지구의 自然光復을 간절히 바라며

보현도량 청량도솔산 도피안사 내원 묘향대內院妙香臺에서

출가인생 40년을 맞이하는 松菴至元 謹誌

빙그레— 웃는다!

금년(2013. 5. 17), '사월초파일 – 부처님오신날'인 대비강탄절(大悲降誕節)은 연휴 첫날인 금요일이어서 예년 반 정도의 신도들이 모였다. 이곳 안성 도피안사가 자리한 죽산은 중부고속국도와 영동고속국도가 지나가는 교차지점이어서 평소 주말에도 고속국도가 주차장을 방불한다. 3일 연휴 때는 말할 나위조차 없고 예견했던 바다. 대다수의 우리 절 신도들이 그 주차장에 끼어 있다가 차를 다른 곳으로 돌리기도 했고, 그나마 절까지 온 신도들은 네 시간을 길에서 보냈다고 무용담 같은 소식을 전했다.

내가 시골에 절 지어서 이렇게 미안해 본 적이 없다. 모처럼 안숙선 명창을 초대하여 '판소리 불타전'의 강탄편을 떼어서 소리 공양도 준비한 입장에서 이만저만 곤혹스럽지 않았다. 우리 국민들이 불교를 통해 마음공부를 해 참다운 삶을 살았으면 하는 뜻으로 우여곡절 끝에 겨우 제정된 국가공휴일, 그 대비강탄절에 절에 오기는커녕 하루 늘어난 연휴, 좀 더 느긋하게 놀러가는 날이 되고 말았다. 매체들은 한 술 더 떠서 부처님께서 워낙 자비하신 까닭에 작년에도 연휴였고 올해, 내년까지도 연휴에 포함되어 즐기게 되었다고 좋아라! 하는 칼럼을 실었다. 아무려나 주지를 하다가 보니 세간사 못지않게 겪고, 거쳐야 할 일, 참아야 할 일 등, 저절로 도가 닦여지는 일들이 뜻밖에도 많다.

이런 때는 노학자이신 김영태 교수님이 평소 자신의 마음가짐을 글로 정리해 놓은 걸 암송하며 내 마음공부를 하곤 한다.

빙그레 ― 웃으면 편안해집니다.
빙그레 ― 웃으면 건강해집니다.
빙그레 ― 웃으면 이루어집니다.
빙그레 ― 웃는 웃음은 마음의 연꽃입니다.
빙그레 ― 항상 빙그레 ― 웃으며 맑고 밝게 삽니다.

빙그레 ― 웃으면 슬기로워집니다.
빙그레 ― 웃으면 액난이 사라집니다.
빙그레 ― 웃으면 행복해집니다.
빙그레 ― 웃는 웃음은 마음의 연꽃입니다.
빙그레 ― 항상 빙그레 ― 웃으며 맑고 밝게 삽니다.

초파일 후 5월 29일 동국대 일산병원으로 문병을 갔더니 김영태 교수님은 예의 자신의 '빙그레—' 웃음철학을 다시 소개했다. 얼굴이 빙그레— 웃으면 오장육부도 낱낱이 빙그레— 웃고, 온몸을 돌아다니는 피도 빙그레— 웃는다는 말씀에 '빙그레—' 철학이 더 깊어졌음을 느끼고 따라서 빙그레— 웃었다.

일상사 일체의 일은 부처님께 모두 맡기고 자신은 오로지 빙그레— 웃을 뿐이라고 한다. 나에게 하는 말씀 같았다. 대비강탄절이 연휴이든 신도들이 얼마나 모이든 도무지 오불관언으로 '빙그레—' 웃으라는 뜻으로 느껴졌다. 마음 속으로는 부끄러움을 느끼면서.

이제, 내가 얻은 신앙심. 나의 조그만 해탈行解脫行. 그 첫 번째는 '빙그레—' 웃는 것이다. 평소 혼자 있을 때도, 잠잘 때도, 심지어 죽을 때도……, 그렇게 빙그레— 웃으리라. 어떠한 경우에도 마냥 빙그레—,

'이와 같이 짓고 지어 세간살이 그 속에서 해탈 얻으리'.

이 책, 『절과 대통령』은 『광덕스님시봉일기』 시리즈 완간 이후의 글들이다. 내가 쓸모 있는 재목이든 굽고 모난 재목이든 그 목재(내 몸)에는 목수인 스님의 고뇌와 손때가 묻어 있다. 해서, 어쩌면 여기 이 글들에도 스님의 고뇌와 손때가 조금 담겨 있을지도 모르겠다.

그리고 올해는 나의 출가 만 42년이고, 세속 나이 환갑이 되는 해다. 그러니까 나는 올해부터 한 살로 새롭고 신선하게 살 것이다. 남들은 요즘처럼 수명이 늘어난 시대에 무슨 환갑이냐고 말하지만 난 그걸 좀 다르게 생각하고 싶었고, 그 다짐으로 이 책을 출간한다. 그동안의 삶이 고통이나 후회이어서가 아닌 부족함 때문이다. 그래서 이 책은 세상에 내놓는 나의 새로운 다짐이고, 약속의 신물信物, 신표信標이다.

이런 의미를 지닌 이 책이 나올 수 있도록 추천사를 써 주신 존경하는 수불스님과 김재영 박사님, 디자이너 안지미 선생, 그림을 그려 준 이부록 선생, 편집을 맡아 준 홍현숙·조인숙 선생 등….

이곳 도피안사에서 출가자의 본분을 다하고 있는 평등스님과 덕화스님, 용인의 용주거사 박성근 불자 내외분, 마산의 원진거사 이종영 불자 내외분, 서울의 명운거사 안상회 불자 내외분, 곁에서 함께 고뇌하는 실상월 보살 이혜진, 자비원 보살 문춘호 불자를 비롯하여 안성 도피안사 불자들께 심심한 감사의 말씀을 전한다.

2557(2013)년 6월 17일
보현도량 청량도솔산 도피안사
內院에서 송암지원

———— 저자 후기

금하총서 향상일로金河叢書向上一路 시리즈

취지문

선가제일구禪家第一句인 향상일로向上一路는 참생명의 모습(眞相)이기에 모양이 없고(無相)흔적도 없다(無跡). 신령스러운 거북이는 꼬리를 흔들어 자신의 발자국을 지우지만 그래도 꼬리의 흔적은 남기에 일이 끝나지 않았다. 굳이 말하자면 꼬리의 흔적마저 말끔히 없앤 저 보살의 무진만행無盡萬行, 무상대도無上大道가 향상일로다. 이렇게 말로 허물을 짓는다면 불조佛祖께서 용사容赦하실까? 비록 용사하시더라도 제불고조諸佛古祖의 면목에는 크게 못 미치고 매우 어긋나리라.

저 유명한 보현행원품을 보면 보현행자는 십대원을 행함에 "몸과 말과 뜻에 조금도 지치거나 싫어하는 생각을 내지 않으며 염염상속念念相續하여 끊임이 없게 하되 허공계가 다하고 중생계가 다하면 나의 행원도 다하려니와 허공계, 중생계가 다함이 없으므로 나의 행원도 다함이 없다"고 말씀하셨다. 바로 그렇다. 그 귀착점이 향상일로가 아닐까.

선禪을 공부하는 사람들은 자신의 인생을 어떻게 살까, 대중은 사뭇 궁금하다. 그래서 선적禪的인 삶이 오늘날 현대인들에게 왜 필요한 것인가를 밝혀 여래의 진실한 뜻을 모두 이루어야 하리라. 결국 선의 귀착점은 보살행을 강조하고 있다. 위없는 보살행은 보현대도(普賢+願)이며 이는 즉시 향상일로이리라. 또 향상일로는 구세대비이며 구국구세이고 세계평화다. 그러므로 향상일로는 무엇을 향한 향상일로이겠는가. 책을 떠난 책 그 가운데를 천착하라.

1. 선심시심
— 불문학자와 선시(禪詩)

프랑스의 문호인 어린왕자의 저자 생텍쥐베리를 평생 연구한 불문학자가 30년 동안 참선을 체험한 뒤 쓴 선의 세계를 시로서 설명해 나가고 있다. 조사祖師들의 선시禪詩와 당송팔대가 시인들의 작품, 우리나라 한시를 두루 골라 그 뜻을 풀이하고 이 시대의 입장에서 부연을 달았다. 선시의 묘미와 인생의 묘미가 이 시대 현대인의 가슴을 울린다.

조홍식 지음/288쪽/값 8,000원

2. 멍텅구리 부처님

군종교구 교구장인 자광스님이 펼치는 쉽고 재미있는 마음공부인 이 책을 읽어가노라면 어느 사이 저절로 머리가 끄덕여지고 콧노래가 흥얼흥얼 나온다. 이것이 '멍텅구리학'의 묘한 매력이다. 그의 멍텅구리학은 25년 동안 군법사로 재기 발랄한 젊은이들과 뒹굴고 씨름하는 가운데서 깨달아 얻은 체험의 세계다.

불영자광(임봉준) 지음/344쪽/값 9,500원

3. 천문학자, 우주에서 붓다를 찾다
—천문학자가 본 우주심과 화엄세계

한국 관측천문학의 개척자가 10년 동안 불교공부를 한 뒤 낸 책이다. 말하자면 천문학자 이시우 박사가 천체망원경으로 우주를 관측한 끝에 마침내 그 우주에서 붓다를 찾아냈다. 붓다는 바로 우주에 있었다. 우주와 마음이 다르지 않다는 거다. 이시우 박사가 본 우주에는 화엄세계가 그대로 장엄하게 펼쳐져 있고, 거기 수많은 붓다와 붓다의 제자들이 깨달은 우주심(緣起)이 가득 차 있었던 것이다. 다시 말해 이시우 박사가 화엄세계가 천문학이라는 이름으로 펼쳐진다.

이 책은 이시우 박사가 화엄세계를 천문학으로 설명하고 있다. 그 어느 시대보다도 인간이 물질문명의 노예가 되어 있는 오늘날, 저자는 현대인들의 인간성회복은 '불교에 대한 올바른 이해가 필수적'이라고 말한다. 저자는 이 책에서 우주 만물의

———

본성에 대한 화두를 잡고, 화엄세계의 특성이 무엇이며, 화엄세계에서 추구하는 깨달음이 어떤 것인지를 천문학적으로 탐색해 나가고 있다. 저자가 천체망원경으로 가없는 우주를 관측한 끝에 드디어 붓다를 찾아 냈다. 이시우 박사가 찾아낸 우주에는 화엄세계가 장엄하게 펼쳐져 있고, 거기 수많은 붓다와 붓다의 제자들이 깨달은 우주심이 가득 차 있었다.

어느 때보다도 인간이 물질문명에 잔뜩 찌들고 있는 오늘날, 저자는 '불교에 대한 올바른 이해가 더 절실히 요구 된다'고 강조하고 있다. 그는 우주만물의 근본본성인 우주심을 살펴보면서 화엄세계의 특성이 무엇이며, 화엄세계에서 추구하는 깨달음이 어떤 것인지를 알아보고 설명하고 있다. 또한 별의 세계 속에서 불교의 설법을 찾는다.

이시우 지음/204쪽/4·6배판 변형/값 12,000원

4.-① 위없이 심히 깊은 미묘법이여 – 유마와 수자타의 대화1

無上甚深微妙法 (무상심심미묘법) ─ 유마, 붓다를 찾아서

모든 종교인들의 필독서이자 교양서! 진리를 찾는 사람들 누구에게나 치우치지 않는 바른 길을 보여주고 있다. 따라서 이 책은 한국판 『승려와 철학자』나 『만들어진 神』을 방불케 한다. 저자는 목사님의 아들이었다.

글 김일수/334쪽/ 값 9,500원

4.-② 백천만겁인들 어찌 만나리 – 유마와 수자타의 대화2

百千萬劫難遭遇 (백천만겁난조우) ─ 유마, 붓다와 만나다

사람은 누구나 바른 삶을 살고 싶어 한다. 그것이 본성本性이다. 그러나 바른 삶에 대한 답이 없다. 아니, 너무 많아 혼란이다. 이 혼란을 정리한 21세기의 선각자, 고故 김일수 선생! 그는 이 글을 남기고 표연히 이 세상을 떠났다. 그러나 그는 가지 않았다. 이 사리舍利: 정신, 이 책으로 우리와 함께 한다.

글 김일수 · 사진 이상원/320쪽/ 값 12,000원

4-③ 내 이제 보고 듣고 받아지니니 — 유마와 수자타의 대화3

我今聞見得受持(아금문견득수지) - 유마의 한 생각

개신교인 이었던 저자가 부처님의 법佛法을 받아들이고 겪었던 고뇌의 깊이는 깊고 길었다. 그러기에 그가 깨우친 부처님의 법佛法을 꺼내 보인 글속에서 우리가 느끼는 감동의 깊이 역시 깊고, 여운은 길고, 빛은 멀리 갔다.

글 김일수 · 사진 김재일/ 392쪽/ 값 13,000원

4.-④ 부처님의 진실한 뜻 알아지이다 — 유마와 수자타의 대화4

願解如來眞實意(원해여래진실의) - 유마의 수행일기

위없이 심히 깊은 부처님의 미묘법을 백천만겁을 지나 이제야 보고 듣고 받아 지녔으니, 중생을 고통에서 구해 내지 않으면 열반에 머물지 않겠다는 무량겁의 보살마음. 그런 대자대비한 마음으로 저자는 이 많은 글들을 우리들에게 남긴 것이리라. 서양을 뒤흔든 '승려와 철학자'와 '만들어진 神'을 합친 것과 같은 이 책들. 21세기 인류에게 바른 삶을 열어주고 있다.

글 김일수 · 사진 김재일/ 320쪽/ 값 12,000원

※ 이 4권의 요지는 이렇다. 사람은 누구나 바른 삶을 살고 싶어 한다. 이것이 본성이다. 그러나 바른 삶에 대한 답이 없다. 아니, 너무 많아 혼란이다. 이 혼란을 정리한 21세기의 선각자, 고故 김일수 선생! 그는 이 글을 남기고 표연히 세상을 떠났다. 그러나 그는 가지 않았다. 이 사리舍利: 정신. 이 책로 우리와 함께 해서다.

그는 서양을 뒤흔든 '승려와 철학자'와 '만들어진 神'을 합친 것과 같은 역할을 해냈다. 이승을 하직하는 그 순간까지─, 21세게 인류에게 바른 삶을 열어주기 위해서다. 그는 개신교인이었다. 그런 그가 부처님의 법을 받아들이고 겪었던 고뇌의 깊이는 깊었고, 그 시간은 결코 짧지 않았다. 그렇기에 그가 깨우친 부처님의 법을 펼쳐 내보인 글속에선 설득력이 있고 감동이 있다. 진리가 무엇이며, 얼마나 고귀한 것인가를 그의 온몸으로 말해 주고 있다.

따라서 우리가 느끼는 감동 역시 깊고, 여운은 길며, 그 믿음의 깨달음은 이루 말할

────

수 없는 것이다. 위없이 심히 깊은 부처님의 법을 백천만겁을 지나 이제야 보고 듣고 받아 지녔으니, 중생을 고통에서 구해 내지 않으면 열반에 들지 않겠다는 보살의 무량겁을 지나는 대자대비 마음을 알겠다.

5. 고향이 있는 풍경
—봄을 여는 첫 손님, 매화꽃

나에게 고향은 어릴 적 엄마의 품속 같은 곳이며 그것이 사라지고만 지금에 와서는 꽃 피는 산골만이 내 몸과 마음을 기댈 수 있는 유일한 곳인 것 같다. 나의 도자기의 뿌리는 자연이다. 나는 아주 어렸을 적부터 흙을 좋아했고, 거기 자라는 나무와 꽃과 풀잎에서까지 감동을 받았다. 자연은 경이롭고 위대하다. 해와 달이 그렇고 산과 바다가 그렇다.(−저자의 고백이다.)

글 김기철 · 사진 김규호/ 272쪽 올컬러/값 15,000원

6. 숨은 도인 겸우선사가 전한 부처되는 공식
—김치냉장고를 발명한 전재근 교수, 금강경 보는 눈을 얻다

평생 이공계 학자로 강단에 서온 '음식이 사람을 만든다'의 저자 전재근 교수가 성성적적한 본성의 자리를 열어 보이는 숨은 도인 겸우선사가 전한 부처 되는 공식을 마치 보물섬의 지도를 보고 찾아가듯이 풀어나가는 과정이 재미와 함께 불법의 깊은 맛을 신선하게 선사한다.

글 · 그림, 전재근/ 332쪽 /값 15,000원

불교아리랑 1

2013년 7월 5일 1판 1쇄 인쇄
2013년 7월 10일 1판 1쇄 발행
2015년 1월 15일 제호변경 1판 1쇄 발행

지은이 지원
펴낸이 김인현

디자인 안지미
그림 이부록
인쇄 금강인쇄(주)

펴낸곳 도피안사
출판등록 제2000년 8월(제19-52호)
주소 경기도 안성시 죽산면 거곡길 27-52(용설리 1178-1)
전화 (02) 419-8704
팩스 (02)336-8701
E-mail dopiansa@daum.net
홈페이지 http://www.dopiansa.or.kr

ⓒ지원
ISBN 978-89-90562-46-3 (04810)